針愛小神醫

3

完

風文創 934

迷央 著

目錄

第二十一章

隨著門板的落地聲，一群人徑直衝進了屋內，將他們團團圍住，而為首的竟然是墨逸辰！

溫阮看清來人後，頓時鬆了口氣。還好還好，是自己人，小命總算無憂了。

墨逸辰進屋後，第一眼便看到癱坐在地上的溫阮，只見她小臉泛白，一副受到了驚嚇的樣子，以為無影樓的殺手虐待了小丫頭，眼中風雲突起，暴怒、心疼驟然聚在心頭。

他驀地拔出劍，直指影一他們，黑眸凌厲，看他們的眼神似是看著死屍般。

影一他們自然也感覺到了危險，幾人本能般聚在一起，同時心頭不禁一凜，今日他們怕是要橫屍在此處了！

正當兩方人馬要兵戎相見時，溫阮脆生生的聲音在半空中響起——

「逸辰哥哥，你來了啊！」

墨逸辰聽到溫阮喚他，瞬間收斂住身上的殺意，再看向溫阮時，眼中只剩下一片柔軟。「嗯，阮阮，別怕，妳等逸辰哥哥一會兒。」話落，墨逸辰便看向影一他們，冷聲說道：「把人放了，我留你們全屍！」

溫阮一看墨逸辰還在喊打喊殺，便知他誤會了，於是，她忙衝著眾人說道：「別衝動、別衝動，咱們都是自己人，快放下武器吧！」

聽到溫阮的話，影七他們知道這是溫阮的救兵到了，遲疑了一下，還是把武器放了下來。

其實，他們本就是強撐著一口氣罷了，面對墨逸辰帶來的這些人，他們根本毫無招架之力，索性不如趁此機會，放下武器的好。

墨逸辰見狀，狐疑地打量了影一他們一番，確定他們確實沒有耍詐後，他也按溫阮的意思，示意他的人放下武器，他自己則走向了溫阮。

「阮阮，妳哪裡不舒服，怎麼臉色這麼白？」墨逸辰扶起溫阮後，關心地詢問道。

溫阮搖了搖頭。「我沒事，就是剛剛替他們施針累著了，休息一會兒就好。」

唉，溫阮默默嘆了口氣，反正也不能說是被他們剛剛進來時的踹門聲嚇到的吧？這說出來未免也顯得她太慫了！

「施針？」墨逸辰不解地看著溫阮，問道。

溫阮點了點頭，然後，乘機把事情的前因後果同墨逸辰解釋了一遍，免得他動不動就要對影一他們喊打喊殺的，等等要是稍不注意打了起來，那可就一點也不美妙了。

聽完阮阮的闡述，墨逸辰若有所思了下，才道：「那阮阮的意思是，他們幾個現在都是妳的人了？」

是她的表達能力有問題，還是墨逸辰的理解能力有問題啊？她何時說過這種話了？溫阮不禁一頭霧水。「不是啊，他們怎麼可能是我的人？我替他們解完毒後，他們就會走的。」溫阮耐心解釋道。

墨逸辰這次似是明白了，只見他點了點頭。

「既然不是妳的人，那阮阮還是不要費力替他們解毒了，反正最後這幾人也活不了。」

聞言，溫阮一臉震驚。「為什麼？無影樓不是被你給端了嗎？應該沒人再追殺他們了吧？」

「當然有。他們昨日公然把妳給劫走了，所以，不管是溫甯侯府、鎮國公府或者是東宮太子那裡，都定當要取了他們七人的性命，方能作罷，否則在這京都府，咱們三府的顏面怕是要掃地了。」墨逸辰邊說，邊意有所指地看了影一他們一眼，話中的威脅之意顯而易見。

其實，剛剛聽完溫阮的話後，墨逸辰便在暗自思量。無影樓的殺手，武功及心智自然都不在話下，既然小丫頭同他們相處得還不錯，若是能讓他們跟在小丫頭身邊，為她所用，小丫頭今後也會安全很多。所以，墨逸辰才會故意說出這番話，其目的自是逼著他們七人認溫阮為主，自此之後效忠於她。

影一幾人當然也聽出了墨逸辰話中的意思，幾人對視一眼，眼中都有著遲疑之色。畢竟，他們好不容易才脫離了無影樓，又怎麼能甘心再次歸順於人呢？只是，以目前的處境來看，貌似也由不得他們選了。

「但是，若他們跟著妳，那就另當別論了。」墨逸辰又補充道。

「唉，別啊，我可不要他們！」溫阮連忙擺手，一臉心有餘悸。「他們有七個人呢，我沒銀子，養不起這麼多人！」

眾人一愣，一言難盡地看向溫阮。她這波嫌棄是不是太明顯了啊？他們本人可還在這裡呢！

墨逸辰也不禁失笑，果然是個小財迷。「沒事，我幫妳出銀錢。」

影一他們。「……」他們好像還沒同意歸順之事吧？怎麼就聊到下一步了呢？

「那我也不要，收了他們，就要對他們負責的，想想都好累……」溫阮頗為嫌棄地說道。

看到溫阮竟然這般嫌棄他們，影四在一旁實在忍不住了，忿忿不平道：「我們有手有腳，不用人養，我們能養活自己！」

溫阮「切」了一聲，懟道：「那你自己說，除了會殺人外，你還會幹什麼？」

影四一噎，想了半天，好像什麼都沒想到，但又覺得面子有些掛不住，遂嘴硬地說道：「會殺人就夠了啊！妳知道我們接一單生意能掙多少銀子嗎？說出來怕嚇死妳！」

「呿，你們殺人還沒殺夠啊？好不容易從無影樓裡解脫出來，難道就為了自己幹回老本行？」溫阮嗆聲道。

影四這會兒徹底被噎得說不出話了，臉憋得通紅，卻一句反駁的話也說不出來。溫阮說的沒錯，他們本就是厭煩了刀口舔血的日子，才會選擇殊死一搏的。

而溫阮這番話，也讓影一他們突然意識到，確實除了會殺人，他們好像並沒有其他安身立命的本事了，那他們以後又該以何謀生呢？

影一幾人的動搖，墨逸辰自是看在眼裡，看時機差不多了，他才風輕雲淡地接道：「那沒辦法，只有殺了。」反正路已經擺出來了，是敵是友，就要看影一他們如何抉擇了。

聞言，這下子溫阮左右為難了，想了半天才試著建議道：「要不，咱們問問太子表哥，看他要不要？他應該有很多銀子，養得起。」

墨逸辰瞥了她一眼。「他不會要的。」

「為什麼？白得的幾個免費勞工，還能有不要的道理？」溫阮有些意外。

墨逸辰不為所動，反問道：「妳不是也不願意要嗎？」

影四幾人聽著兩人一問一答的話，開始有些懷疑人生了。想他們無影樓的金牌殺手竟被嫌棄成這樣，也是沒話說了。

影四擺擺手，哼道：「算了，還是殺了我們吧，給個痛快，就沒你們這麼折磨人的！」

「……」溫阮剛想再說些什麼，可是看向墨逸辰時，她一怔，突然明白了他的用意。

墨逸辰這是要替她把影一他們收為己用的意思啊！可是，她真的不想要啊！再說，溫阮知道幾人好不容易才從無影樓脫身出來，他們費了這麼大的勁，就是為了得一個自由身，她怎麼可能為了一己私慾而逼迫幾人呢？

「逸辰哥哥，我知道你的好意，可是……」溫阮使盡渾身解數，動之以情、曉之以理，連撒嬌賣萌的招式都用上了，就希望墨逸辰能放過影七他們。反正這事過了，她也算是徹底還了影七的照拂之情，她也能問心無愧了。「還有，你放心，我祖父和太子表哥那裡都交給我，我就算一哭二鬧三上吊也定會擺平的，好不好啊？」溫阮單手做發誓狀，一臉認真地保證道。

墨逸辰無奈地搖了搖頭，見拗不過這小丫頭，於是便點頭應了下來。算了，回頭他再想法子送些人到她身邊就是了。

見終於擺平了墨逸辰，溫阮不由得鬆了口氣，似是怕他又反悔一般，她忙說道：「逸辰哥哥，那咱們趕緊回去吧，我爹娘他們肯定急壞了！」

墨逸辰笑了笑，輕聲應道：「好。」

然後，溫阮順勢將一雙小手臂朝著墨逸辰伸了過去，墨逸辰也很自然地把她抱了起來。

兩人這番動作，直接驚住了屋內的其他人。

「臭丫頭，妳害不害臊啊？都多大了，還讓人抱著！」影四直接嚷嚷道。

墨逸辰冷冷地看了影四一眼，表情漠然，眼神卻似刀鋒般凌厲，嚇得影四下意識縮了縮脖子，不敢再有言語。

「要你管啊？我樂意！」溫阮瞪了影四一眼，然後，又對影七他們說道：「影七姊姊，我要回家了，三日後，我會再過來找你們，到時候我會把解藥給你們帶過來喔！」

說完，溫阮衝著幾人揮了揮手後，墨逸辰便抱著她走了出去。

影一他們跟在身後，把人送到門口，看著他們離開的身影，幾人臉上皆是一副若有所思的樣子。

而此時，影四卻突然小聲嘟囔道：「大哥，你說這鎮國公世子真的是臭丫頭的未婚夫婿嗎？這年紀差的是不是大了點啊？還有，不知為什麼，我看著他們兩人的相處，總有種閨女和爹的感覺……」

此時，剛走到院門口的墨逸辰突然停頓了一下，只見他驀地回頭，臉色陰沈地瞪向影四。

影四一愣，忙躲到影一的身後。「完了完了，我剛剛的話，不會都被墨世子聽到了吧？」

被影四當作擋箭牌的影一，忍不住扶額。他這個四弟啊，怕是早晚會死在這張惹禍的嘴上。

溫阮自是沒聽見影四的話，只是，她見墨逸辰突然停了下來，不禁有些奇怪。「怎麼了？逸辰哥哥，是不是我太重了啊？不然，讓玄武抱著我吧？」

溫阮話落，墨逸辰還沒說什麼呢，旁邊的玄武直接後退了好幾步，一副被嚇到的樣子。

「主子，屬下先過去看看馬車！」玄武說完，便施展輕功先走一步了。

「……」看著玄武越來越遠的身影，溫阮懵了。有點傷到自尊了怎麼辦？她是豺狼虎豹嗎？至於一聽說要抱她就嚇成這樣嗎？還是說，玄武是在嫌她太重了？「要不，我自己下來走吧？其實我也沒這麼累……」溫阮抱緊自己最後的一絲倔強，苦笑道。

墨逸辰搖了搖頭，輕聲說道：「不用，妳很輕，我抱得動。」話落，墨逸辰抬步便離開了院子，快步朝著山下而去。

出了院落，溫阮才發現，原來影一他們的落腳地竟然是在山裡。墨逸辰抱著她一路七彎八拐的，好不容易才來到山腳，而此時，玄武正在馬車前候著。

溫阮當然沒有忘記剛剛玄武的所作所為，所以，在路過玄武身邊時，故意朝他「哼」了一聲。「臭玄武，你給我等著！」

玄武悻悻然地摸了摸鼻子，他又不傻，當然知道是哪裡惹著溫阮了，但他也沒辦法啊！就算他再沒有眼力，求生的本能還是有的，在主子面前去抱溫小姐？開玩笑，他是嫌自己活得太長了嗎？

上了馬車後，溫阮越想越氣，氣玄武的同時，更氣自己這副小身板不爭氣，真是太弱不禁風了。不行，她得加強鍛鍊了！

於是，溫阮雙手緊握成拳，小臉上滿是決心。「我、要、習、武！」

剛進馬車的墨逸辰一怔，眉頭皺了皺，遲疑了片刻，說道：「阮阮，習武會很辛苦，而且初學者每日都要早起蹲馬步，妳起得來嗎？」

溫阮。「……」什麼叫一針見血？這就是！墨逸辰這是直接捏住了她的七寸啊！對於重度起床困難症選手來說，這話簡直太有用了！

然而，這次溫阮心意已決，經過此次被綁事件，她也想明白了，無論日後會怎樣，習武這事對她只會有利無害，日常能強身健體，遇到危險時能自保，何樂而不為呢？

大不了她拿出當年學醫時的那股刻苦勁來，聞雞起「武」什麼的，沒問題，她堅持得住！

「我決定了，為了練武，以後就不睡懶覺了！」溫阮信誓旦旦地說道。「再說，白日裡我再找機會補覺就是了。」比如說，在學堂裡上課時。反正那些「之乎者也」她聽著本就犯睏，正好可以用來補眠。

墨逸辰聞言，不禁失笑，他不用猜都知道這小丫頭是要在哪裡補覺了。

不過，墨逸辰心裡還是不太想讓溫阮習武，他自幼便習武，自是知道這其中的滋味，放在他自己身上倒不覺得有什麼，但一想到小丫頭也要承受那些苦，他卻有些捨不得。

只是，他也知道，小丫頭雖然年紀不大，卻是個有主意的，她決定的事鮮少有人能改變，所以，他能做的就是幫她找個好的師傅，讓她能儘量輕鬆一些。

「那回頭我替妳找個人來教妳習武。」墨逸辰道。

「好。」溫阮也沒同他客氣，張口便應了下來。「對了，逸辰哥哥，你是怎麼找到我的啊？」這個地方甚是偏僻，也難為墨逸辰能找過來了。

墨逸辰也沒瞞著溫阮，把她被擄走後的事情，全然同她細說了一遍。

昨日在東宮，趙楚楚供出程嫣然後，墨逸辰與趙卓煜便直接商討了策略，決定引蛇出洞。

既然決定要引蛇出洞，第一步自然便是把明面上的人給撤了，同時也派了最出色的暗衛，緊盯著程嫣然的一舉一動。

果然不出所料，今日一早，程嫣然便有了動作，她派了人與影一他們的人碰了頭，所以，他們便順藤摸瓜，找到了影一他們的老巢，這才有了墨逸辰帶人踹門那一幕。

聽完墨逸辰的闡述，溫阮若有所思道：「那程嫣然怎麼樣了？」

「人我已經抓起來了，放心，這次定不會讓她逃脫的。」墨逸辰說道。

溫阮似乎還是有些遲疑。「可是，若是不暴露影一他們，程嫣然要是矢口否認呢？那是不是就沒有辦法定她的罪了啊？」

影一他們肯定是不能暴露的，他們本就是殺手，身分這般敏感，一旦暴露了，怕是小命都堪憂。可若是沒有他們，誰又能證明程嫣然買凶害她呢？這一時還真讓溫阮犯了難。

「放心，交給我們吧。這次不僅程嫣然，整個程家，一個都別想躲掉。」墨逸辰眼底劃過一抹狠戾，他們既然敢伸手，他就不介意幫他們剁下來。

馬車速度很快，不久便進了京都府的城門，墨逸辰也沒敢耽擱，直接就把溫阮送回了溫甯侯府。

回到府裡後，大家果然都在等著，見到溫阮回來，眾人慌忙迎了上前，好一番察看，確認她無礙後才放下心來。

溫阮知道大家擔心她，於是便主動同他們講了一下被劫之後的事，事無鉅細，目的自然是想讓眾人知道她沒事，不用擔心。

溫甯侯府眾人聽完後，確實鬆了口氣，但同時，更多的則是慶幸，慶幸那些殺手沒有難為她，也慶幸小丫頭機靈，沒讓自己受傷。反正在他們看來，只要人安全回來就比什麼都好。

「瞧瞧，我孫女就是聰明，多會審時度勢啊！你們這些臭小子，都給我好好學學！什麼叫好漢不吃眼前虧？看見沒，這就是！能屈能伸才叫大本事，知道不？」老侯爺一臉驕傲地說道。

溫阮站在老侯爺身旁，猛點著小腦袋，真是一點也不謙虛啊！

「還好還好，其實，我也沒有祖父說的這麼厲害啦！主要還是我人比較可愛，到哪裡都招人喜歡，這個哥哥們可學不來的喔！」

眾人聞言，哄堂大笑，還真別說，溫阮這番插科打諢確實起了作用，大家顯然都開懷了許多。

「妹妹，對不起，都怪我昨日去晚了，要是我能早些到的話就好了。」溫浩輝不知何時來到溫阮身旁，一臉歉意地說道。

溫阮卻擺了擺手，一臉認真地安慰道：「三哥，你真不用自責，就算昨日你在也沒用，你功夫這麼差，肯定也攔不住那些劫匪的！」

溫浩輝。「……」這……他並沒有被安慰到啊！

夜幕降臨，太子東宮的書房內，趙卓煜、墨逸辰和溫浩然三人圍桌而坐，顯然是有要事商議。

「逸辰，程府那邊有什麼動靜嗎？」趙卓煜問道。

墨逸辰回道：「一切如常，沒有異動。」

趙卓煜譏笑一聲。「看樣子，他們身後的主子還挺沈得住氣的，你都把無影樓給挑了，他們竟然還能無動於衷，可見此人確實極擅長隱忍。」

此次墨逸辰把無影樓端了後，發現了一件有意思的事，這無影樓除了是殺手組織之外，竟還是東臨在夏祁國設立的秘密情報細作據點，當然，影一他們七人是在殺手組織那邊，並未牽扯到探子細作據點裡，否則，墨逸辰也定是容不下他們的。

而這件事有意思的地方就在，無影樓死去的樓主明面上是程家替元帝收服的江湖勢力，其實卻是程家背後主子的人。所以，可想而知，若這件事捅到朝堂之上，程家叛國的罪名算是坐實了，誰也別想保住他們，即便是元帝也不行。

再說了，到時候元帝得知真相，怕是也不會想要保程家了吧？畢竟，程家不僅叛國，還背叛了元帝這個主子。

「估計，程家已經被當成棄子了。」墨逸辰說道。

趙卓煜沈思了片刻，道：「有沒有成為棄子，明日之後，自會見分曉。」

「可是，我和祖父他們都擔心，此事若是由我們揭露出來，就怕皇上會記恨，之後會更加針對太子。」溫浩然有些擔憂地說道。

墨逸辰想了想，道：「還有，此次阮阮失蹤的事，太子這邊暴露了太多的勢力，怕是已經被多方勢力忌憚上了。」

聞言，趙卓煜把玩著手中的茶盞，嘴角浮現一絲譏笑。「無事，有時候，實力必須要適時地暴露一些，否則，又如何達到震懾的作用？」

第二日早朝，群臣畢恭畢敬地立在殿中，元帝坐在金鑾殿上，凝視了一下群臣，然後，視線在太子趙卓煜和墨逸辰兩人間打轉，最後，定在墨逸辰身上。

「鎮國公世子，朕聽說，你前兩日親自帶人端了無影樓的老巢，真是為民除害，甚是威風啊！」元帝語氣意味不明，但稍微揣摩一下便會發現，其中不無責怪之意。

雖未明說，但這殿中之人，哪個不是千年的狐狸？聞聲知意的本事，怕是早就練得爐火純青了吧？於是，眾人眼觀鼻、鼻觀心，暗暗朝墨逸辰所在的方向打量了一番。

墨逸辰聽到元帝的話，卻絲毫不見慌亂，沈著冷靜地抱拳行禮。「回稟皇上，這是微臣應該做的，不敢居功。」

元帝聞言，雙眉驀地一皺，一臉陰色道：「只是，朕記得並未給鎮國公府傳任何旨意，這般貿然行動，你難道就未覺得有不妥之處？還是說，江湖勢力，牽一髮而動全身的道理，你會不懂？」元帝的聲音陡然增大，責罰怪罪之意不言而喻。

元帝覺得無影樓怎麼說也是他的勢力，被墨逸辰就這般輕易給端了，除折損了勢力讓他不豫外，更多的是覺得面子上掛不住，因而惱羞成怒。

殿上群臣噤若寒蟬，低垂著頭顱，不敢造次，生怕神仙打架，他們這些小鬼遭殃。

而鎮國公這邊，忙拉住墨逸辰跪在地上請罪。「皇上恕罪！」

墨逸辰人跪在地上，卻不卑不亢地抬頭看向元帝，道：「回稟皇上，無影樓的殺手擄走了臣的未婚妻子，當時情勢所迫，微臣也是逼不得已。再加上，微臣又臨時收到軍中密報，說無影樓中有東臨安在咱們夏祁國的細作，這才帶人打了他們一個出其不意。」

「無影樓有東臨的細作？這事可非兒戲，若是信口胡說，這可是大罪！」元帝並不相信墨逸辰的說辭，以為他只是在找藉口為自己逃脫責任，遂警告道。

溫阮當日被擄走之事，這兩日在京都府已經傳遍了，元帝自然也是知道消息的，畢竟，當時溫阮被擄可就發生在大庭廣眾之下，怕是想瞞也瞞不住，再加上後來多股勢力同時出動，這事便鬧得更大了。

通過這件事，也讓元帝心裡更加忌憚太子和溫甯侯府了。

元帝萬萬沒有料到，太子在朝中的勢力竟這般大了，遠超乎他的掌控，看樣子，這些年他的好兒子沒少給他演什麼韜光養晦的戲碼啊！可如今太子卻突然自曝實力，是有恃無恐，還是逼不得已？這不得不令元帝深思。

面對元帝的施威，墨逸辰仍無半分退縮之意，從容不迫道：「微臣若有半分虛言，任憑皇上處罰。」

元帝看到墨逸辰這般篤定的樣子，心頭一凜，突然覺得似乎有什麼脫離了他的掌控。難道無影樓真的有東臨細作？他下意識地看向程家的當家人程坤，而程坤略帶閃躲的眼神，讓元帝意識到此事怕十有八九是真的！

「微臣此次在無影樓的密室找到了多封信件，而且，據微臣這兩日審問得知，這無影樓背後之人竟在朝中身居要職。微臣自知通敵叛國的事非同小可，絲毫不敢掉以輕心，多番調查後，確定此人便是兵部侍郎程坤。一應供詞和往來信件皆在此，請皇上明察。」墨逸辰從袖子裡掏出一沓紙，顯然就是他口中所說的證據。

元帝見他早有準備，面色瞬間黑了下來。

太監忙接過信件，遞到了元帝面前。

「皇上，微臣冤枉啊！微臣對皇上、對夏祁國自來忠心耿耿，此事定是有人冤枉下官，請皇上明鑒！」程坤撲通一聲跪在大殿上，雙手拱於額前，企圖乞得元帝的庇護。

元帝翻開墨逸辰呈上來的證據，越翻臉色越難看。

此時，趙卓煜瞥了眼跪在地上的程坤，淡然地往前邁了一步，道：「父皇，兒臣這裡也有些東西，是關於程侍郎這些年貪墨軍餉的證據。之前還覺得是單純的貪墨案，如今看來，程侍郎確實煞費苦心，一心為敵國考慮啊！」

「啟稟皇上，微臣也有奏。此次小女被擄走一事，經微臣調查後發現，是程府庶女程嫣然所為……」溫啟淮向前一步，拱手回稟了溫阮被擄之事，只是把擄她的殺手換成了別人，算是保住了影一他們。

然後，大理寺少卿亦上前一步，說道：「稟皇上，微臣也有事要稟告，是關於程府子弟打著程貴妃的名號，殘害無辜百姓之事……」

「皇上，微臣有事稟奏。微臣那早夭的幼子並非病逝，其實是程府之人所為！微臣如今人證、物證俱全，請皇上明察！」

一時之間，整個朝堂之上群起而攻之，程府及程坤瞬間成為眾矢之的，似乎人人得而誅之。

事已至此，元帝不可能察覺不出這其中的關聯，但是，他看著太監手中那一疊一疊的證據，卻也是無話可說。不可否認，程家所做之事中，不乏有他授意的，但還有很大一部分卻不是，這無非證明了，程家背叛了他！

不，也許從一開始就沒有歸順過他！高傲如元帝，又怎能輕易接受被人玩弄了這麼多年的事實？一時之間，元帝憤怒至極，看向程坤的眼神似淬了劇毒，恨不得將他千刀萬剮了！

看見元帝憤恨的眼神，程坤自知大勢已去，腳下有些踉蹌，頹然跌坐在地上，整個人狼狽至極，似是一下子蒼老了十幾歲。

元帝把目光從程坤身上收了回來，沈吟了一陣後，突然嚴肅地掃向趙卓煜。「太子現在出息了，今日之事，真是難為你這般費心，果然是我夏祁國的福分。既如此，那此事便交給你處理，希望太子不要辜負了朕的期望才好。」

趙卓煜低垂著頭，話聲低沈。「兒臣遵命。」

話落，元帝重重「哼」了一聲後，便忿然拂袖而去，留下滿朝文武百官面面相覷。

而面對元帝的怒意，趙卓煜卻不為所動，仍是那副波瀾不驚的姿態，卻又讓滿朝文武絲毫不敢忽視。

其實，剛剛僅靠墨逸辰那些程坤通敵賣國的證據，便可以扳倒程家，至於他後來又為何特意安排了這一齣「牆倒眾人推」的大戲，無非就是要讓元帝和朝中某些不安於室的人看清楚了，他屁股下的太子之位可不是這麼好覬覦的，有賊心之前，也要先掂量掂量自己的分量。

當然，剛剛他故意把程坤逼到絕境，也是想看看他在無路可走時，會不會露出一些馬腳，果然，還是讓他發現了不尋常的地方。

趙卓煜若有所思地看了安王一眼，若他沒看錯的話，程坤在見大勢已去時，看了安王好幾眼。看來，他這位皇叔怕是遠非表面上看起來的這般簡單，而外界的那些傳言，多半是有假了。

是夜，安王府後院，一道黑影驟然落在院內，轉身幾步飄到臨近的臥房。

「屬下拜見主子。」黑衣人徑直跪在地上，朝窗邊立著的安王行禮。

安王「嗯」了一聲。「程家那邊怎麼樣了？」

「回稟主子，都已經處理好了，定不會牽扯到咱們身上。」黑衣人猶豫了一下，又問道：「程家，咱們真的要捨棄了嗎？」

安王聞言，回頭看了黑衣人一眼，思量一瞬，道：「現在不是本王想不想保的問題，是本王根本保不住他們。」

他此次突然回京，本就是為了處理無影樓內部叛變的事，樓主被影一他們聯合斬殺，無影樓頓時群龍無首，他怕會影響到情報細作據點，這才匆匆趕回來，想盡快把此事處理好。

可誰知，無影樓那邊幾乎是毫無預兆便被墨逸辰給端了，連帶著細作據點也被他們一舉拿下，緊緊握住了他們的把柄。所幸這些年來，一直是程家在打頭陣，即便在無影樓內部，他這個幕後之人也鮮少有人知道，這次才勉強讓他從這件事情中脫開身來。

可是，程家卻是沒辦法保住了。太子一方出手快狠準，絲毫餘地都沒有留給他們，是鐵了心要把程家扳倒，對此，他也只能束手旁觀。

失去程家這個助力，安王的損失自然也是不小的，畢竟，程家可是他埋在元帝身邊的一枚棋子。

安王深知元帝是何等的好猜疑，這些年，他費了多少心力才勉強讓程家獲得元帝的信任，但一著行錯，便全盤皆毀了。失去了元帝的信任，即便他保住了程家，屆時程家也只會是一枚廢棋，豈有為了一顆廢棋冒險的道理？

「對了，主子，程家那庶女畢竟是藥王唯一的弟子，咱們確定不保住她嗎？」黑衣人再問。

其實，單單要保住程嫣然，以安王如今的勢力來看，完全是有這個能力的，可是，一想到程嫣然的所作所為……安王面色一陣黑沈，重重拍了下椅背。

「保住她？此事要不是她自作聰明，企圖以解毒為誘餌，讓無影樓的那幾個叛徒為她劫了溫甯侯府的小姐，無影樓又怎麼可能有此劫難？而本王現在又怎麼會如此被動？」安王嘴角逸出一絲冷笑，眸中劃過狠戾，與他一貫儒雅不羈的形象大相徑庭，簡直像是換了個人般。「她的自作主張，壞了本王這麼多事，就算她僥倖逃脫，本王也不會饒了她的。不過，從這次的事來看，這丫頭還有點小聰明，雖然這些年來她並不知本王的身分，但以防她私下察覺出來什麼，到時候再壞了本王的事，還是找人暗中了結掉她為好，至於藥王那裡，本王會親自去說。」

「是，屬下稍後就派人過去。」黑衣說道。「主子，淑妃娘娘那裡，咱們是不是也要有所安排？程貴妃這一倒，淑妃娘娘在宮中怕是會有些不便。還有五皇子那裡，咱們是不是也是時候——」

安王直接抬手打斷了黑衣人的話。「淑妃那裡應該沒問題，她在後宮這麼多年，那些事自是可以應付。至於五皇子那裡，還不是時候。本王這些年旁眼觀著，這孩子還是太執拗了，有些事過早讓他知道，怕是只會適得其反，還是再等等吧。」等事到臨頭，屆時再說出真相，那也就由不得他了。而且，經過此次的事情，安王對太子也有了徹底的認知。以往他把大部分矛頭對準的是元帝，可如今在他看來，太子怕才是他未來最大的阻礙。

「這次的事，對本王來說也不是完全沒有好處的，至少讓本王知道了，這些年來，本王真是低估了太子。」安王若有所思道。不管是朝堂上，還是在軍中，太子明顯已有掌控全域之勢，從太子此次暴露出的實力來看，他的太子之位怕是連元帝都不能輕易動得了的。而且，單單從太子此人的心智和謀略來看，不得不說，確實有帝王之才，而他今日露出的這一手，除了有威懾之意外，怕是也有讓朝中那些尚且左右搖擺的老狐狸看清局勢之意吧？

「還有，若是我沒猜錯的話，太后怕是已經站在太子一邊，而朝中局勢，似乎已經脫離了咱們的掌控。」這也是安王此時最感棘手的事。

溫甯侯府那個小丫頭失蹤的時候，他的人探查到，在幾股追尋的勢力中，竟然有太后的人，這不得不令他戒備，畢竟，太后可是不容小覷之人。

「那主子，下一步咱們該如何？」黑衣人臉上的表情明顯慎重了不少。
安王斂眉望向窗外，沈默了半晌後，才說道：「傳信給東臨和西楚那邊的探子，計劃提前，越快越好。」

近日京都府內，可謂是熱鬧非凡，著實給百姓們茶餘飯後添了不少的談資。
首先，必須要說上一說的，那便是程府。曾經風光無兩的京都府新貴程家，一朝間轟然倒塌，叛國之罪，當誅九族。
當日，守衛軍首領親自帶人去程府抄了家，程府滿門皆被打入天牢，程家當家人程坤當天就在牢中畏罪自殺。至於程府以擅毒聞名的程家庶女程嫣然，則被單獨關進大理寺卿的重刑牢房，靜待審訊，但無論如何，怕是死罪難逃。
而宮中程貴妃雖未獲罪，但亦被打入冷宮，終生囚禁。可在後宮那種吃人的地方，進了冷宮，也就意味著命不久矣，尤其是像程貴妃這種榮寵多年的人，定是在後宮中樹敵頗豐，所以，落井下石之人自然不在少數，其結局亦是逃不過一個「死」字。
因之前程家在前朝後宮中的突然崛起，程家子弟不知收斂，在京都府中肆意妄為，已然惹得眾人頗為不滿，故而此番程府落馬，讓不少人紛紛拍手稱快。
當然，程家之事鬧得雖大，但總歸是罪有應得，大家唏噓不已之餘，卻也沒有太多的關注，畢竟都是土生土長在皇城根下的人，抄家滅族之事不能說已經習以為常，但見過的也絕不在少數，總歸也不是太稀奇。

但京都府發生的另一件事，卻廣傳於市井間，那便是七公主因相思成疾，高燒多日不退，眾御醫好不容易令其退燒後，卻發現七公主被燒成癡傻，智力如三歲癡兒，已然無力回天，夏祁國自此便多了個癡傻的公主。

此消息一出，京都府內一片譁然，其熱度已然蓋過了程府被抄家之事。不過，想想也是，桃色緋聞總是容易流傳，七公主為情所困，相思成疾，高燒癡傻，這一樁樁、一件件，哪一件單拎出來，都夠茶樓裡說書的說上一天了。

更有人不禁紛紛猜測，當今聖上會不會因此事而遷怒於鎮國公世子？畢竟自己疼愛的女兒，就是為了他而遭了這無妄之災。

此時皇宮紅牆內，天子的養心殿裡，元帝正在大發雷霆，下首承受怒火之人，卻是太子趙卓煜。

「你個混帳東西！那可是你親妹妹，你竟然也下得去手？是不是有朝一日朕擋了你的路，你也要弒父造反了？」元帝隨手抓起桌上的一塊硯臺，便朝著趙卓煜扔了過去。

趙卓煜微微側了下身，不著痕跡地躲過了要害，那塊硯臺看似砸中了他，實則並未受到什麼實質性的傷害。

「兒臣不懂父皇的意思，七妹的事，並非兒臣所為，請父皇明鑒。」趙卓煜泰然自若，即便跪在地上，背脊仍然挺得筆直，雙眸低垂著，讓人看不出任何情緒。「若父皇不相信兒臣，大可拿出證據，交給大理寺卿審問，兒臣絕無怨言。如若不然，還請父皇還兒臣清白。」

元帝聞言，氣得隨手又摔碎了一個茶盞！他要是有證據，還會在這裡同他廢話？就是因為沒有證據，才透過這種方式，把憋在胸口的悶氣發出來。

當日擄走溫阮之事，元帝自然也是查出了背後有趙楚楚的手筆，本來他還等著太子和溫甯侯府把此事抖出來，誰知他們卻隻字不提，只把這件事完全推到了程嫣然的身上，原來是在這裡等著！

他們這招釜底抽薪，也徹底絕了他的心思。一個癡傻的公主，又怎麼能做鎮國公府世子妃？傳出去豈不是讓天下人笑話，說他們皇家以權壓人，折辱有功之臣？

「傳令下去，鎮國公世子德行有虧，捋去其在西北軍軍中職務，聽候發落，其職務由鎮國公府次子墨鈺暫時接替！」元帝冷聲說道。

趙卓煜的嘴角逸出一絲譏笑，他的父皇啊，還是一貫的天真！

墨逸辰在西北軍中摸爬滾打這麼多年，威望頗高，豈是他一句「德行有虧」這般禁不起考究的話便可抹滅的？

還有，他想扶起一人替代墨逸辰，至少也要找一個像樣的，就墨鈺那扶不起阿斗也配！

第二十二章

三日之期已到，影一他們的解藥溫阮已經製出來了，她也沒有驚動其他人，只讓墨逸辰帶她過去了一趟。

為了避人耳目，兩人一早便低調出了城，當他們趕到影一等人落腳的院子時，眾人正在吃早膳，顯然沒料到他們會來得這麼早。

「大家早呀！」溫阮走進院子後，朝著院中眾人揮了揮手。

影一他們隨即放下手中的碗筷，起身迎了過去。「墨世子、溫小姐，你們怎麼來得這麼早？要不要一起用些早膳？」

溫阮瞥了眼他們桌上的粗茶淡飯，略微嫌棄地說道：「不要！你們這裡的伙食太差了，我是真的一點也不想再吃了。」

眾人。「……」他們這是被嫌棄了？可明明之前她是吃得津津有味啊！

「呿，之前也沒見妳嫌棄，吃得還有滋有味的，果然是大小姐脾氣，變得可真快啊！」影四和溫阮互懟慣了，一時沒忍住，心直口快地說道。

溫阮白了他一眼。「我本來就是大小姐，有大小姐脾氣不行嗎？這叫名副其實好不好？總比你這種表裡不一的人要強！再說了，你是不是傻啊？當日我是被你們綁來的，那是人在屋簷下，不得不低頭，為了我的小命著想，我可不就得忍辱負重嗎？但現在情況不一樣了啊，今日我可是給你們帶了解藥過來的，算起來我也是你們的救命恩人，嫌棄你們兩句又怎樣啊？不服氣啊？憋著吧！」溫阮說完，順勢從懷裡拿出一個小瓷瓶，直接扔給了影一。「一人一顆，快都吃了吧！等毒解了，你們也就能重新開始生活了。」

幾人怔怔地看著影一手中的解藥，一時之間，竟都愣住了，不知該如何反應。

「怎麼著，都不相信我的醫術啊？切，不吃拉倒，那就還給我吧！」溫阮裝作惱怒狀，作勢就要上前搶過來。

影四見狀，第一時間便有了動作，拿過藥瓶便倒出一粒解藥吃了下去，然後又給其他人分了分，生怕溫阮搶了回去似的。然後，他還不忘得意洋洋地看了溫阮一眼，挑釁之意十分明顯。

溫阮覺得他幼稚極了，懶得搭理他，轉身從墨逸辰手裡接過一個小包袱，遞給了一旁的影七。「影七姊姊，這是我的一點小心意，今日一別，咱們怕是很難有機會再見了，這些盤纏你們留著路上用吧！嗯，那我在這裡，就不祝你們前程似錦什麼的了，只願你們餘生，再也不要身不由己。」

影一他們顯然也沒料到溫阮竟還會幫他們準備盤纏，說不感動是假的，但幾人怎麼說也是江湖兒女，面上還勉強維持得住。

而墨逸辰看向溫阮的眼神也不禁染上一絲輕柔，果然是個口是心非的小丫頭，明明那日還是那般斤斤計較的小氣鬼模樣，如今卻……

溫阮受不了眾人的眼神，頗有些不自在地說道：「都這麼看著我幹什麼？這還不是因為我三哥為了給我壓驚，給我送了好些銀子呢，這般算起來，被你們擄這一趟，我也算是小賺了一筆，所以分你們一些也是應當的，也省得你們半路上餓死。」說完，又小聲嘟囔了一句。「唉，沒辦法，我這個人就是太善良了，這點不好，費銀子，以後我得改！」

看到溫阮那副肉疼的小模樣，眾人不禁又被她逗笑了。

墨逸辰亦是無奈地揉了揉她的小腦袋，一臉寵溺。

「還有，影七姊姊，有一件事我騙了妳，今日我必須向妳坦白。」溫阮似是突然想到什麼，一臉慎重地看向影七。

影七一愣。「什麼事？妳但講無妨。」

「就是我之前誇妳廚藝好的事，其實呢，妳的廚藝真的不怎麼樣，日後若是嫁給了影一大哥，還是讓他學做飯吧，我那日瞧著妳做飯確實沒什麼天賦，那勺子放妳手裡，還不如妳拿劍靈活。妳是不知道，我在一旁看著，真怕妳把廚房給拆了，誤傷到我。」

溫阮說完，還一臉心有餘悸地拍了拍小胸脯。

眾人先是一怔，隨後均是一臉打趣地看向影一和影七。

影一有些不自然地咳嗽了兩聲，眼神稍微閃躲，時不時地看向影七。

而影七則是臉頰緋紅，直接蔓延到身後頸間。「妳、妳別胡說，我和大哥並不是妳想的那樣……」

溫阮看到兩人的反應，不禁有些愕然。「那個……不會吧？你們倆竟然沒說破？這我沒看錯的話，那日你們倆小手都拉了吧？嘖嘖嘖，江湖兒女要不拘小節，扭扭捏捏的像什麼樣子啊？影一大哥，你是男子，要主動一些才行，這種事情，你難道還要讓女孩子先說破嗎？」

影一被一個小姑娘當眾教他這種事，頓時也有些不自在，只能暗中給溫阮使眼色，希望她少說兩句。

溫阮自是接收到影一的訊號，也不再打趣他了。

「行了行了，該說的都說完了，我們也該回去了，別被有心人盯上，到時候再暴露了你們可就麻煩了。那咱們就此別過吧！」溫阮衝著幾人抱拳行了一禮，頗有絲江湖兒女的爽利。「青山不改，綠水長流，他日江湖再見！」話落，溫阮頗為滿足，她這也算是過了一把江湖的癮了！然後，她便直接拉著墨逸辰轉身離開，準備把江湖兒女的灑脫不羈貫徹到底。可誰知她剛邁出兩步，就被影一一聲「且慢」給拉回了現實。

不太情願地轉過身來，溫阮便看到影一他們雙手抱拳，單膝跪地，朝著她行了一禮。

「我們兄妹七人，從今以後，願意跟隨小姐左右，效犬馬之勞。」

溫阮。「……」

這是要鬧哪樣啊？是那日她講得不夠清楚嗎？她不想收小弟啊，太花錢了，養不起！

直到馬車進了京都府，溫阮仍沒反應過來，她到底是哪根筋不對，怎麼最後就莫名其妙地同意收下影一他們了呢？真是見鬼了！

不行不行，她要好好捋一捋，看看到底是哪個環節出了錯？

她記得，當時她義正辭嚴地拒絕幾人後，影四便開始無休止地賣慘，說他們現在無處可去，又沒有錢，她若不收留他們，他們定會餓死之類的話。還有，影一他們跪在地上，擺出了一副「她不答應，他們就不起來」的架勢。

然後，最重要的是，墨逸辰有一搭、沒一搭的老拆她的臺！

她說：「我沒有銀錢，發不起月銀。」
墨逸辰說：「沒事，我來替妳給他們發月銀。」
她說：「不行，我沒辦法給你們安排新的身分，這樣你們在我身邊不安全。」
墨逸辰說：「交給我，我來安排。」
她說：「其實，我身邊不缺人，所以，你們過來了也沒活幹。」
墨逸辰說：「妳身邊的暗衛還沒找全吧？正好他們可以替上。」
所以，罪魁禍首竟然是墨逸辰！
於是，溫阮瞥了眼馬車裡的墨逸辰，忿忿然道：「哼！都怪你，害我收下了這麼個大麻煩！」
墨逸辰卻也不惱，仍耐心地同她解釋道：「阮阮，無影樓的七大金牌殺手，在江湖上都是赫赫有名的，他們不僅武功高強，最重要的是打小便過著刀口舔血的日子，對危險的感知能力比一般暗衛要強許多，而且收集情報、細作偽裝的能力也都是箇中的佼佼者，收下他們在妳身邊，日後無論妳想做什麼，都會如虎添翼的。而且，因為太子的身分，妳的身邊也注定會比尋常家的小姐多一些風險，但我也知道，若是讓妳做個大門不出、二門不邁的閨閣小姐，想必也是不可能的。所以，若是有影一他們在妳身側，妳日後出門也能安全許多不是？」

溫阮也不是真的什麼都不懂，她自然知道墨逸辰的好意，因此也不好同他多計較，只能傲嬌地說道：「那日後我要是沒銀子養他們了，我就去你那裡借銀子，而且，還不還錢！」

墨逸辰笑著應了下來，保證到時候一定會借給她，溫阮這才算作罷。

馬車很快來到溫甯侯府的大門口，只是，墨逸辰剛把溫阮從馬車上抱下來，便見到玄青一臉急色地快步走了過來。

「主子，邊境有變，皇上急召您入宮！」

前兩日，墨逸辰突然被解除了軍中的一切職務，徒留下鎮國公世子的頭銜，遂也沒了上朝的必要，這突然急召他入宮，看樣子此事非同小可。

而墨逸辰也知道邊境事務，茲事體大，自是不敢耽擱，便直接進了宮。

當墨逸辰到達時，朝堂之上，儼然已經吵得不可開交。

「皇上三思啊！老臣雖不懂軍中事務，但也知大戰當前，軍心不可亂的道理。此次東臨和西楚同時向我夏祁國開戰，可見是蓄謀已久，必有一場硬仗要打的。西楚邊境有李將軍父子坐鎮，老臣自是沒有什麼好擔心的，可對戰東臨的西北軍卻陣前換將，此乃大忌，請皇上以大局為重，三思而後行啊！」薛太傅直接跪在大殿之上，叩首請命道。

元帝臉色黑沈。「太傅多慮了，鎮國公府世代統帥西北軍，此次由鎮國公和鎮國公次子墨鈺共同出征，相信西北軍內部定當士氣高漲，大敗敵軍才是。」

「皇上，此事萬萬不可！鎮國公次子墨鈺在軍中毫無威望，行兵佈陣更是均無涉獵，但墨世子卻不同，這些年他在軍中摸爬滾打，多次帶領我軍士兵擊退敵軍，不僅在我軍之中威信頗高，對東臨軍隊也有很大的威懾作用。戰場上並非兒戲，豈可拿萬千戰士的性命做賭注啊？老臣亦請皇上收回成命！」周太師拖著顫巍巍的身子，亦跪在殿中勸誡道。

周太師身為三朝元老，本已到了頤養天年的歲數，平日裡甚少上朝，只是今日聽聞東臨、西楚同時出兵之事，不放心，這才請旨進宮的。

周太師在朝中本就德高望重，他話音剛落，許多之前便有勸解之意的大臣就紛紛出列，跪在殿中請命道：「請皇上三思！」

元帝面上一陣青、一陣紫，一時竟找不到反駁之詞，臉色陰沈，似有萬般怒意，卻不知要如何發洩。

趙卓煜旁眼觀著，心裡不禁哂笑。他的人還沒開始有所動作呢，他的好父皇就因自己的所作所為而惹得朝中重臣不滿，他也是不知道該說什麼好了。

墨逸辰站在鎮國公身旁，看著這場以他為主角的鬧劇，臉色深沈，心裡自是對元帝的此番行為頗有微詞。兩軍對陣，元帝竟還只想著玩弄權術的博奕，讓墨鈺去帶軍打仗，這已然是沒把全軍的性命當回事！

只是，既然元帝仍未鬆口讓他出征，那又何必讓人去請他入宮？這般前後矛盾的行為，究竟又有何所圖？墨逸辰不禁深思。

「好，既然眾愛卿這般堅持，此事也不是沒有迴旋的餘地。」元帝緩緩說道。「朕也不妨同眾位愛卿直說了，朕之所以停了鎮國公世子在軍中的職務，無非就是因為他德行有虧。他既知有婚約在身，又何必招惹朕的七公主？既已招惹上，又怎可說拋棄就拋棄？往小了說，他這是德行有虧，若往大了說，他這就是藐視皇權！」

大殿之上，落針可聞的靜默，似乎都在等著元帝口中那個所謂的「迴旋的餘地」。

墨逸辰心裡不禁哂笑，欲加之罪，何患無辭？他何曾去招惹過七公主？而「拋棄」這一說法，更是無稽之談。

「朕的七公主如今傷心成疾，整日裡渾渾噩噩，朕看著也甚是不忍，所以，作為一個父親，朕願意退一步，只要鎮國公世子知錯能改，答應娶了七公主，朕便既往不咎，那處罰自然也就作廢了。眾愛卿以為如何？」元帝悠悠地說道。

朝堂之上一片譁然，眾人心裡自是知道元帝此番作為確實不妥，但見元帝心意已決，也無可奈何，只能眼巴巴地看向墨逸辰，希望他能以大局為重。

大戰當前，堂堂一國之君，竟用全軍的性命來暗自威脅他，真是讓人大開眼界！墨逸辰眼底劃過一絲諷刺，只見他往前邁出一步後，徑直跪在殿前。

「微臣願以性命保證，從未招惹過七公主，相反地，因一直謹記有婚約在身，與七公主之間從未有越界之舉，請皇上明察。但微臣理解皇上一片慈父之心，甘願認罰便是。」

深夜，大理寺卿的死刑牢房內，一黑衣人神不知、鬼不覺地潛入其中，來到最裡面的那間牢房門口，三兩下撬開了牢房的門鎖，走了進去。

牢房裡的人似是一早便知道有人會來，見到黑衣人後亦不見慌張，而是從容地看向來人，說道：「你終於來了。」

皎潔的月光，透過天牢的頂窗照了進來，影影綽綽間能看清牢中之人，正是程嫣然。

「主子讓我來送妳上路。」黑衣人像是一個沒有感情的傳話物件，甚至連說話時，眼皮都沒抬一下。

程嫣然聞言，眼底閃過一絲慌張，但她很快便努力讓自己鎮定了下來。她側過身看向黑衣人，眼底逸出一絲破釜沈舟之色。

「你們當真以為我沒有給自己準備後路嗎？倘若我今日遭遇不測，明日整個京都府便會傳出關於五皇子身世的流言蜚語，相信這也不是你主子想要看到的吧？」

程嫣然雖不知程府背後的主子是誰，但之前在宮中，她無意之中卻得知一個天大的秘密，她偶然間看見淑妃竟私會外男，從兩人的對話中得知，五皇子竟然不是當今聖上的血脈！

後來又發生了一些事，她便隱約推斷出，程家背後的主子多半與五皇子的生父有所關聯，因為這麼多年來，程家的所作所為，哪一件往深處看，都是在為五皇子鋪路。

當然，也包括她師父藥王。每次只要五皇子或淑妃一派有需要，表面上似是透過她的關係請到藥王出面，但程嫣然卻深知，在藥王心裡她可沒有這麼大的面子。若不是主子交代，藥王又豈會輕易讓他們隨叫隨到？

所以，程嫣然由此推斷，五皇子的生父定與程家背後的主子有很深的淵源，或者說，五皇子的生父，就是程家背後的主子！

黑衣人聞言，終於給了程嫣然一個眼神。「別白費心思了，妳送到鄉下心腹丫鬟那裡的信件，早已被主子派人截了下來，而那丫鬟一家，也已經在黃泉路上等著妳了。」

自無影樓被端了之後，安王料到程府怕是凶多吉少，便派人嚴加看管程府眾人的一舉一動，所以，程嫣然心腹丫鬟被遣回鄉下的事，他們第一時間就得知了，他們之所以按兵不動，就是想看看程嫣然想要耍什麼花招。

果然，今天白日裡，程嫣然有了動作，她竟買通了獄卒，偷偷給那丫鬟送了封信，而當他們截下了信件送到了安王手裡後，安王的臉色非常難看，二話不說，直接便下令了結了她。

聞言，程嫣然一臉震驚地看向黑衣人，怔神了片刻後，突然明白自己已經沒有退路了，頓時面如死灰，頹然地癱坐在地上，眼底滿是悔恨和不甘心。

若不是她羽翼未豐，又豈會像現在這般被動，連個可用之人都沒有？如果再多給她些時日，也不會落到這般任人宰割的地步。

程嫣然也知道，人生從來沒有如果，但她還是忍不住想如果。

如果她不是庶女的出身，而是一生下來就像溫阮那般擁有家人得天獨厚的寵愛，是不是她此番落難，也會有人不管不顧地來救她？

就像溫阮被劫時那樣，墨逸辰帶人直接挑了無影樓，絲毫不顧及那可能是元帝的勢力，而太子和溫甯侯府更是不惜自曝勢力，也要第一時間追查她的下落。

如果她一生下什麼都擁有，是不是她也不用這般煞費苦心、不擇手段地去爭取，甚至不惜去製出那些勞什子的毒藥害人，讓自己的雙手染滿血腥？

其實，她也想過要乾乾淨淨地活著的，可是，她又不甘心如泥土般被人踩在腳下，她抑制不住自己想要成為人上人的衝動，所以，她別無選擇。

但她這一輩子，什麼都沒有，到最後也什麼都沒抓住！

黑衣人瞥了程嫣然一眼，心裡嘆了聲「可惜」。此女要不是自作聰明，尚且有一絲生還的可能。

其實，前兩日主子便要派人了結掉她的，只是藥王突然派人過來，請主子盡力保住他這個唯一的徒弟。本來安王已經有所動搖了，但是她今日這一封信，算是徹底絕了自身的生機。

「奉勸妳一句，下輩子投胎，要麼就做那絕頂聰明之人，讓世人惜妳之才，自是不捨得殺妳；若是不能，就做個蠢笨之人吧，這樣能活得久一些。千萬不要再做妳這般半聰明不聰明的人了，最容易送命。」

黑衣人說完，再也沒有給程嫣然絲毫機會，伸手解開程嫣然身上的腰帶，抬手把腰帶扔到了梁上。

很快地，天牢的梁上，程嫣然被做出畏罪自殺的模樣。吊死後的她，雙目瞪得老大，緊緊盯著窗外的月色，死不瞑目。

在元帝與墨逸辰這場不見硝煙的較量中，直至最後也不知是誰輸誰贏，眾人只知道，僵持到第三日時，鎮國公進宮一趟，不知他與元帝達成了何種協定，最終，元帝終於鬆口，准許墨逸辰官復原職，率兵出征。

原來，鎮國公竟同意了元帝在西北軍軍中設置監軍的要求。

這麼些年來，元帝曾多次有意分散鎮國公府對西北軍的掌控，自是也提過設置監軍之事，但每每都被鎮國公和墨逸辰打太極給繞了過去，沒想到這次竟讓元帝得償所願了。

而此時的鎮國公和墨逸辰還不知道，正是因為這次的妥協，在之後對戰東臨大軍時，險些給西北軍帶來了滅頂之災。

這一日，京都府郊外，墨逸辰一身鎧甲戎裝，坐於馬上。

溫阮則是早早便等在京郊外的十里涼亭，來為他送行。

墨逸辰看到溫阮後，輕盈地翻身下馬，快步走到她面前。「阮阮，妳今日怎麼過來了？」

這也不怪墨逸辰詫異，昨日他特意到溫甯侯府去與溫阮道別，兩人還聊了很久，本以為她今日便不會再來了。

溫阮眉眼彎彎。「當然是來為你送行的呀！驚不驚喜、意不意外啊？」

墨逸辰輕「嗯」了一聲，雙眸中染上了笑意。「很驚喜，也很意外。」

溫阮仰著小腦袋，上下打量了墨逸辰一圈，由衷地感慨道：「逸辰哥哥，這身戎裝簡直太適合你了，把你那高冷孤傲的氣質展現得淋漓盡致啊！嘖嘖嘖，自古美人愛英雄，本來之前我還有些擔心你找不到媳婦呢，今日一瞧我算是徹底放心了，這哪是會找不著媳婦啊？怕是要挑花了眼啊！」

唉，溫阮不僅是個顏值控，還是個妥妥的制服控，墨逸辰今日這一身打扮，簡直是太合她的胃口了，讓她忍不住又犯起了花癡。

墨逸辰先是一愣，隨後無奈地笑了笑，這小丫頭就喜歡打趣他。

「我是去打仗的，找什麼媳婦啊？淨胡說！」墨逸辰揉了揉溫阮的小腦袋，順勢還點了點她的小腦袋。「以後少看些話本子，否則，妳這小腦袋瓜裡天天就想這些亂七八糟的東西！」

溫阮不贊同地反駁道：「那可不行，看話本子是我的愛好！逸辰哥哥，你可不能剝奪我的樂趣喔！再說了，我要好好在話本裡學學，日後你和哥哥們找媳婦，我還能給你們出謀劃策不是？」

「妳啊，就歪理多！我就不用妳操心了，管好妳自己吧！」墨逸辰笑道。

溫阮聞言倒也不惱，反而衝著墨逸辰擠眉弄眼道：「這你就放心好了，我都想好啦，逸辰哥哥，我偷偷跟你說……」左右看了一眼，溫阮衝著墨逸辰勾勾手指，示意他頭低點。

墨逸辰見狀，配合地往前傾了傾身。

「我都想好了，改日我定要好好瞧瞧京都府各家的小公子，若有合眼緣的，看看有沒有機會發展成我未來夫婿？青梅竹馬什麼的，想想都覺得不錯啊！」溫阮低聲在墨逸辰耳邊說道。

聞言，墨逸辰一怔，顯然沒有料到小丫頭竟然還有這種心思！他神色不禁嚴肅了幾分，叱道：「胡鬧！妳才多大，這些事情不用考慮！」

溫阮卻不以為然，略帶嫌棄地說道：「這你就不懂了吧？這種終身大事當然要趁早考慮了呀！不然到時候和你一樣嗎？一把年紀了還沒個喜歡的人，這也太慘了吧！」簡直是白瞎他長了一張這麼帥氣的臉！

墨逸辰。「……」一把年紀？這小丫頭嫌棄得是不是太明顯了？

「話說，逸辰哥哥，這京都府的貴女你都沒有看上眼的，那長年駐紮當地的軍戶家應該也有適齡的女子吧？我聽說西北民風開放，你別一心總撲在軍營裡啊！有時間你也可以在當地轉轉，說不定就轉角遇到愛了呢！」溫阮不死心地囑咐道。「還有，你看我二哥，和你同歲吧，人家都知道……」溫阮真是越講興致越高，恨不得化身月老座下的小仙童，親自把墨逸辰這根紅線給繫上！

墨逸辰看著她的樣子頗為無奈，但又不知要如何打斷她。

正巧這時，溫浩輝從一旁走了過來，看到溫阮嘮叨不停的小模樣，不禁扶額。

「妹妹，時間有限，大家都等著呢，咱們還是快說正事吧！」溫浩輝道。

溫阮一愣，隨即才反應過來，看了看不遠處的軍隊，頓時有些不好意思了，忙衝著一旁的彩霞招了招手，彩霞隨後遞上來一個小包袱，她接過來後一把塞進了墨逸辰的懷裡。

「這裡面是我製的一些常用藥，每種藥怎麼使用、用多少，裡面有張紙條上都寫著呢。逸辰哥哥，你帶著吧，以備不時之需。」

這些藥都是溫阮昨晚連夜趕出來的，按照之前給溫浩傑準備的藥單，又重新準備了一份，也算是她對墨逸辰的一些心意。

墨逸辰看著被塞進懷裡的小包袱，眼底不禁染上一絲輕柔。「有勞阮阮了。」

溫阮笑著搖了搖頭。「逸辰哥哥，我等著你凱旋而歸。」

「好。」墨逸辰眉眼溫柔，應道。

溫阮看著漸行漸遠的軍隊，本以為此次一別，少則幾個月，多則一年半載的，他們便會再次見面。

只是，人生無常，世事難料，此一去，便是七載……

一晃眼，七年時光匆匆而過，溫阮也從那個粉雕玉琢的小女娃，長成了如今亭亭玉立的小姑娘，就連瑞瑞小團子也已經長成了九歲的小少年，舉手投足之間和溫浩然簡直就是一個模子刻出來的，果真不愧是父子。

溫阮也沒料到，邊境這戰竟然持續了七年，而墨逸辰也七年沒有回來過。

當年，東臨和西楚同時向夏祁國邊境增兵，企圖圍剿，李將軍父子親赴西楚邊境坐鎮，死死地把西楚軍隊阻擋在夏祁國的邊境之外，兩國軍隊多次交戰後，終於在三年前大勝西楚軍隊，成功班師回朝。

但東臨這邊卻沒有這麼順利了。本來就國家實力方面來講，東臨和夏祁國旗鼓相當，而西楚卻要遜色太多，夏祁國大敗西楚是早晚的事，只是與東臨對陣的西北軍卻棘手得多。

首先是，夏祁國腹背受敵，本就處於劣勢，糧草武器供應方面，自然也是略顯不足，但西北軍卻憑藉著傑出的作戰能力，還有當地軍民的齊心協力，死死絆住了東臨的軍隊，不讓其邁進夏祁國的國土一步，這已經是很了不起的事情。

其次，在三年前，也正當西楚戰敗的時候，西北軍受過一次重創，險些全軍覆沒，幸虧緊要關頭，墨逸辰力挽狂瀾，以三千鐵騎夜襲東臨十萬大軍的糧草庫，一把火將糧草燒了個乾淨，這才險險拖住了東臨軍隊的行軍速度，為西北軍爭取了至關重要的緩衝時間。

而此次重創的主要原因，便是元帝為了削弱鎮國公府對西北軍隊的掌控，派遣了所謂的監軍，在戰備時期搞分權政治，給了敵人可乘之機。在一次作戰之時，敵軍暗中派人抓住了監軍，掌握了西北軍的佈局後，一連摧毀邊境數城，使其淪陷，西北軍也因此大受挫折，險些沒緩過來。

也就是那次，趙卓煜徹底看透了元帝。戰事如此膠著，他的好父皇仍然一意孤行，致邊境萬千軍民的性命於不顧，絲毫沒有悔意，竟還想著苛扣西北軍的糧草、兵器等用度，以此來逼墨逸辰就範！

於是，趙卓煜找溫阮要了一種使人纏綿病榻的藥，親自給元帝餵了下去，然後，更是以雷霆手段把前朝政事接收過來。因有像薛太傅和周太師等朝中重臣的默許，太子已經代元帝處理政事，一手控制住了朝政。

而後宮之中，太后親自出馬，一手接管了過來，直接替太子穩住後宮。這時，眾人才明白過來，太子掌權已是勢在必得。

墨逸辰這邊也終於得以施展拳腳，在休養生息的同時，暗自籌謀，待稍一緩過來後，出其不意、攻其不備，直接收回先前失掉的城池，僅用半年的時間，把東臨軍隊又趕出了夏祁國的國土，死死守住了邊境線。
溫浩傑在三年前也趕去了西北軍，那時，他剛從影衛軍中訓練出來，正逢西北軍遭此重創，趙卓煜不放心其他人，遂把他派了過去。
那時趙卓煜和太后的關係也已經擺在了明面上，那溫浩傑和永寧郡主的關係自是也沒什麼好隱瞞的了，於是，兩家作主，在溫浩傑離開前，把婚事定了下來，只待戰事一結束，溫浩傑回京後，兩人便可成婚。
本來溫浩傑是不同意的，畢竟戰場上刀劍無眼，若是他不幸遇難，豈不耽誤了永寧郡主？可是永寧郡主卻非常堅持，甚至求到了太后面前，求她老人家指婚，這才把這門婚事給定了下來。
永寧郡主的臉和心疾早已治好，簡直美得不可方物，用溫阮的話說，她那傻二哥真是撿到寶了，找個仙女當妻子。
溫阮這幾年也沒閒著，因應戰事吃緊，藥材和醫者的需求量自然很大，本來打算開的醫館還沒開起來，倒是給前線培養了一批又一批的軍醫。成品藥製作的作坊倒是開了起來，但主要生產的藥品也是率先供應軍隊。
因用藥量劇增，藥材緊缺，溫阮找趙卓煜一合計，兩人又開始做起了種植藥材的生意，這幾年倒也做出了不小的規模，儼然形成了一塊閉合產業鏈，也著實替前線解決了不小的問題。

而且，溫阮乘機也替影一他們謀了份正經的營生，由他們來負責各地藥品的運輸，以及藥品生產的各個環節。總而言之一句話，就是溫阮手下的管事，切切實實的左膀右臂就是了。自此，溫阮也才放下心來，算是終於解決了手下人的就業問題啊！

當然，在見識到影一等人的能力和實力後，溫阮才算徹底明白，當初墨逸辰為何這般費心費力要替她留下他們了。想想自己當初萬般抗拒的樣子，呃……簡直就是有眼無珠啊！

去年，溫阮已經成功從梓鹿書院結業了，對於她來說，這可是大大的解脫啊！畢竟旁的先不說，至少不用每日再起這麼早了啊！

但身為薛太傅最沒出息的學生，溫阮至今還沒從他老人家那裡畢業，遂每隔上幾日，她便要去梓鹿書院的學淵閣聽他老人家教誨。

這日，溫阮一如既往地又來到學淵閣，薛太傅他老人家自然不會來這麼早了，遂學淵閣內只有蕭澤一人在。溫阮進去時，他背對著門口的方向，手裡執著一本書，正看得出神。

蕭澤的腿已經恢復了，可正常行走，與常人無二。

大概是四年前吧，他的腿在溫阮日復一日的針灸外加藥敷的治療下，已逐漸恢復了知覺，然後，溫阮便增加其治療力度，後續搭配復健治療，他已由起初如孩童般的蹣跚挪步，到如今成了步履穩健的正常人。

可能在別人看來，蕭澤的腿能行走是一件神奇的事，但溫阮親眼目睹了蕭澤恢復的整個過程，也見證了他付出不為常人所知的努力和艱辛，說實話，有時候她都以為蕭澤要堅持不下去了，但是，他卻每次都咬著牙關挺了下來，那股毅力讓溫阮很是欽佩。

而蕭澤之所以這般努力的背後原因，亦是讓人辛酸。

溫阮一直都知道她大嫂的爹寵妾滅妻，後宅整日裡雞飛狗跳，這也是為什麼她大嫂不願讓她去蕭府的原因，甚至每次給蕭澤施針，都會把他接到溫甯侯府這裡，就是不想讓她見到那些糟心事。

就是因為知道蕭筱的用意，所以，溫阮也從來都不問，更不會主動提起去蕭府的事。

可是，就在三年前，她第一次登了蕭府的門，甚至因在蕭府大打出手，而聞名於整個京都府。

那日，溫阮剛從外面辦完事回來，她大嫂身邊的丫鬟便驚慌失措地跑來找她，說她大嫂在蕭府被人下藥了，現在生死未卜，求她過去救人。

溫阮一聽，絲毫不敢耽擱，提著藥箱，帶著影一、影七他們便急匆匆趕了過去，只是當她到蕭府的時候，已經有一位大夫在給蕭筱診治了。

那老大夫診治完，朝著眾人搖了搖頭，說蕭筱是小產了，而且，因為服的是絕子湯，怕是日後都不會再有孕了。

溫阮診治後，亦是束手無策，因這絕子湯的藥效過於猛烈，再加上蕭筱當時有孕在身，小產後身子又受到一波傷害，即便之後好好養著，怕是也很難再有孕了。

蕭筱此次有孕尚不滿一個月，就連她都沒有意識到自己懷孕了，更別提旁人。也就是說，溫甯侯府好不容易要添丁了，他們還沒來得及高興一番，就在蕭府被人給暗害了！所以，發生這種事情，溫阮怎麼可能會輕易放過下藥之人？於是，她當下便讓影一和影七抓住送藥的丫鬟，嚴刑逼問後，確定是蕭家的一個姨娘和庶女所為。

原來這姨娘和庶女癡心妄想，看太子和溫甯侯府這邊得勢了，便想著攀上溫甯侯府這棵高枝，不過，她們也尚且有自知之明，知道想嫁進溫甯侯府是不可能的，於是便把主意打到了她大哥身上，企圖讓那庶女給她大哥當妾室。

她們如意算盤打得倒是精明，想著給蕭筱下了絕子湯後，那蕭家庶女便以豐盈子嗣的名頭，讓蕭筱同意給她大哥納妾，然後無非就是說服蕭筱，納別人不如納自己家的姊妹，還能互相幫襯什麼的，最終如償所願地進溫甯侯府的門。

下完藥後，她們本還想著日後找機會讓大夫說破蕭筱不能有孕的事，屆時，即便蕭筱對她們有所懷疑，也是沒有證據的。只是，她們也沒有料到蕭筱竟然懷孕了！而蕭筱的小產，讓她們的詭計直接暴露了。

她們更沒想到，溫阮竟然絲毫不避諱這是在蕭府，甚至不在乎自己的名聲，直接讓人動了刑，打了她們一個措手不及！

就在溫阮命人把這母女兩人帶來時，蕭府的當家人，也就是蕭筱的爹正巧也過來了，還企圖偏袒那對母女，說什麼既然蕭筱不能再有孕了，那就讓那庶女嫁予她大哥為妾吧，這也算是給他們溫甯侯府一個交代之類的話。

溫阮當時就氣紅了眼，甚至都沒等到她大哥過來處理此事，她便逕自讓影七把她大嫂沒喝完的那半碗絕子湯，當著蕭府眾人的面，給那庶女餵了下去。

以其人之道還治其人之身，她大嫂尚且還有瑞瑞這個兒子傍身，那庶女呢？還沒嫁人，又被人餵了絕子湯，這輩子算是完了。

後來可想而知，這件事鬧得很大，甚至溫啟淮還在朝堂之上被人給彈劾了，說他縱女行凶，還說要治溫阮的罪，溫阮一時之間處在風口浪尖之上。

其實，當時趙卓煜剛接管前朝政務不久，本就被其他各派盯著，稍有行差踏錯就會被人詬病，再加上蕭家那邊死盯著不放，情況確實棘手。

不過，棘手歸棘手，想要趙卓煜因此而嚴懲溫阮，那是不可能的。畢竟，在趙卓煜心裡，溫阮就是他嫡親的妹妹，維護都來不及，怎麼可能讓人給欺負了？

於是，趙卓煜找人搜集了蕭家寵妾滅妻的證據，讓御史在朝堂上公然彈劾蕭家，再加上溫甯侯府的長媳確實是被蕭家庶女所害，人證物證俱全，一時之間，風向便變了，蕭家庶女亦從受害者變成了罪有應得。

再加上蕭府那邊，蕭澤不知道用了什麼法子讓他爹改變說辭，撤銷了對溫阮的控訴，所以後來溫阮也確實沒受什麼牽連，只是被人家茶餘飯後評價兩句「過於凶悍」罷了。反正名聲這種事，她也一貫不在乎的。

只是，從那件事情之後，蕭澤就似乎變了，雖然表面上看起來，他還是那個溫柔少年的模樣，但他的溫柔中似是帶了鋒刃，也就是從那時起，他積極配合溫阮的治療，拚命地復健，終於在一年後，他的雙腿可以行走了。

然後，他便在次年參加了科舉，一路考下來，最終高中了狀元，當年便進到了翰林院為官。

而且這兩年，蕭家已然被蕭澤掌控在了手中，聽說蕭家的那位姨娘，去年突然暴斃了，而那庶女亦是思母心切，臥床不起，不久後也撒手人寰了。

明眼人都知道，這一切怕是與蕭澤脫不了關係。當年那個溫柔的少年，終究還是選擇在溫柔中帶上了鋒芒。說不上好壞，也許這就是人生。

但是，似乎沒人發現，每當蕭澤面對溫阮時，仍是當初那個溫柔到骨子裡的少年。

「師兄，我來了！你看什麼書呢，這麼入神啊？」溫阮徑直走到蕭澤身邊，出聲打斷了他。

蕭澤從書中抬起頭，聲音裡帶著笑意。「沒什麼，隨便看看。」

溫阮也沒太在意，逕自走到一旁的軟榻上坐著，嫻熟地從旁邊的櫃子裡拿出一冊話本子。

「師兄，你幫我盯著點老師，千萬不能讓他瞧見我看話本子了，不然，他老人家鐵定又要給我沒收了！」溫阮想想之前被薛太傅沒收的話本子，不禁一陣肉疼。

蕭澤無奈地搖了搖頭。「妳要是能把看話本子的勁頭，放在老師給妳佈置的那些學業上，相信老師也不會每次見到妳都唉聲嘆氣了。」

溫阮卻不以為然道：「那能一樣嗎？老師佈置的那些東西枯燥乏味得緊，哪有話本子有趣啊！再說了，總要讓他老人家明白，這一輩子總有些坎是邁不過的啊！比如我，就是他傳道授業路上邁不過去的坎！沒事，師兄你也不用擔心，他老人家習慣習慣就好了。」

對於溫阮的歪理邪說，蕭澤領略頗深，也是見怪不怪了，於是，並沒再同她多辯解，反而放下了手中的書本，盡職盡責地開始幫她盯梢。

午後的陽光，透過窗戶灑到了軟榻上，而軟榻上的人兒，手裡捧著話本子，似是看到有趣處，正開心得手舞足蹈，笑得像個孩子一般。

蕭澤在一旁靜靜地看著，目光輕柔似水，唇邊帶著笑。

許久，蕭澤的視線才從溫阮身上移開，只是在他回過神的當即，突然聽到門外有輕微的腳步聲，顯然是有人刻意放輕了腳步。

「師妹，老師來了。」蕭澤出聲提醒道。這些年，溫阮同薛太傅間的鬥智鬥勇，蕭澤在一旁看了個盡然，這會兒他不用想都知道，薛太傅這是正準備抓溫阮的小辮子。

溫阮一怔，隨即反應過來，連忙把手中的話本子扔給蕭澤，然後順手拿起一旁的書，裝模作樣地看了起來。

而蕭澤接過話本子後，便往旁邊的書櫃裡一塞，也快手拿起一旁的書看了起來。

兩人這一波嫻熟的操作，一看就知道是慣犯。

所以，薛太傅進來後，注定要大失所望了。他老人家查看了一圈，都沒發現什麼異樣，只能板著臉，對溫阮說道：「跟我進來。」

溫阮乖乖地應了聲「喔」，然後跟著薛太傅的身後，朝著一旁的屋子走去。

只是在臨出去前，溫阮突然轉頭，拚命地朝著蕭澤使眼色，示意他待會兒要進去救她。

著。

蕭澤見狀，微微點點頭。

不知薛太傅是不是感應到了什麼，突然轉過身，幸好溫阮反應快，才沒被抓個正著。

薛太傅疑惑地在兩人身上打量了一番，然後，瞪了蕭澤一眼，罵道：「哼，這丫頭如今這般不學無術，與你這臭小子的縱容脫不了關係！」

蕭澤聞言，笑了笑，倒也沒有辯解。

第二十三章

西北邊境，軍營中，士兵們正圍在篝火旁，火上架著架子烤著肉，肉香瀰漫著整個大營。

墨逸辰和溫浩傑兩人也圍在一堆篝火旁，手裡各拿著一塊烤肉，吃相頗為不拘小節，儼然已同軍營的將領、士兵們打成了一片。

「這烤肉烤得還不錯，就是感覺味道淡了些，若是能撒上些我妹妹製的烤肉調料就更好了。」溫浩傑有感而發道。

這三年，溫浩傑和墨逸辰的關係改善很多，再也不是當初那般互看不順眼了，畢竟在戰場上並肩作戰這麼久，怎麼著也有了些惺惺相惜之情。

墨逸辰聞言，輕「嗯」了一聲，不過，當聽到溫浩傑提起溫阮時，眼底不自覺地逸出一絲溫柔。

「這還不簡單？等下次咱們將軍給溫校尉的妹妹寫信時，順便讓她幫您帶點過來就是了！」一旁邊坐著的一個副將笑著說道。

溫浩傑一聽就不樂意了。「我用得著他嗎？我自己不會寫啊？那可是我妹妹！」

他找自己妹妹要點東西，何時還要假借墨逸辰之手了？簡直是笑話！

「話是沒錯，可那不也是咱們將軍的未婚妻子嘛！再說了，人家兩人通信可比您勤多了，這一個月一封的，這麼多年就沒斷過，這也能方便些不是？」副將笑嘻嘻地解釋道。

「少給我提這事，一提我就上火！滾蛋、滾蛋！」溫浩傑一臉不耐煩，怕是再說下去他就要罵人了。

這位副將傻笑了兩聲後，屁顛顛地走開了，顯然對溫浩傑的脾氣早已習以為常，畢竟，這軍營中誰不知道，溫校尉最討厭別人提起他妹妹與他們將軍的婚事，顯然是十分看不上他們將軍這個妹夫了。

把那副將給趕走了，溫浩傑似乎還是不解氣，遂不滿地嘟囔道：「為什麼我妹妹總給你寫信？到底誰是她的親哥哥？」

墨逸辰瞥了他一眼，淡淡地說道：「阮阮還同我抱怨，說你有了媳婦忘了妹妹呢，上次你給永寧郡主帶回去的那簪子都沒有她的分。」

聞言，溫浩傑悻悻然地摸了摸鼻子。上次那支蘭花簪子實屬難得，他第一眼看見就覺得與永寧極為相配，可也就只有那麼一支，他就是怕溫阮怪他偏心，還偷偷託人帶了回去，沒想到還是被小丫頭給發現了。唉，看樣子，他稍後要尋些好東西，給妹妹賠不是了。

溫浩傑自知理虧，也不好再聊，遂直接轉移了話題。「對了，你和我妹妹的婚事究竟準備什麼時候退啊？這一拖這麼多年，我妹妹眼瞧著也要及笄了，可不能因這事耽擱了她。」

墨逸辰一怔，是啊，都這麼多年了，小丫頭馬上就要及笄了，時間過得可真快，轉眼七年就過去了。

當年離開之時，因著小丫頭跟他說要培養什麼青梅竹馬，他著實不放心了些，遂寫信告誡她，此法不可行。

然後，小丫頭便不服氣地給他回了信，列出一堆青梅竹馬的好處，再然後，他又給她回信舉了一些例子，證明青梅竹馬也有不可靠的。於是，兩人為此來來回回寫了不下十封信，最後好像誰也說服不了誰。

不過兩人保持通信的習慣倒是保留了下來，就這樣一月一封，竟持續了七年之久，儼然成為一種習慣。

其實，墨逸辰也很喜歡和溫阮通信，喜歡聽她講一些身邊的趣事，或者抱怨薛太傅又罰她寫大字了，又或者她三哥替她賺了多少銀子等等，而在這些瑣碎的信件中，他似乎也參與了小丫頭的成長，如此一想，他便感到分外的滿足。

「還有，你和我妹妹也少通些信，雖然你倆的婚約我們都知道是怎麼回事，但我妹妹日後總歸是要嫁人的，萬一她未來的夫婿介意怎麼辦？所以，還是避些嫌的好。」溫浩傑語重心長地說道，顯然是一副操碎了心的哥哥模樣。

避嫌？墨逸辰聞言，眉頭緊皺。他非常不喜歡這個詞，為什麼他要和小丫頭避嫌？而且，還是為了另一個男人？

墨逸辰袖子裡的手緊了緊，他不得不承認，一想到有另一個男人會成為小丫頭的夫婿，他心裡就不舒服極了，似有股想要粉碎一切的衝動。

只是，他又清楚地知道，這樣是不對的，小丫頭大了，自然是要成親的。可是，知道歸知道，但一想到會出現另一個男人，他心底那抹戾氣又會忍不住冒了出來。

為什麼會這樣呢？究竟是哪裡出了問題？墨逸辰陷入深深的迷茫中。

西北軍營內，墨逸辰近日來總是會心不在焉，連他身邊的副將都發現了異樣，遂趁著一日他又在愣神時，準備試探地關心他一下。

「將軍，您是和溫校尉的妹妹鬧彆扭了嗎？」這位副將叫鄭飛，平日裡跟在墨逸辰身邊，是個典型的西北糙漢，為人熱情爽朗，是軍營裡的消息通。

墨逸辰聞言，睨了鄭飛一眼，面無表情道：「你是沒事情做了嗎？」

鄭飛倒也不怕墨逸辰，他跟在將軍身旁好幾年了，知道他雖表面上看起來很凶，但其實從來不會無緣無故懲罰下屬，甚至打心底把軍中的士兵當作家人般對待，是典型的面冷心不冷。

「我這兩日不是看您總是心神不寧的嘛，就想著看看能不能開導開導您啊！」鄭飛笑呵呵地說道：「將軍，我跟您說啊，這怎麼哄媳婦方面，我還是很有資格說上幾句的，怎麼說咱也是娶了媳婦的人吧？」

看著鄭飛一臉欠揍的表情，墨逸辰直接扭過頭，索性眼不見心不煩。

「將軍啊，不是我說您，您本來就比溫校尉的妹妹大這麼多，讓著人家小姑娘點不也是應該的嗎？還有，你們相隔這麼遠，可不好隨便鬧彆扭，否則人家小姑娘轉頭找個更合心意的，那說不定等您班師回朝的時候，人家都另嫁他人了，那您可真的就是賠了夫人又折兵啊！」鄭飛苦口婆心地勸解道。

找個更合心意的？另嫁他人？墨逸辰一想到那個畫面，胸口處便不禁傳來一陣刺痛，似針扎般，一下一下，不尖銳、不流血，卻能讓人痛到窒息。

「鄭飛，你喜歡你媳婦嗎？」墨逸辰的聲音有些低啞。

鄭飛本來就粗線條，自然沒有注意到墨逸辰的異樣，只是如實地回道：「那當然了！也不怕將軍笑話，其實我第一次見到我媳婦時，就看上她了，後來一打聽她還沒有許配人家，忙讓我娘找媒人上門提親，就怕去遲了，媳婦成別人的呢！」

墨逸辰看向鄭飛，問道：「那若是，當時你媳婦嫁給了別人，你會怎樣？」

聞言，鄭飛一怔，然後直接拍案而起。「誰敢？膽敢娶我媳婦的人，我恨不得將他千刀萬剮了！」

沒錯，就是這種想法！墨逸辰暗暗想道。

此時，就算墨逸辰再遲鈍，他也意識到自己對溫阮感情的變化了，他已不再純粹地把她當作妹妹對待，而是在不知不覺中有了男女之情。

其實，這幾日來，他也隱隱往這方面猜測過，不過，他一開始還沒辦法適應這種變化，只能竭力去壓抑這份情感，但是，似乎越是控制，越是忍不住去想，甚至連作夢都會夢到小丫頭嫁給別人了，而他卻直接瘋了似地闖了過去，手刃了膽敢娶小丫頭的男人。

鄭飛似突然想到什麼，一臉擔憂地看向墨逸辰。「將軍，您……您不會是被拋棄了吧？難道溫校尉的妹妹喜歡上別的男子了？」

「胡說什麼！」墨逸辰瞪了鄭飛一眼。

鄭飛見墨逸辰的樣子，並不像在說謊，這才放下心來。不過，他隨即撓了撓頭，不服氣地嘟囔道：「這也不怪我胡思亂想啊，主要還不是將軍您講得似是而非，讓人誤會啊！再說了，溫校尉的妹妹長得這麼好看，像個天仙似的，在京都府難免不被別家的小公子惦記上。我可聽說了，那些讀書之人和咱們軍營裡的大老爺們可不一樣，最是擅長油嘴滑舌，哄騙小姑娘起來那是一套一套的，您又常年不在人家身邊陪著，難保溫校尉的妹妹不會被騙了過去啊！可見，我這擔心也不是沒有道理的。」

聞言，墨逸辰一愣，不禁陷入沈思。雖然鄭飛所言是有些誇大其詞，但不可否認，並不是完全沒有這種可能性。小丫頭年紀尚小，整日裡又喜歡看話本子，那些話本子裡不都是一些書生與小姐的故事嗎？萬一她受其影響，被那等子心術不正之人誆騙了過去……

不過，瞥了鄭飛一眼，墨逸辰的眼神有些冷。「你怎麼知道溫校尉的妹妹長什麼樣？」

鄭飛一聽壞事了！可是在墨逸辰的眼皮子底下，他也不敢再扯謊了，只能如實說道：「那個，不就是上次，您看完溫小姐的畫像後，忘了收起來，然後，屬下就不小心看了一眼。」

墨逸辰臉色一黑，淡淡掃了他一眼，眼神非常冷。

「真的，就一眼！屬下就只是遠遠地看了一眼而已！」鄭飛後背直冒冷汗，突然有種小命堪憂的感覺。

唉，都怪他多嘴，言多必失了吧！他們將軍把溫小姐那副畫像看得有多重要啊，平日裡連溫校尉要看看都不行，他這是造了什麼孽，幹麼主動提起這一茬啊？

「還不出去，等著找罰嗎？」過了許久，墨逸辰的聲音才再次傳來。

鄭飛聞言，忙「喔」了一聲，灰溜溜地跑了出去。

鄭飛離開後，營帳中只剩下墨逸辰一人，他先是愣神了片刻，隨後走到存放重要公文的架子前，從下方的櫃子拿出了一張畫卷。

畫卷攤開，紙上儼然出現一個言笑晏晏的小姑娘，這是溫阮十四歲生辰時畫下來的，當時小丫頭把畫像隨信件一起送過來時，說是怕以後見面他不認得她了，讓他先看畫像熟悉熟悉。

當然了，小丫頭還不忘誇一誇自己的長相，隔著信件，他都能想像她寫信時的得意勁。

不過，當墨逸辰注意到畫像最下方被撕去的一角時，微微怔了怔。那是他自己撕的，不為別的，只因為這一角上書寫著一個人的名字，蕭澤，也是畫這幅畫的人。

蕭澤是誰，墨逸辰是再清楚不過了，因為他經常出現在小丫頭的信件中。

這七年間，小丫頭幫他治好了腿，他也陪著小丫頭長大，兩人同為薛太傅的學生，是同門師兄妹，在小丫頭的描述裡，蕭澤會模仿她的筆跡，幫她寫薛太傅給她佈置的學業，也會在她偷看話本時替她盯梢，甚至在她每次犯錯，蕭澤都會幫她遮掩，為此她躲過薛太傅好多次懲罰。

再加上蕭澤是小丫頭她大嫂的弟弟，兩人平日裡來往甚密，算起來，似乎有點像小丫頭口中所謂的青梅竹馬？

想到這兒，墨逸辰突然有種強烈的危機感。之前每每看到小丫頭在信裡提到蕭澤時，他雖然心裡有些不悅，但也只是草草地跳著看罷了，但如今，他知道了自己的心意，卻又有了另一番思量。

以往他是沒朝深處想，可現在一細思，他突然意識到，這蕭澤怕是居心不單純吧？依兩府姻親的關係，蕭澤應該對他與溫阮婚約之事有所瞭解，那他豈不更是……

墨逸辰一下子坐不住了，忙回到案前，拿起紙筆，準備給小丫頭寫封信。蕭澤是什麼心思他可以暫且不管，但小丫頭對蕭澤是什麼心思，他必須要旁敲側擊問問才行。

一番斟酌後，墨逸辰終於把這封試探的信件寫完，隨即喚了暗衛進來，把信件遞了過去。「讓人立即送回京都府，交給阮阮。」

正巧在外值班的暗衛是玄武，他接過信件先是一愣，若是他沒記錯的話，給溫小姐的信前幾日才送走，這怎麼又要送了？

「讓送信的人快一些。」墨逸辰又補充了一句。

玄武以為有什麼重要的事，忙確認道：「主子，要八百里加急送回去嗎？」

八百里加急可是傳遞軍情的，這突然給小丫頭送封信，還用八百里加急，怕是會嚇到她吧？墨逸辰暗自思量著。

「不用，這是私人信件，比平日的信件快一些就行。」墨逸辰道。

玄武顯然沒弄清楚他主子在想啥，但身為一個暗衛的基本素養倒還有，所以，他應了聲「是」後，便拿著信件退了出去。

不過，信件送出去後，墨逸辰還是一副心不在焉的樣子。這會兒他是真的害怕了，他怕溫阮給他的回覆不是他想要的，他更怕小丫頭告訴他，她有喜歡的男子了……

屆時他要怎麼辦？放手嗎？絕不可能！墨逸辰眼底劃過一絲決絕，若真走到那一步，他無論如何也要爭上一爭。

只是，到時候怕是不免要讓小丫頭傷心一番了。想到這裡，墨逸辰也只能暗自祈禱，希望溫阮在男女之事上也是個開竅晚的，只要她尚未動心，那這一切都還來得及。

就在墨逸辰陷入焦慮的思緒中不可自拔之時，鄭飛卻急匆匆地從營帳外走了進來，一臉凝重。「將軍，探子來報，東臨那邊有異動！他們暗中集結了一批人，似是往黑河城的方向去了。」

黑河城？怎麼會這麼巧？昨日溫浩傑才率人前去黑河城查看邊防情況，今日東臨那邊便有異動？究竟是巧合，還是他們早有預謀？

墨逸辰眉頭緊皺，逕自打開手旁的邊塞地圖，對著地圖中的幾座城池來回勾畫了一番後，突然驚呼道：「不好，浩傑有危險！快帶人隨我去支援他！」

京都府。這日，溫阮和她美人娘親剛從慧清庵探望完鎮國公夫人回來，影七便遞給她幾封信。

「小姐，這些都是今日墨世子派人送來的。」影七說道。

溫阮「喔」了一聲，算一算確實是到了來信的日子，她也沒多想就接了過來，挨封看了起來。這一封是二哥給家裡寫的信，還有一封是給永寧郡主的，還有就是墨逸辰給她的信。這次似乎多了一封信，那應該就是二哥也單獨給她寫了信吧？溫阮想著。

只是，溫阮剛把信件翻了過來，不禁「咦」了一聲，看字跡，這也是墨逸辰寫給她的呀！奇怪，這次怎麼寫了兩封？

把兩封信都打開後，溫阮才發現寫信日期不一樣，有一封的日期晚了幾日。按照往常信件在路上的時間估算，第二封應該是後來加急送過來的吧？正巧和第一封同時送達溫寧侯府。難道墨逸辰是有什麼急事嗎？

抱著這種想法，溫阮自然不敢耽擱，先拆開看第二封信。這封信並不長，她很快便看完了。只是看完後，溫阮更加迷茫了。這似乎也沒什麼急事啊，而且她隱約還感覺到墨逸辰在遣詞用句間，似乎在遮遮掩掩些什麼，這可是從來沒有過的情況啊！

從她和墨逸辰做了七年筆友的經驗來判斷，他一貫都是有話直說的，這可是位將耿直貫徹到底的主啊！

還有，這怎麼突然又提起青梅竹馬的話題了？還問她是不是背著她培養什麼青梅竹馬了？開什麼玩笑，她這個人一向光明正大，若是真的有什麼青梅竹馬，有必要藏著掖著嗎？

他竟然還問她，像她這般年紀的女孩子喜歡什麼樣的男子？會不會嫌棄他年紀大？呃……這是什麼節奏？難道是遇到喜歡的姑娘了？溫阮一拍腦袋，恍然大悟！

之前聽她二哥提起，說軍中有一位將軍的女兒喜歡墨逸辰，那姑娘好像就和她年紀差不多吧？難道墨逸辰也喜歡上人家姑娘了？

看樣子應該八九不離十，這又是青梅竹馬、又是年紀和她相仿的，種種跡象顯示，墨逸辰顯然是對人家姑娘動心了啊！

唉，溫阮不禁要流下一把辛酸的眼淚，就好像自家的崽崽終於開竅了，果真沒有辜負她這些年在信件中有意無意地給他開的戀愛小課堂啊！

不過，不知為什麼，溫阮心裡突然感覺有點空落落的，非常不起勁。

算了，不多想了，還是趕緊進宮把二哥的信給永寧郡主送去吧，人家這對小情侶天南海北的隔著，就靠這每月一封的信續命呢，估計早都盼著了吧！

於是，溫阮也不多做耽擱，直接帶上影七一起進了宮。

溫阮一路暢行無阻，可就在她剛要進慈甯宮時，一個小太監慌慌張張地攔住了她，說是太子表哥有急事，讓她去一趟東宮。

這小太監溫阮認識，是太子表哥身前的人沒錯，於是，她把給永寧郡主的信件交給了桂嬤嬤後，便跟著小太監來到東宮，太子表哥的書房。

「太子表哥，發生什麼事了嗎？」溫阮剛邁進書房門，便急聲問道。

待進了書房後，溫阮才發現，原來祖父、爹還有大哥都在，神色不禁嚴肅了幾分，看這架勢應該是有什麼大事。

趙卓煜走到溫阮面前，臉色凝重。「阮阮，剛剛西北那邊傳來八百里加急的信件，浩傑他……」

「二哥他怎麼了？」溫阮一把抓住趙卓煜的衣袖，一臉焦急。

趙卓煜連忙安撫道：「阮阮，妳別急，不是妳想的那樣，浩傑暫時還沒事。」

聞言，溫阮的神情驀地一鬆。人暫時沒事就好，嚇死她了，剛剛她還以為她二哥……

「不過，浩傑他前些日子被人襲擊，中了一箭，本來箭頭軍醫已經取出來，便以為沒什麼大事，只是過了兩日，浩傑不知為何突然又陷入昏迷，軍醫初步判斷是中毒了……」

「中毒？什麼毒？」溫阮迫不及待地問道。

趙卓煜搖搖頭。「軍醫診斷不出來。不過，軍醫把中毒後的症狀和診脈脈案都送來了，表妹妳看看有沒有法子配出解藥。」說完，趙卓煜便把一張信紙遞給溫阮。

溫阮順手接了過來，卻沒急著看，而是看向老侯爺他們，說道：「祖父、爹，讓我去軍營吧！沒有查看情況就配藥，我不能拿二哥的性命冒險！」

「不行！」屋內幾人異口同聲道。

現在西北的情況錯綜複雜，隨時都會打仗，他們實在不放心溫阮一個人過去，太危險了！

「阮阮，我知道妳擔心妳二哥，但妳先看看信吧，說不定看完就能判定是何毒，妳再把解藥製出來，我們派人快馬加鞭送去西北，這樣浩傑不會有事，妳也不必去犯險，豈不是一舉兩得？」趙卓煜勸道。

溫阮卻搖頭，神色異常堅定。「太子表哥，不用看了。你剛剛也說了，軍醫一開始並未察覺我二哥中毒，對他們的醫術我抱持懷疑的態度，所以，關於我二哥中毒的診斷脈案我自然也是不信任的，萬一他們在哪裡出了一丁點兒錯，那就是要了我二哥的命，我不能冒險，我必須要親自過去才行。」

話落，屋內陷入一片靜默，眾人神色凝重，卻又遲遲拿不定主意。他們既不想讓溫浩傑出事，也不願溫阮前去冒險，一時之間陷入了兩難的抉擇。

這件事還是要老侯爺拍板才行，溫阮遂看向老侯爺道：「祖父，您知道我的，即便你們不讓我去，我也會找機會偷溜過去的，所以……」溫阮話還沒說完，便被老侯爺一個眼神瞪得閉上了嘴，不過，她還是倔強地與老侯爺對視著，以此來表達自己的決心。

就這樣僵持了許久，終於，老侯爺還是嘆了口氣，說道：「算了，就讓這臭丫頭過去吧。太子你看著安排，總比她自己偷跑過去要強。」

聞言，趙卓煜點頭應允下來，他看了溫阮一眼，心裡也在思量著最安全的法子。

「祖父、爹，我陪阮阮一起過去吧？她一個人過去，我不放心。」溫浩然突然說道。

溫阮忙擺擺手，前線這麼亂，刀劍無眼的，她大哥一個文弱書生，還是不要過去犯險的好，還不夠她大嫂和瑞瑞小朋友擔心的呢！

「大哥，你還是算了吧，你又不會武功，別到時候還要我保護你，你就別給妹妹添亂了啊！」溫阮毫不客氣地吐槽道。
溫阮自己的功夫雖然不咋樣，甚至經常被影四嫌棄，但與她大哥這種文弱書生比起來，她還是非常有優越感的。
溫浩然。「……」
溫浩傑危在旦夕，溫阮堅持立即啟程，其他人沒有辦法，只能先送她回府收拾東西。
而趙卓煜這邊，因不太放心安王，這些年也一直都有派人盯著，恰好前些日子，有探子來報，說安王好像與東臨的人有聯繫，他懷疑此次溫浩傑中毒與他們有關，所以，謹慎起見，送溫阮去西北採取明暗兩條線。
明線上，由這幾年經常跟在溫阮身邊露面的影一和影七出面護送，當然護送之人並非溫阮，而是由人假扮；而暗線上，則由趙卓煜派人帶著溫阮，一路偽裝趕往西北。日夜兼程，一路上絲毫不敢耽擱，溫阮在暗衛的護送下，終於在五日後趕到了西北軍營。
護送溫阮的暗衛中，有一人常年往返西北軍營和京都府兩邊，很是熟悉這裡的情況，再加上他拿著太子的貼身權杖，西北軍營的將士自是不敢怠慢，親自把幾人帶到了一個營帳前。

溫阮剛掀開帳篷的門簾，人還未進去，便聽到墨逸辰的喝斥聲，然後，一個茶盞穩穩地碎在她的腳邊，幸虧她反應靈敏，險險避開了。

「你們都是做什麼吃的？醫術不見得怎麼樣，婆婆媽媽的本事倒是不小！究竟是哪個混帳東西把你們送進軍營的？真當軍醫這麼好當是不是？」墨逸辰背對著帳篷門口的方向，指著屋內兩個軍醫怒罵道。

溫阮。「……」瞥了眼屋內兩個軍醫，呃……有點熟悉啊！這幾年，溫阮一直有私下裡幫趙卓煜培養戰場上的急救醫護人員，若她沒看錯的話，這兩人正是通過她考核後才送過來的。所以，她就是墨逸辰嘴裡的那個混帳東西！

突然有點不想進去了怎麼辦？

不過，看著被罵得抬不起頭的兩位軍醫，溫阮嘆了口氣，自己教的徒弟還是得自己負責啊，總不好眼睜睜地看著他們被罵，自己默不作聲吧？這要是傳出去，她以後還怎麼混？這般不講義氣，也是枉為人師了。

「那個……應該是我吧。」

一個小姑娘的聲音，脆生生地傳進帳篷裡。

聽到是女人的聲音，墨逸辰的眉頭微皺。以他的武功，溫阮等人剛進來時他便發現了，只是墨逸辰那會兒正是煩躁的時候，以為是手下人來彙報事情，便懶得回頭看。

誰知軍營重地，他們竟然敢私自放女人進來！

墨逸辰面無表情地轉過身，眼神冷漠疏離，只是當他看到門口的少女時，呼吸驀地一窒，一時之間竟忘記了反應。

只見門口的少女，一身紅色的斗篷，身姿纖細，肌若凝脂，五官俏麗，一雙眼睛似透著靈氣，讓人移不開眼。

兩人隔了一段距離，沈默地對視著，誰也沒有上前。

溫阮眨了眨眼，小腦袋一昂，輕咳了一聲，再次強調道：「你說的那個混帳東西，是我。」

「什麼？」墨逸辰一怔，顯然沒有聽懂。

溫阮往前走了幾步，來到那幾個軍醫面前，指了指他們，又指了指自己，說道：「他們是我教的，也是我考核通過後送到軍營的，所以，你剛剛在罵我！」

墨逸辰。「……」好想抽死剛剛罵人的自己！

墨逸辰默默嘆了口氣，他一貫知道這小丫頭不吃虧的性子，平日時在信裡一言不合，她都能唇槍舌戰數十張信紙，何況這會兒還被她親耳聽到了。

「阮阮，妳怎麼來了？其實我不是——」墨逸辰有些窘迫，試圖想要解釋，卻徑直被溫阮抬手制止了。

「哼，這事咱們稍後再論！我二哥現在情況怎麼樣？先帶我過去看看吧。」溫阮心裡一直牽掛著溫浩傑的情況。

墨逸辰當然也知道此刻不是敘舊的時候，點了點頭，便領著溫阮去了隔壁的營帳。

營帳內，有一個白鬍子老軍醫守在溫浩傑的病床前，隨時觀察他的病情變化，溫阮到的時候，他正在一旁翻醫書，似是在查找什麼，當他看到墨逸辰進來後，慌忙起身行禮。

溫阮徑直走到溫浩傑身邊給他診脈，老軍醫見狀想上前阻擋，卻被墨逸辰伸手攔了下來。

糟糕，毒素快要蔓延到心脈了！必須立即替二哥施針才行，否則，屆時即便研製出解藥，也是藥石罔效。

於是，溫阮拿出隨身攜帶的銀針包，三十六走針法快速在她手間施展。針起針落，快到讓一旁的老軍醫看花了眼，此時，他才意識到，這姑娘原來是位杏林高手，怪不得他們將軍剛剛要攔住他。

大概半炷香的時間後，溫阮收起最後一根銀針，看向墨逸辰，說道：「我二哥的毒已經暫時被壓制住了，我必須在三天內研製出解藥。」

墨逸辰神色微凝。「此毒阮阮可有法子解？」

溫阮點了點頭。「此毒名為胭脂紅，是程嫣然的師父藥王所製，前幾年已經被我攻破。」

這些年，溫阮雖不學無術慣了，但在醫術和毒術的研究方面卻從沒落下，她把鬼手神醫留下的醫書和手劄全研究了個透澈，而且還透過趙卓煜的關係，把皇宮中珍藏的醫書和毒書也都借了出來，當然了，還有溫浩輝幫她搜羅來的一些所謂的醫書珍品。

而溫浩傑中的毒，溫阮在鬼手神醫留下的手劄中見過，說是此毒出自藥王，鬼手神醫生前研究多年都未攻克，所以，溫阮便來了興致，讓影一想法子幫自己找到這種毒藥，幾經周折，她最後總算研製出了解藥。

不過，這解藥有一點要注意，就是不能長時間存放，必須在製出的二十四個時辰內服用，否則藥效就會散去。而且，這解藥中有一種藥材極為難得，叫雪靈芝，顧名思義，此藥材生長在雪山之巔，據她瞭解，這附近的西北雪凌山就有此藥材。

這個倒不難，明日她去一趟雪凌山即可。她深知此藥材的生長習性，想要找到它也不是什麼難事。

從溫浩傑的帳篷出來後，溫阮跟著回到了墨逸辰的帳篷，她本來是想瞭解一下溫浩傑受傷的一些情況，誰知一進去，那兩個軍醫竟然都還在！

他們看到溫阮進來後，紛紛作揖行禮。「墨將軍、溫小姐。」

看到幾人，溫阮先是愣了愣，隨後一下子想起剛剛挨罵的事了，於是瞥了眼墨逸辰，頗有些陰陽怪氣地問道。

「來，你們都說說吧，究竟做了什麼，惹得墨大將軍這般生氣，竟然連我都被你們牽連挨罵了呀？」

軍醫們面面相覷，不禁紛紛看向墨逸辰，只見他神色未變，似是漫不經心地睨了他們一眼，有點冷，嚇得兩個軍醫戰戰兢兢地閉上了嘴。

溫阮見狀，似笑非笑地瞥了墨逸辰一眼。「逸辰哥哥，你這是什麼意思？不讓他們說？唉，果然不是親生的妹妹就是不一樣。好吧，那打擾了。」話落，溫阮看都沒看墨逸辰一眼，傲嬌地一轉身就要離開。

墨逸辰忙去拉住她，頗有些無奈地低聲說道：「阮阮，別鬧。」

溫阮「哼」了一聲，倒也順勢停了下來，不過，她隨後看了兩個軍醫一眼，意思不言而喻。

墨逸辰一臉無奈，卻又無可奈何，只能輕咳了一聲，對著軍醫說道：「想說什麼就說什麼，我又沒有堵著你們的嘴。」

兩個軍醫聞言，你看看我、我看看你，愣是誰也不願做這個出頭鳥，主要是怕「有人」秋後算帳啊！

就在溫阮險些失去耐心之時，終於，年輕點的軍醫站了出來，小聲說道：「將軍受傷了，我們是來給將軍換藥的，可是……」

「什麼？你也受傷了？」溫阮驚呼出口，忙走上前追問道：「傷哪裡了？怎麼傷的？嚴不嚴重啊？還有，你受傷了怎麼還四處亂跑？快去那邊榻上坐著！」

然後，兩位軍醫就看到一貫不配合醫治的墨大將軍，竟然乖乖地回到了榻上坐著。

墨逸辰看到溫阮關切的樣子，十分受用，不過，他也不想溫阮著急，剛想告訴她自己沒什麼事，卻被一旁的軍醫插了話。

「傷在胸口的位置，是救溫校尉時被敵人刺傷的，傷口挺嚴重的，而且將軍不注意休養，這會兒怕是更嚴重了！」年輕點的軍醫看終於有人能治住他們將軍這個不聽話的病患了，於是告黑狀告的那是一個順溜。

那個年紀稍長一些軍醫，怕年輕的軍醫被他們將軍一怒之下給砍了，於是忙把手中的藥箱遞到溫阮面前。「溫小姐，將軍的傷還煩請您給換藥，我們那邊還有些事，就先告辭了！」

說完，也沒等溫阮答沒答應，便徑直拉著那年輕軍醫麻溜地離開了。

溫阮也沒來得及管他們，直接說道：「衣服脫了，我替你看看傷口。」

墨逸辰一愣，看了看溫阮，有些為難。「要不，還是讓軍醫來看吧？」

溫阮已不再是當年的小姑娘了，現在這般模樣站在他跟前，墨逸辰還真是沒辦法做到隨意在她面前寬衣解帶。再加上，他已經明白了自己的心意，自然也不想唐突了放在心尖上的人兒。

「幹麼讓他們回來啊？你這是信不過我的醫術嗎？」溫阮不解地看向墨逸辰，一看到他略微閃躲的眼神，突然都明白了。「逸辰哥哥，醫者不分男女，現在我是以醫者的身分站在你面前，你自然不必顧慮這麼多。放心吧，即便有旁人知道，也說不得什麼的。」溫阮板著小臉，一本正經地說道。

不過，溫阮心裡還是有些不是滋味。他果然是有喜歡的姑娘了，都開始這般在意什麼男女大防了，以前可沒見他這般扭捏過，可見愛情的力量果然很大！

突然有些後悔這些年給他開的戀愛小課堂了，竟然用來防她？簡直豈有此理！

「再說了，你也不見得有什麼看頭，說不定還比不上我師兄呢！」溫阮之前給蕭澤施針時，發現他那柔弱的小身板下竟然還有腹肌，可見人不可貌相。

墨逸辰聞言，眼神一深，逕自解開腰帶，三兩下便把上衣脫了個徹底，似乎要急著證明什麼似的。

溫阮一怔神，抬眸便看到他已經脫好衣服，先是一愣，然後便注意到墨逸辰胸口的綁帶已經滲血了，於是忙伸手想解開綁帶，查看傷口的情況。

誰知，她的手半途卻被人一把抓住了。溫阮不解地看了過去。

墨逸辰眼睛一眨也不眨地盯著溫阮，問道：「比得上嗎？」

「什麼？」溫阮一愣，顯然沒跟上他的節奏。

墨逸辰堅持問道：「可是比妳師兄有看頭？」

溫阮。「……」

幾年不見，墨逸辰的勝負慾什麼時候變得這麼強了？她不過只是隨口一說，這怎麼還比較上了啊？

可是也不應該呀，平日在信件裡，他不是一向都很佛嗎？很多時候她胡說八道，他似乎有自動遮罩功能似的，根本不接她的茬，搞得每次都是她在唱獨角戲，可是這會兒卻……

溫阮輕嘆一聲，還是說，繼不能質疑男人那方面行不行之後，關於身材方面的質疑也屬於禁忌問題了？

「那個是我胡說八道的，不用在意、不用在意哈！」溫阮試圖打哈哈，想蒙混過關。「來來來，傷口都滲血了，看著滿嚴重的，我得趕緊幫你看看才行！」

可是，墨逸辰卻一點也不為所動，只見他雙眼中沒有了以往的清冷，似有一團火在燃燒，緊盯著溫阮，聲音十分低沈。「所以，阮阮覺得，我和妳師兄誰更好？」

不知為何，溫阮竟有些不敢直視他的雙眼，雙眸不由得移開，企圖掙扎著，想把手從墨逸辰的手中掙開，但兩人力量明顯懸殊，終是徒勞罷了。

看到墨逸辰這般堅持，溫阮自知躲不過去，只能說道：「當然是逸辰哥哥了，這還用說嗎？」

溫阮又不傻，這種時候當然知道要如何回答。不過，她心裡卻忍不住吐槽，他一個武將出身，竟然好意思和她師兄那種柔弱書生比身材，這不是欺負人嗎？要不要臉啊！

不過，不管溫阮心裡怎麼想的，聽到想要的答案後，墨逸辰滿足了，遂很爽快地放開溫阮的手，說道：「嗯，幾年不見，知道阮阮的眼光還是這般好，我就放心了。」

溫阮。「……」他這究竟是在誇她眼光好，還是在拐彎抹角地誇自己身材好？

七年沒見，溫阮怎麼也沒料到墨逸辰的臉皮竟然變得這麼厚，有點猝不及防啊！

不過，此時也沒有留給溫阮太多懷疑人生的時間，畢竟，墨逸辰胸前那滲著血的綁帶格外刺眼了些，她還是趕緊看看傷口才是。

這次，墨逸辰倒是配合了很多，乖乖地任由溫阮把綁帶解開，露出了胸口的傷口，然後，溫阮的臉以肉眼可見的速度黑了下來。

「傷口都這麼嚴重了，你還不聽軍醫的話好好養著？你是小孩子嗎？這麼不愛惜自己的身體！」溫阮冷聲道。

墨逸辰的胸口處有一道長長的劍傷，傷口處狹而窄，但很深，此時傷口已經裂開，血開始往外浸。

溫阮什麼也沒說，站起身就要往營帳外走。

墨逸辰以為她生氣了，於是一把拉住了她的手，不讓她離開。

「放手。」溫阮轉過身，冷冷地瞥了墨逸辰一眼。作為一個醫者，對於那些不讓人省心的患者，她一貫是沒什麼好態度的。

墨逸辰慌忙說道：「阮阮，我錯了！我不該不聽醫囑，之後我都聽妳的好不好？妳別生氣！」

看到他態度還算良好，溫阮才勉強解釋道：「我帶的東西在暗衛那裡，我要去給你拿藥。」

墨逸辰聞言，緩緩收回了手，忽地笑道：「好，我等妳給我上藥。」

知道溫阮即便是生氣了，也沒有不管他的意思，墨逸辰心裡甚是歡喜。

第二十四章

幫墨逸辰處理完傷口後，溫阮又去看了溫浩傑的情況，確定他暫時無礙後，她便讓人帶著去軍醫的營帳，她要把給溫浩傑解毒的其他藥材先找齊了，這樣，等明日採來雪靈芝後，便可直接熬藥解毒了。

還好，解毒所用的其他藥材都很普遍，軍醫的營帳中都有，溫阮配齊藥材後，便帶著返回墨逸辰的營帳。

正好她回來時，士兵剛送來了晚膳，溫阮便同墨逸辰一起用了膳。

兩人雖多年未見，但彼此的飲食習慣倒是都熟記於心，所以，一頓晚膳下來，兩人似是回到了七年前，僅有的那點陌生感也煙消雲散了。

因連日趕路，溫阮的小身板早都快要散架了，一想到明日還要去山上採藥，所以用完晚膳，便看向墨逸辰，問道：「逸辰哥哥，我今晚住哪個營帳啊？」

墨逸辰頓了一下，回道：「妳今日睡在我營帳中。」

這一軍營的糙漢子，墨逸辰不放心把溫阮隨便安置在哪個營帳裡，萬一遇到個不長眼的，貿然闖了進去，那豈不是有礙於她的閨中聲譽？也只有把她安置在自己身邊，他才能放心。

「這不太好吧？我睡在你的帳中，那豈不是要讓你同其他將士擠在一起？」溫阮以為軍營中沒有多餘的營帳了，所以才沒辦法單獨安置她了呢。

「不會，我今晚也睡這裡。」墨逸辰神色未變。「妳睡床榻上，我在床榻下鋪條毯子，打地鋪就行。」

溫阮聞言一怔，顯然沒有料到墨逸辰會這般說。只是，打地鋪不太合適吧？現在正值嚴冬，西北本就比別地冷上一些，而且現在外面還在飄雪，這什麼樣的身子怕是都撐不住吧？更別提墨逸辰還受著傷呢！

再說，她如今年紀也大了，墨逸辰又有了喜歡的姑娘，若兩人再同住一個營帳，屆時傳出什麼流言蜚語，豈不是不利於他追人家姑娘啊？心有所屬後的第一步，就是要潔身自愛懂不懂？要把一切可能造成誤會的幼苗扼殺在搖籃裡啊！

多年來的習慣，溫阮第一反應便是要給墨逸辰開戀愛小課堂了，只是，當她抬頭看向墨逸辰時，不知為何，突然想罷課。

「不行，你還受著傷呢，怎麼能睡在地上？我還是去我二哥營帳湊合一晚吧！」溫阮思索了一下，還是說道：「逸辰哥哥，我現在長大了，已經不是七年前的那個小丫頭了，咱們還是要避嫌點的好。」

避嫌？墨逸辰現在非常不喜歡這個詞！上一次溫浩傑說溫阮長大了，以後要嫁給別的男人，所以讓他避嫌，而這次小丫頭自己也說兩人要避嫌，難道她也是這個意思？

墨逸辰突然想不管不顧了。「阮阮，我給妳去的信，妳收到了嗎？」

溫阮一怔，有些奇怪墨逸辰怎麼會突然提到信的事，但還是如實回道：「嗯，收到了啊，怎麼了嗎？」

「好，那我在信裡問妳，這些年是不是瞞著我培養什麼青梅竹馬了？比如蕭澤，妳怎麼說？」墨逸辰緊緊地盯著溫阮，那雙眸子中興起驚濤巨浪。

「當然沒有了！青梅竹馬什麼的又不是丟人的事，我有什麼好瞞著的啊？」溫阮一臉詫異。「還有，蕭澤是我師兄，我們關係很純潔的，你可別瞎說，不然被人聽到了，我下次見我師兄有多尷尬啊！」

沒有就好。墨逸辰心裡緊繃著的弦驀然間鬆了下來，緊接著而來的便是一陣狂喜。

「好，我不瞎說，不瞎說。」

他恨不得溫阮一輩子把蕭澤當師兄呢，怎麼可能沒事找事提這一茬？萬一不小心再給她什麼啟示，讓這小丫頭把蕭澤當成未來夫婿人選，那他豈不是要一頭撞死？

「妳二哥的營帳裡，有軍醫在輪職看護，妳去也是不方便的。軍營中不比其他地方，妳一個小姑娘多有不便，所以，阮阮，只能讓妳在我營帳中委屈一下了。」墨逸辰耐心地解釋道。

溫阮忙擺了擺手，她知道，出門在外本來就沒這麼多講究，何談什麼委不委屈的？再說了，她現在又不是為了自己避嫌，明明是為了他好不好！

「逸辰哥哥，其實，不是我要避嫌，而是你。我看你在信裡的意思，怕是有喜歡的姑娘了吧？那總該避些嫌的好，畢竟，我不是你親妹妹，即便事出有因，咱倆住在一個營帳中，怕是人家姑娘知道了，也會誤會的啊！」溫阮苦口婆心道。

墨逸辰一愣，心道，沒想到這小丫頭這般機靈，從他信裡寥寥幾語中，便能看出他有喜歡的姑娘了。只是，似乎現在她還沒意識到，那個姑娘就是她自己吧？

該不該說破呢？墨逸辰一時有些難以抉擇。就在他糾結之時，突然想到溫阮之前寫信時提過，說若是碰到心儀的姑娘，千萬不能操之過急，不然會嚇到對方，而是要潤物細無聲地對人家姑娘好，慢慢地，對方自然能夠感知到他的心意。

所以，現在他要慢慢來，不能嚇到小丫頭，墨逸辰心想。

「無事，她會理解的。」墨逸辰笑著回道。

溫阮頓了一下，所以墨逸辰真有喜歡的姑娘了？他眉眼間漾開的笑意，驀地刺痛了她的眼，一時之間，心裡竟然有些酸酸的。

唉，單身狗果然還是沒辦法心平氣和地看著別人秀恩愛啊！溫阮感嘆道。

不行，嫉妒使人面目全非，她還是要做一個可愛的單身狗，真心為墨逸辰感到高興才行！畢竟，他這都一大把年紀了，好不容易遇到個喜歡的姑娘，也確實是不容易了些。

「那好吧，逸辰哥哥喜歡的姑娘定是通情達理的，我也就不擔心了，那我就祝逸辰哥哥早日心想事成。」溫阮笑吟吟地說道。

墨逸辰的嘴角微微勾起。「承阮阮吉言。」

最終，兩人還是住在一個營帳中，只是，溫阮卻怎麼也不許墨逸辰睡在地上，所幸這營帳中的床榻夠寬，溫阮便把床榻一分為二，中間隔了床被子，她睡在裡面，墨逸辰睡在外面，兩人都和衣而眠，倒也合適。

反正清者自清，兩人坦坦蕩蕩的，溫阮當然也不會覺得有什麼。再說了，只要他們不對外說，旁人自然也不會知道墨逸辰是睡在地上，還是床上的。

夜色已深，這連日來的擔憂加勞累，溫阮確實疲憊極了，躺在床上沒多會兒，便傳出平穩的呼吸聲。

而墨逸辰躺在床上卻絲毫沒有睡意，聽到她平穩的呼吸聲後，他才側了側身，借著窗外的月光，看向床裡熟睡的人兒，目光格外輕柔。

夜色漸深，如濃稠的墨硯，深沈得化不開。

早已過了入睡的時辰，墨逸辰卻雙手枕在頭下，雙眸盯著黑夜發呆。營帳外呼嘯的北風肆虐吹著，他卻突然有種錯覺，此時那風應是也夾著暖意的。

許久，墨逸辰無聲地笑了起來。有時候他也會覺得荒唐，明明一直信誓旦旦說要當妹妹照顧的小姑娘，怎就突然對她有了不一樣的心思呢？

細細回想起來，這心思怕是早已生根了，只是遲鈍如他，一直未發現罷了。

似乎從初相識時，他便一直沒把溫阮當作小孩子來對待，特別是通信這幾年。

不知為何，他除了寵著、縱著她的時候，會想到她還是個小姑娘，其他時候，他總是把她放在平等的位置，遇到事情會想和她商量，聽聽她的意見。

如今想來，他對她的感情似乎也是有跡可循。他一直覺得女孩子麻煩，甚少願意主動同她們接觸，溫阮卻是個意外，從第一次見面，他就主動抱起了那個古靈精怪的小丫頭，從那以後，似乎便放不下了。

而且，每次有旁人要抱小丫頭時，他心裡都是極不願的，即便那個人是她的兄長，他仍會介意。

對於這該死的占有慾，他當時是解釋為兄長對妹妹的重視，但如今看來，卻怕是遠非如此吧？其中是否摻雜其他，他一時竟也說不清楚了。

不過，想到當初要和小丫頭結拜為異姓兄妹的事，他突然萬分慶幸，幸虧沒有，否則這會兒怕是真的進退兩難了。

想到這兒，墨逸辰徑直起了身，貪戀地看著身側的人兒，許久，他慢慢俯身過去，盯著溫阮嫣紅的雙唇怔了一下，隨後在她額間落下了深深的一吻。

然後，他並未急著撤身，而是用額頭輕抵著她的額頭，眉眼間滿是笑意。

半夢半醒間，溫阮突然覺得身邊似有個大暖爐，本來就簌簌發抖的身子，便本能地依偎過去，然後找了個舒服的姿勢，雙手還環住了大暖爐，似是怕它跑了似的。

溫阮突然的動作，讓墨逸辰的身子一僵，本以為把她吵醒了，誰知她竟會是這般反應。

也是了，小丫頭一貫都很怕冷，而西北這幾日又恰逢大雪，是一年中最冷的時候，小丫頭定是受罪了。

不行，明日他要進城一趟，替小丫頭置辦些禦寒的衣才行，她穿的那件披風還是略顯單薄了些，墨逸辰心裡打定主意想。

把溫阮身上的被褥規整了一下，又順手扯過一旁的羊絨毯子蓋在她身上後，墨逸辰才試圖撤回身去，誰知剛把她從自己懷裡推開，小丫頭立即手腳並用地纏在了他的身上，還順便哼哼了兩聲，似是在表達自己的不滿。

墨逸辰不禁失笑，嘆了口氣後，伸手把胸前的人兒往懷裡緊了緊，心甘情願充當起了人形暖爐。

翌日微光乍現，軍營中便窸窸窣窣有了動靜。不久，隱約傳來士兵們的訓練聲和兵器碰擊聲，聲音越來越大、越來越近。

溫阮一大早被吵醒，一時沒反應過來身在何處，還以為是在溫甯侯府的閨房內，遂吭吭唧唧地喊道：「好吵啊……彩霞，讓他們走開呀！」

此時，墨逸辰剛訓練回來，一走進營帳，便看到小丫頭睡得迷迷糊糊地在床上踢著被子，不禁笑出了聲。

溫阮睡得迷迷糊糊間，突然聽到一男子的笑聲，嚇得她一激靈，猛地坐了起來，凌亂的髮髻都跟著顫了顫。

當看到床榻前的墨逸辰時，溫阮有一瞬間的迷茫，隨後很快反應過來，自己這是在西北軍營中。然後，她又慢吞吞地趴回床上，裝死。

起床困難症，體諒一下。

墨逸辰倒也沒催她，他知道這小丫頭有起床氣，萬一待會兒再惹惱了她，那可就得不償失了。

再說了，她願意賴床就讓她賴著唄，反正以他對小丫頭的瞭解，既然她醒了，定然會牽掛她二哥，賴不久的。

果然，半晌後，溫阮還是認命地起了身，簡單梳洗一番後，墨逸辰端來早膳，兩人便在營帳中直接用起了膳。

「阮阮，待會兒我去赤城辦些事，妳一個人待在軍營裡，有什麼事情可以直接找鄭飛。」

鄭飛是墨逸辰身邊的副將，溫阮昨日見過。

溫阮邊喝著粥，邊點頭應道：「嗯，你去忙吧，我身邊有太子表哥的暗衛，不用擔心。」

本來溫阮還在琢磨著今日該怎麼甩開墨逸辰，她好帶著暗衛去雪凌山採藥，這會兒真是瞌睡就有人送枕頭啊！

其實，一開始她是打算讓墨逸辰陪她一起去的，只是知道他有傷在身後，溫阮就改變了主意。這雪靈芝的生長環境是在極寒的雪山之巔，有傷之人不適合來回折騰，所以她才決定偷偷去。

西北軍就駐紮在赤城外，墨逸辰用完早膳，便騎馬去了城內。今日除了要替溫阮添置禦寒的衣物外，他還有要事與駐守在城內的孫將軍商討，所以，怕是要下午才能趕回來。

估算了下時間，正好那時她差不多也回來了，溫阮很是慶幸。

前腳送走了墨逸辰，後腳溫阮便從她隨行的暗衛中選出兩個輕功最好的，陪她一起去雪凌山採藥。

臨出發之前，溫阮準備先回墨逸辰的營帳拿點東西，誰知在途經一座營帳時，碰到了幾個圍坐在一起閒聊的士兵。

「唉，你們剛剛看到了嗎？咱們將軍他去赤城了，怕是又去見孫將軍家的小姐了吧？」一士兵擠眉弄眼地道。

另一士兵隨口接道：「可不是嗎？那孫小姐追咱們將軍這麼久，就是塊石頭也該捂熱了吧？估摸著咱們將軍好事將近了！」

「可是，我之前聽說咱們將軍是有婚約在身的，就是溫校尉的妹妹，那可是頂頂金貴的人兒，溫甯侯府的嫡小姐，當今太子的表妹呢！論家室，這孫小姐和人家可沒得比啊！」

「那又怎樣？咱們將軍還是鎮國公的世子呢，一表人才，又年輕有為，這些年來更是立下赫赫戰功，他找媳婦哪還需要考慮家世啊？只要喜歡不就得了？所以，我還是看好孫小姐！」

「也是，咱們將軍並不是一般人，我倒覺得孫小姐不錯，不嬌氣，人又豪爽，定比那什麼嬌滴滴的侯府小姐強……」

碰巧聽了個牆腳，還是關於自己的，溫阮頓時有些哭笑不得。不過，這傳言似乎有些不實啊！她不禁疑惑地看向一旁的暗衛，問道：「那個……我嬌滴滴嗎？」

暗衛一愣，但還是如實地回道：「沒有，小姐不嬌氣。」

有哪個嬌滴滴的小姐，能跟著他們連趕了多日的路，卻一聲抱怨都沒有的？反正暗衛覺得，以自身有限的見識，他是沒見過。

「嗯，我也覺得。」溫阮煞有介事地自我肯定了一下。不過，這不是重點，重點是墨逸辰不是說有要事嗎？明明就是去見人家姑娘的嘛！「哼，假公濟私！」溫阮小聲地嘟囔了一句。

不過也是啦，見心上人也算是要事了，溫阮酸溜溜地想著。一大早又被餵了一嘴的狗糧，真的是教會了徒弟，回頭氣死師父，早知道那些戀愛小課堂就不開了！

唉，溫阮再一次後悔教墨逸辰如何談戀愛的事了。

安排好所有的事情後，溫阮便帶著暗衛出了軍營，按照當地士兵指的路，朝著雪凌山的方向走去。

大雪配上邊陲的野外，風景一路綿延，倒是別有一番風韻。

溫阮帶著暗衛，騎馬一路飛馳到雪凌山腳下，因山路難行，雪又很大，馬自然是沒辦法再騎了，只能徒步而行。

於是，幾人把馬拴放在山腳一家獵戶的屋子旁，溫阮和兩個暗衛便開始徒步上山。

雪越下越大，溫阮擔心被困住，只能讓一暗衛帶著自己，施展輕功，徑直朝著山巔而去，而另一暗衛則保存體力，跟隨兩人，一旦採到藥，需要他快速把藥送回去。

至於她自己為何不施展輕功呢？這個說來就話長了。提起學武這件事，溫阮是真的很氣餒啊！

其實，她記憶力和領悟力一貫是極好的，至於薛太傅傳授她的那些課業嘛，她都是挑著學的，不喜歡的從來不逼自己，比如那些琴棋書畫，她一貫是沒有當才女的打算，所以學起來自然不會上心。

但偏偏在學武這件事上，她栽了個大跟頭，明明很認真地學，卻因這副身子根骨奇差，沒有習武天賦，所以這麼多年來，她也只混了身三腳貓的功夫。

唉，當初習武的初衷，她注定只能完成一半了，想要自保很難，但強身健體還是達到了。

幾人很快來到山巔之上，溫阮憑藉著對藥材的熟悉，很快找到了一株雪靈芝。這株雪靈芝生長在一處山崖峭壁間，溫阮套著繩索，準備讓暗衛慢慢把她放下去。

「小姐，還是屬下去吧，您這樣太危險了。」一暗衛勸道。

溫阮卻搖了搖頭。「這雪靈芝甚是嬌氣，採摘稍有不當，藥效便會損失大半，還是我下去比較妥當。」

暗衛一聽無法，也只能讓溫阮下去，但他們全都緊繃著一根弦，若溫阮稍有差池，兩人隨時準備跳下山崖營救。

還好有驚無險，溫阮整個採藥過程很順利，當暗衛再次把她自山崖下拉上來時，她手中的冰絲帕裡儼然包裹著一株完整無損的雪靈芝。

暗衛遞上提前準備好的檀木盒子，溫阮連同冰絲帕一起放置進去，然後遞給早已等在一旁的暗衛。「切記，路上不要耽擱，你要以最快的速度把藥送回去，讓軍醫立刻入藥。」

「是，屬下遵命。」暗衛手捧著盒子，慎重地保證道。

可就在他們準備離開時，兩個暗衛突然警戒地對視了一眼，說道：「小姐，有人過來了。」

溫阮一怔，果然順著暗衛指的方向，看到一隊人朝著他們的方向走來，只是，暫時還分不清是否是衝著他們來的？

「小姐，看穿著好像是東臨的人。」護在溫阮身前的暗衛說道。

溫阮心中一凜，這群人來的時機太蹊蹺了……壞了，不會是衝著他們來的吧？

「你快帶著雪靈芝先走，不用管我們。」溫阮朝著拿雪靈芝的暗衛說道。她估摸著，以這個暗衛的輕功，應該有機會從這些人眼皮底下逃走。

可是那暗衛卻遲遲沒有動作。「小姐，屬下不能走，太子殿下讓我們保護您的安全。」

他們過來之前，太子殿下已經給他們下了死令，誓死也要保護溫小姐的安全，所以，這種情況下，他怎麼可能獨自丟下她？

溫阮一聽急了，他們等得起，這雪靈芝可等不起，萬一這株沒用了，她如何在短時間內再去找到另一株？畢竟這雪靈芝又不是大白菜，若是錯過了，怕是真的就很難再找到了，而且她二哥也等不起啊！

「太子表哥把你們派到我身邊，那你們就必須聽我的。快走，別廢話，這是命令！」溫阮斥道。

那暗衛聞言，進也不是、退也不是，好一番掙扎。

「這些人一看就是有備而來的，你回去後正好還能找救兵來救我，不是一舉兩得嗎？別猶豫了，快走！」溫阮又說道。

「聽小姐的，你快去找救兵，這裡交給我，我定會護小姐安全的。」另一暗衛也勸道。

這次暗衛下了決心，朝溫阮抱拳行了一禮後便施展輕功，直接朝著山下衝去。

暗衛很快和那群人打了照面，不過他並不戀戰，迅即逃出包圍圈，徑直朝著山下的方向飛奔而去。

有幾人似是想要追，卻被其中一人攔了下來，他們不知說了些什麼後，同時看向溫阮的方向，腳下的步伐也越來越快，眼看著就要來到這山巔。

看這情勢，溫阮不禁暗道，完蛋了，還真是衝著她來的！

赤城內，墨逸辰先來到孫將軍府邸。今日早上他收到消息，說是東臨四皇子赫連斜於昨日秘密抵達東臨邊境。

這個赫連斜是東臨皇室的主戰派，七年前東臨向夏祁開戰，便是他一力促成的，此次過來，怕是又要有一番動作，他們需得提高警戒才行。

尤其是赤城，身為夏祁國同東臨最靠近的邊關城池，更是要格外小心。

「赫連斜此人一向狡詐，這次貿然前來，怕是有所圖謀，赤城的防守，還請您多加費心。」在孫將軍的書房內，墨逸辰單刀直入地說道。

孫將軍聞言，亦是一臉慎重。「世子所言甚是，老夫自當警惕，定不會給那赫連小兒可乘之機。」

墨逸辰微微頷首，然後兩人又商討了一番關於赤城內佈防的事。以目前的情況來看，城防還需要加強，不管赫連斜來這邊關所為何事，防範於未然總是沒錯的。

「對了，你說赫連斜此次來邊關，有沒有可能是為了東臨六皇子赫連決？若我沒記錯的話，赫連決的封地就在這邊關附近。」孫將軍突然說道。

墨逸辰聞言，若有所思，這種可能性也是有的。這些年，東臨皇室關於儲位之爭一直就沒斷過，因遲遲未立儲君的原因，眾皇子之間競爭格外激烈，稍有不慎便會被拉下馬。

就在前不久，墨逸辰得到消息，赫連斜不知用了什麼法子，成功把死對頭六皇子赫連決擠出了儲位競爭者的行列，而赫連決也被東臨皇上厭棄，草草封了個端王，便被打發到邊疆附近這個鳥不拉屎的地方了。

但以墨逸辰對赫連斜的瞭解，這位可是趕盡殺絕的主，若是說他想要乘機斬草除根，那也不是不可能的事，畢竟，皇家從來就不是講親情的地方。

「只要赫連斜沒把主意打到咱們身上，暫且先不用管他，等來年開春再做打算亦不遲。」墨逸辰想了想，說道。

這些年戰火不斷，不到萬不得已，墨逸辰還是不想輕易挑起戰爭。而且現在是冬季，糧草緊缺，西北的軍民本就活得艱難，若是再掀起戰事，不知又有多少無辜百姓要死於戰火和饑寒了。

同是邊關守將，孫將軍當然也明白這個道理，遂點頭應了下來。

就在此時，孫將軍身邊的人進來，說東臨軍營那邊的探子有急事稟報，孫將軍二話不說，忙將那人喚了進來。

「回稟將軍，東臨探子來報，今日一早，東臨四皇子赫連斜突然帶著一隊人馬出了軍營，朝著雪凌山的方向去了，暫時還不知所為何事。」

雪凌山？赫連斜去那裡做什麼？墨逸辰眉頭微皺。這雪凌山地處東臨和夏祁國的交界處，山南是夏祁，山北為東臨，此地界諸山環繞，再加上現在處於冬季，大雪即將封山，極不易前行，赫連斜此時前去，究竟有何所圖？

而且，最近一段時間，東臨的頻頻動作，仔細一想都透著絲詭異，隱隱讓人有些不安。

「孫將軍，我上次託您查的事，可有消息？」墨逸辰突然問道。

上次溫浩傑遇襲之事，墨逸辰總是覺得事有蹊蹺，所以便讓孫將軍暗中探查，希望能查出些端倪。

孫將軍回道：「巧了，我今日才正想差人跟你說這件事呢！我在東臨那邊埋下的探子，昨日傳來一個消息，說是他們那次襲擊溫校尉的事，是臨時決定的，不為取其性命，目的只是要讓他中毒，還說什麼，為了引什麼人過來？」

墨逸辰目光一凜，心裡隱隱有了不好的猜測。溫浩傑中毒，能引誰過來？答案不言而喻，他們的目標……是小丫頭！

「孫將軍，我有要事，先告辭！」墨逸辰驀地站起身，轉身便朝外走去，步伐急促。

只是，他剛走出書房，便在院子碰到急匆匆的玄武，而看到玄武身邊之人時，墨逸辰的心一下子沈到了谷底。

「世子，小姐在雪凌山被一群東臨人圍攻，請世子速去營救小姐！」暗衛雙膝跪地道。

墨逸辰身子一僵，聲音有些顫抖。「還愣著幹什麼？快帶路！」

當墨逸辰帶著人趕到雪凌山的時候，溫阮早已不知去向，只是根據現場的打鬥痕跡來判斷，雙方定是交了手。

循著打鬥的痕跡，眾人沿路搜尋，最終來到一處雪崖邊。

墨逸辰一身黑衣束身，立在懸崖不遠處，細看便會發現，他的身子在微微顫抖，一步也不敢向前邁。

「主子，那裡有一人，好像是溫小姐身邊的暗衛。」玄武突然指著不遠處說道。循著玄武指的方向，眾人很快在一個雪堆上發現一縷衣衫。

墨逸辰忙走上前去查看，那暗衛傷得很重，萬幸的是，仍有一息尚存。墨逸辰替他輸了些內力後，那暗衛終於醒了過來。

待看清面前的人，暗衛忙說道：「小姐跌落懸崖了，快救小姐！咳咳……」

暗衛傷得太重，猛咳了幾聲後，便又暈了過去。

這次，墨逸辰什麼也顧不上了，直接衝到了懸崖邊，往下一望，無窮無盡的白，深不見底，透著絕望的氣息。

這一刻，他連呼吸都帶著蝕骨的痛，一絲一絲，如剝皮扒筋般，痛到窒息。

「去……崖底！」墨逸辰強撐著說完，便立即朝著崖底而去。

雪凌山的崖底仍是一片白茫茫，因雪下得太大，他們趕到崖底時，不僅沒有找到溫阮，連一點有用的線索都未尋到，只能漫無目的地四處尋找。

只是，這崖底太大了，墨逸辰帶人接連搜尋了三天三夜，這三日來雪凌山的大雪就沒停過，而他們也未找到溫阮的一丁點兒線索。

這幾日墨逸辰不是沒有想過最壞的結果，說實話，他情願溫阮被赫連斜抓去，也不想她一人被困在雪山裡。被赫連斜抓去，至少證明她是暫時安全的；可若是小丫頭被困在這山裡，饑餓、寒冷、野獸，以及黑夜的絕望……他想都不敢想。

一開始，他也懷疑過是否被赫連斜捷足先登找到了人，可是，派去東臨那邊的探子卻說，那日赫連斜是無功而返。山腳下的獵戶也打聽了，都沒有找到任何關於溫阮的消息。

隨著時間一點點的過去，墨逸辰的臉色越來越難看。

終於，在第三日傍晚前，有一隊人馬發來信號，應是找到溫阮的線索，墨逸辰匆忙趕了過去。

天地之間，一片白茫茫，雪越下越大，已然有要封山的趨勢。

墨逸辰趕到那隊人馬所在的山谷處，他還沒來得及開口，入目便是一堆瑣碎的衣物碎布，還有一堆凌亂的野獸腳印，及被野獸撕咬後留下的骸骨。

從那些衣物碎片來看，正是溫阮當日所穿的衣衫。

墨逸辰雙眼通紅，整個人隱隱有要瘋魔的趨勢，他顫抖著雙手，小心翼翼地拿起那只沾了血的荷包，看著上面蹩腳的針線，他確認便是溫阮隨身攜帶的那只，她親手繡的。

就在幾天前，他還想著要怎麼從小丫頭手裡給騙過來的，可如今卻……
墨逸辰跪在雪地裡，心口處傳來陣陣絞痛，緊接著一口鮮血湧出，潔白的雪地，瞬間染上了殷紅，格外刺眼。
「不——」整個山谷裡迴蕩著這野獸般的絕望痛呼，驚得人靈魂都不禁一顫。
許久，茫茫白雪間，墨逸辰終是受不住了，如落葉般直直地倒了下來，眼神漸漸渙散，同時，一滴眼淚順著他的眼角落下，消融在漫天雪地中……

三年後

東臨洛城的一處別院內，溫阮坐在窗前，正盯著院中的紅梅發呆，眉頭微微皺起，似是在思考什麼重要的事情。
當年在雪凌山上，溫阮同暗衛被赫連斜帶人逼到一處懸崖邊，看到退無可退時，她便準備束手就擒。開玩笑，她這種惜命的人，跳崖這種事怎麼可能做？
溫阮隱約猜到這些人的目的，無非就是被抓去當人質。可那又如何？好死不如賴活著啊！不好意思，寧死不屈這種氣節，她一貫是最缺乏的。
可是，人算不如天算啊！誰料到就在她準備乖乖被抓時，腳下竟一滑，然後，她便很不幸地朝著山崖的方向滾落下去！

那時暗衛正被幾人圍住，根本沒有營救她的機會。赫連斜倒是想救她來著，奈何那傢伙甚是惜命，哪敢豁出命去拉她？就這樣，溫阮堪堪碰到了他的指尖，然後便墜落了山崖。

不過萬幸，她掉落懸崖後被一棵枯樹半途攔了一下，消減了一些衝擊力，所以，當她落到崖底時，才僥倖保住了一條小命。

只是就算如此，她的雙腿還是摔斷了。後來，她憑藉著堅強的意志力，拖著斷掉的雙腿爬到一個山谷處，本來想著先躲一躲，等到墨逸辰來尋她。

可那日她估計是出門沒看黃曆吧，偏偏又在山谷裡遇到了幾隻餓腸轆轆的雪狼，眼看就要落入野獸之口，這時卻突然出現一群人，從狼口中救了她。

就在獲救後，她終於抵不住身體的疼痛和精神上的過度驚嚇，昏了過去。

然後，當她再次醒來時，便在東臨邊境的一個莊子上，自此之後，她被困了三年。

而囚禁她的人，正是東臨六皇子，赫連決。

說起這赫連決，也是個奇怪的人，起初她以為他是要拿她同夏祁國換好處，可這傢伙三年來愣是一點動靜都沒有。除了不讓她出去外，對她還算不錯，衣食等一概用度都沒苛待她，虐待什麼的更是沒有，而且，還會給她送來一些話本子、醫書，讓她打發時間。

大概三個月前，赫連決從封地被調回了東臨的都城——洛城，而她也被轉移到了這洛城的別院裡。

可能是這裡離邊境比較遠的緣故，赫連決也不太拘著她了，她現在可以自由出入這別院，只是，身邊監視的人一直都沒少過就是了，而且，還都是高手！

真的是，想想都氣！

趴在窗沿上的溫阮，看著外面飄飄落落的雪花，不禁嘆了口氣。唉，好想回家啊！

這三年，關於夏祁國的消息，赫連決倒也沒瞞著她。聽說，三年前夏祁國安王造反逼宮，被她太子表哥帶著影衛軍強行壓制住了，但在那次逼宮中，元帝不幸被刺身亡，她太子表哥也於當年即位，成了夏祁國的新帝。

她的家人都很好，並未在那場謀反中受到波及，這也確實讓她寬心了不少。

不得不承認，這三年，她很想家，想美人娘親和便宜爹爹、想三個毫無底線寵著她的哥哥、想祖父和祖母、想瑞瑞小團子、想京都府所有的家人和親人、想朋友們、想……墨逸辰。

說起這事，溫阮不得不感慨，當年她跌落懸崖，就在命懸一線之際，腦子裡閃過的人竟然是墨逸辰！

這三年，她也經常想，也許她對墨逸辰是有一點喜歡的吧，不然為什麼聽說他有喜歡的姑娘後，心裡那麼不舒服，甚至頻頻後悔把他給教開竅了呢？這種種的反常，無不顯示著一個答案，那便是——在不知不覺間，她把墨逸辰放在了心上。

想想也是，畢竟他占了一個先天的優勢，長了一張完全符合她審美的臉，再加上這七年間的信件往來，不知從什麼時候起，這份感情就微微變了質。

只是這事也夠無語的，她苦口婆心地教他談戀愛，親手把他推給了別的姑娘，然後才遲鈍地發現自己對人家有意思，呵呵，這事要是當成傳家寶一代代傳下去，也是夠子孫們笑幾代的了。

不過，估計這會兒，墨逸辰也該和喜歡的那姑娘修成正果了吧？說不定連孩子都有了，所以這事便就此翻過吧。年輕的時候，誰沒有遇到幾個有好感的人啊？事不大！溫阮心想。

「小姐，按照您的吩咐，廚房已經準備好了午膳，您看是要什麼時候用膳？」說話的人，是別院裡伺候溫阮的丫鬟，小丫頭年歲不大，還算機靈。

溫阮「喔」了一聲，懶懶地站起身。「現在就擺上吧，這種天最適合吃頓火鍋了。」

即便身為囚犯，溫阮也不是委屈自己的主。自從得知沒有生命危險後，便開始可著勁地折騰，首先是折騰些花花草草，在養死了好多盆奇珍異草後，她也有些於心不忍，便歇了這份心思。然後，還是折騰起了她的老本行，廚藝。

這幾年來，她除了看赫連決不知從哪裡幫她搜羅來的那堆醫書和話本子外，就是在廚房裡折騰了。還真別說，當時莊子裡的丫鬟和小廝都被她餵胖了一圈。

而今日的火鍋，自然也是溫阮折騰的，底料是她提前炒好的，再用燉了一夜的老鴨湯做鍋底，在這種飄雪的天氣裡吃上一頓，真是太舒服了啊！

就在丫鬟們把配菜一盤盤端上來後，這別院的主人赫連決卻不請自來了。溫阮輕飄飄地瞥了他一眼，心道：真是狗鼻子，聞味來的吧！

赫連決這傢伙也不知道什麼毛病，每每都趕上飯點過來，蹭了她不少頓飯。

不過，她又不能說什麼，畢竟，這是人家的府邸，她身為被囚禁之人，吃喝等一概用度也都是花人家的錢，也的確是沒有立場趕人的。

不過，說點話擠兌擠兌人，溫阮還是遊刃有餘的。

「怎麼著，端王今日怎麼突然有閒功夫過來？您還是注意著點吧，別一不小心又被人算計到邊關那種鳥不拉屎的地方去了，畢竟，這好不容易才回來的啊！」溫阮陰陽怪氣地道。

赫連決泰然自若地坐到餐桌前，丫鬟順勢又給他擺上餐具。「放心，我去哪裡都會帶著妳。」

溫阮忍不住翻了個白眼。「我說赫連決，你不會是喜歡上我了吧？這都三年了，你好吃好喝地供著我，也沒見你有啥動作，是不捨得把我拿出去換好處了？」

赫連決饒有興味地看了溫阮一眼。「妳是在懷疑我的眼光？放心，我很挑的。」

溫阮。「……」她這是被嫌棄了？還是這麼赤裸裸的嫌棄！「呿，沒想到東臨的端王，年紀輕輕眼睛就壞了，真可憐！」溫阮不服氣地回懟道。

赫連決笑了笑，倒也沒再同她計較，見火鍋煮沸了，便徑直挾了肉放進去。

溫阮見狀，也不遑多讓，拿起筷子加了些青菜進鍋。

兩人一時靜默無言，專心吃起了火鍋。

溫阮是個能吃辣的人，所以這鍋自然也就是辣鍋，再加上她特意調配的蘸料，吃起來那叫一個沒心沒肺啊！

而赫連決這幾年也沒少吃火鍋，特別是一入冬，溫阮這裡火鍋出現的頻率就高了許多。他起初不太能吃辣，現在竟也練出來了，吃著這紅彤彤的辣鍋，卻也覺得剛剛好。

火鍋配菜很豐富，有肉有菜，量也足，兩人這一頓吃下來，明顯很滿足。

溫阮一臉饜足地放下筷子，幾步走到一旁的軟榻上，歪在了上面，順手拿起一旁的話本子打發時間。主要是這雪下得這麼大，她也出不了門啊，只能坐吃等死了。

「下一局？」赫連決不知什麼時候讓人拿出了棋盤，看著溫阮問道。

溫阮一言難盡地看了他一眼，她這手臭棋，在這幾年活生生被赫連決這個變態磨練成了箇中高手，估計老師和師兄看到她如今的棋藝，定會大感欣慰吧？

但是，整整三年，她就沒贏過赫連決！一次都沒有！

起初，她陪赫連決下棋，是人在屋簷下，不得不低頭。以前同蕭澤下棋時，蕭澤會時不時地讓她贏幾次，可是，同赫連決下棋她每次都輸，後來便激起了她那該死的好勝心，開始苦練棋藝，研究棋譜。是有所長進，至少不會輸得這麼快了，但想贏卻也是不能的！

說實話，赫連決給溫阮的觀感很複雜，當日是他將她從野獸口中救下，但亦是他困了她整整三年。

雖並未難為過她吧，但對她另有所圖也是真的，只是，這位爺也是夠有耐心的，好吃好喝供了她三年。到目前為止，溫阮仍未看透他，至少從他的棋路來判斷，這位可是個城府極深的主。

「不下，和你下棋沒意思！」身為被完虐的一方，她是有病才會想和赫連決下棋。

赫連決也沒強求，一個人逕自擺了一盤棋局在那裡研究。

而溫阮則沈迷在話本裡不可自拔，還別說，這洛城話本子的種類就是比邊關要多啊，故事也更有趣一些。

不知不覺間，溫阮翻完了一本話本子，抬頭發現赫連決竟然還沒離開，仍在那裡擺弄著那盤棋，不禁有些意外。

「你這麼閒嗎？怎麼還沒走啊？」溫阮沒好氣地問道。

赫連決聞言，從棋盤中抬起頭。「嗯，是不忙。」

溫阮被噎了一下，有些無語，於是有些破罐子破摔地問道：「我說，你到底什麼時候才能放了我？這整天好吃好喝地招待我，你是不是有銀子撐的啊？」

赫連決也不惱，微微一笑，道：「快了。」

時機已然快要成熟，若他推斷沒錯的話，不出一個月，溫阮便可以回去了。

溫阮一愣。「什麼？」

「我說，妳很快便能回家，所以，妳自己不要再折騰了。」

溫阮。「……」臥槽！難道她最新的逃跑計劃又被赫連決給發現了？

溫阮可不是會坐以待斃之人，這三年來她從沒少計劃逃跑之事，但每每都被赫連決的人給抓了回來，想想也是夠沮喪的了。

唉不對，赫連決這是什麼意思？要放了她？難道是豬養肥了，終於可以宰了的意思？喔，不對，是終於可以換好處了？

第二十五章

又到了溫阮的忌日，這三年來，每年的這一日，墨逸辰便會來到雪凌山，站在這懸崖邊，一站便是一日，風雪無阻。

玄武過來時，墨逸辰一身黑衣立在皚皚白雪間，巍然不動，似與雪山融為一體。

這三年來，沒有人比玄武更清楚主子到底經歷了什麼，他眼睜睜地看著主子一日比一日沈默寡言。一開始的時候，主子不相信溫小姐就這樣沒了，仍是沒日沒夜地四處尋人，後來連溫甯侯府的人都默認了溫小姐命喪野獸之口的事實了，主子仍不承認，從未放棄過尋找。

不久後，溫小姐的師兄蕭澤來了一趟邊關，不知他說了什麼，主子倒是不再消沈度日，也不再尋人了，而是開始勤加練兵，提高軍隊的作戰能力，更是一手從鎮國公手裡接管了西北軍，這兩年，整個西北已全然被主子掌控。

近一年，西北的動作更加頻繁，屢次招兵，軍隊規模日漸擴大，這時玄武才明白，他們主子儼然是要有大動作。

「主子，風雪太大，披件披風吧？」玄武遞上一件披風。

墨逸辰抬了抬手，揮退了玄武。

他站在懸崖邊，望著崖下，心口處像是被一把鈍鈍的銼子不停地刮著，這種折磨讓人疼到呼吸都覺得困難，偏偏又不致命，卻也讓人知道什麼是生不如死。

恍惚之間，墨逸辰似是看到小丫頭一身紅衣對他招手，是她那日來雪凌山時穿的那身，似火的紅披風在這冰天雪地中煞是嬌豔。

墨逸辰下意識往懸崖邊走了兩步。

玄武一驚，忙喚道：「主子！」

墨逸辰一怔，停下。是啊，還不到時候，他還沒手刃了赫連斜，還沒替小丫頭報仇。

這三年，不管是他、蕭澤，還是趙卓煜和溫甯侯府，從未放棄過暗殺赫連斜。頭幾次僥倖被他逃脫了，然後，這傢伙就一直躲在東臨皇宮中，讓他們遲遲沒有下手的機會。

這一次，定要讓東臨皇帝交出赫連斜，他活得夠久了！

墨逸辰望著漫天風雪，心道：阮阮，再等等我……

與此同時，京都府朝堂上氣氛一片肅然。

以蕭澤為首的主戰派正跪在大殿之上，附議鎮國公世子墨逸辰出戰東臨的請旨。

這三年，蕭澤在朝堂上鋒芒畢露，借助蕭家和薛太傅之力，目前已身居戶部侍郎之位，按照他這般晉升的速度，假以時日拜相也不是不可能，所以，他所說之話，自然是有分量的，於是在他附議後，朝中越來越多的官員緊跟其後附議。

「皇上，此事萬萬不可啊！咱們好不容易安定下來，還是乘機休養生息為上策啊！」一官員站出來反對道。

「三年的休養生息已經夠了，難道各位都忘了，當年東臨暗中幫安王造反，進而逼死先皇的事了嗎？這麼一看，各位還真是善忘啊！」蕭澤諷刺道。

另一反對的官員站出來說：「可是，當時幫安王造反的明明還有西楚，蕭侍郎和墨世子卻偏偏盯著東臨，怕是有私心之嫌吧？畢竟，當日命喪東臨人之手的溫甯侯府小姐，與兩位都關係匪淺。」

「張大人，請慎言！舍妹豈能容你這般似是而非的誣衊！」溫浩然冷聲說道。

「誣衊？難道蕭侍郎你敢說，此事你問心無愧嗎？」張大人咄咄逼人地看著蕭澤。

蕭澤沒有否認，也沒有急著反駁那官員的話，而是看向坐在龍椅上的趙卓煜，說道：「皇上，有些仇必須報，而有些人，永不能忘！」

蕭澤一字一句，鏗鏘有力，砸在這大殿之上，更是砸進了趙卓煜和溫家眾人的心裡。

他雖未明說什麼仇、什麼人，但大殿之上的人卻都明白。

薛太傅雖在三年前就致仕了，但今日蕭澤在朝堂之上的這番作為，他很快便知曉了，關於蕭澤在朝堂之上最後的那番話，隱隱有逼迫當今之意，薛太傅不太放心，遂讓人把蕭澤喚來了府裡，準備告誡一二。

「老師，您著人喊我過來，所為何事？」蕭澤仍是那副謙謙君子的模樣，只是當初那個溫柔少年卻不見了，眉眼間更是多了抹鋒利。

蕭澤自幼拜在薛太傅門下，怕是沒有人比薛太傅更瞭解這個學生了，看著從前那個每每談起戰爭都會倍感無奈的學生，如今卻不惜親手挑起兩國的戰爭，薛太傅知道，蕭澤心裡的掙扎定非外人能想像的，但他最終還是選擇這麼做。

薛太傅嘆了口氣，道：「三年了，你也該放下了。小丫頭若泉下有知，也不希望鬧這麼大吧？」

蕭澤一頓，隨後搖了搖頭，回道：「老師，您還不瞭解師妹的性子嗎？她從不肯吃虧。這仇我定要為她報的，不然，九泉之下，她會有多憋屈？」

「蕭澤，有些事不用我說你也應該明白，待戰事一起，必會生靈塗炭，屆時，無論結果如何，這史冊上的『罪人』，首當其衝便是墨逸辰和你這兩位戰事挑起者，你可懂？」薛太傅苦口婆心地勸道。自古凡擅自挑起戰火的人，不管有什麼苦衷，又有幾個能有好名聲的？

蕭澤聞言，望著窗外漫天飄起的雪花，許久，才幽幽地回道：「老師放心，這萬古罵名，學生願意揹。」

這一切的因果，他也願意擔。待塵埃落定後，他，自會以死謝罪。

西北軍營外的山坡上，墨逸辰和溫浩傑兩人席地而坐，兩人腳下各放著一個酒壺。今日，京都府傳來聖旨，已准了墨逸辰對東臨開戰的請旨。墨逸辰和溫浩傑雖一直都待在邊關，但他們都知道這張聖旨背後，有多少人的籌謀和努力。

當年，墨逸辰和溫浩傑闖進東臨軍營，意欲斬殺赫連斜，無奈當時被他僥倖逃脫，後來，赫連斜帶兵反撲，兩軍兵戎相見。

最後墨逸辰領兵大敗東臨大軍，本想乘勝追擊，但當時京都府恰逢安王造反逼宮，先皇身故，這一連串的變故，最終導致了他們短時間內無法對東臨用兵，無法手刃赫連斜。

所以，他們能做的只有等待時機成熟，而這一等，就是三年。

「浩傑，待此次戰事結束後，你便回京都府成親吧，永寧郡主等你夠久了。」墨逸辰拿起酒壺，仰頭喝了一口，道：「你很幸運，以後，要好好珍惜。」

三年前大敗東臨後，溫浩傑帶著溫阮的遺物回了京都府，那時，墨逸辰以為他應該是不會回來了，誰知幾個月後溫浩傑卻回來了，而且，這一待又是三年。

這期間，墨逸辰也勸過他，讓他回去，畢竟永寧郡主已經等了他這麼多年，他也該回去迎娶人家，給人家一個交代才是。

可是，溫浩傑卻說，他和永寧郡主已經決定了，等替溫阮報仇後，他們再成婚。

墨逸辰勸說幾次無果後，倒也不再逼他了，因為他知道，小丫頭的離開，成了他們每個人心裡一道無法痊癒的傷，特別是溫浩傑，他心裡所承受的比其他人都要重，畢竟，小丫頭是為了救他才會來到西北。

聽到墨逸辰的話，溫浩傑一怔，轉頭看了他一眼後，道：「嗯，到時候咱們一起回，柔姨她很掛念你。」

這幾年，墨逸辰雖沒明說，但溫浩傑旁眼看著，也知道他對溫阮並非什麼兄妹之情，而是切切實實的男女之情。但既然他不說，溫浩傑便也沒問，只希望他能盡早走出來。

聽到溫浩傑的話，墨逸辰沈默片刻，仰頭又灌了一口烈酒，心道：我啊，大概是回不去了……

墨逸辰黝黑的眸子閃了閃，聲音帶著絲不易察覺的嘶啞。「你自己回吧，這裡……需要我。」

聖旨到邊關的第二日，墨逸辰便領兵出征東臨。因著這些年的暗中佈置，裡應外合，一鼓作氣竟攻下了東臨三座邊關城池，直逼東臨雁門關。

東臨滿堂文武震驚不已，顯然未曾料到夏祁竟有如此實力。

一時之間，東臨全朝上下惶惶不安，生怕夏祁大軍攻破雁門關這最後一道邊關防線後，直接踏足他們中原地區，屆時，怕是真的要血流成河、屍橫遍野了！

只是，就在眾人以為墨逸辰會趁熱打鐵，一舉攻下雁門關時，數十萬西北軍將士卻在雁門關外紮營安寨，舉旗要求談判了，更主動提出了談判要求。這一番舉動也令其他諸國頗為不解，紛紛好奇這談判要求的究竟是何物？

而當墨逸辰的談判要求被送到東臨朝堂上時，東臨的文武百官瞬間吵成了一鍋粥，眾說紛紜，各持己見，因為這談判要求的第一條，就是點名要赫連斜去夏祁國做質子！

這幾年裡，誰不知道墨逸辰同赫連斜之間的恩怨？讓赫連斜去夏祁國做質子，怕是還沒到京都府便會被墨逸辰給宰了吧，還能有命當什麼質子？此舉，明顯夏祁國是點名要赫連斜的命啊！

再說，只有弱國才會朝強國送去質子，夏祁與東臨之間一直勢均力敵，這突然讓東臨服弱，他們自然是接受不了的。

只是，如今兵臨城下，也由不得他們要不要接受了。

這些年來，東臨一直熱衷於拓展周邊領土，頻頻挑起與周邊國家之間的戰爭，也仗著大國的身分強行收併了一些小國或遊牧民族，但所帶來的負面影響，就是國庫虧空，民不聊生，而且這些新征服的小國和遊牧民族也並不安分，這就導致了東臨要分散兵力去鎮壓或威懾他們。

而夏祁卻不同，這些年他們休養生息，國庫充盈，西北軍這兩年更是擴張迅速，軍心穩固，他們此般來勢洶洶，一出手便拿下東臨的三座城池，顯然在士氣上已經贏了，若是他們再繼續攻打下去，不排除大軍直逼東臨洛城的可能。

屆時他們再想要談判，怕是也沒有機會了，這也是東臨滿朝文武擔憂之處。

所以，現在東臨朝堂上有兩種聲音，一是拚死一戰，不能損折東臨的國威；二是大丈夫能屈能伸，暫時同意夏祁談判的要求，待來日他們緩過來，再一雪前恥也不遲。

當然，第一種聲音，儼然是以赫連斜一派為主。

是夜，東臨洛城的端王府內，赫連決聽著下首之人的彙報，若有所思。

「王爺，今日朝堂之上，看五皇子一派的意思，怕是想讓您前去雁門關禦敵，而皇上似乎也有此意。」端王府一幕僚神色肅然地道。

赫連決的嘴角逸出一絲譏笑。「這種燙手山芋，他們倒是第一個想起了我。」

雁門關一旦失守，守城將領必將難辭其咎，此時舉薦他過去，果真是其心可誅啊！還提什麼他的外家安國侯府當年鎮守雁門關多年，深受當地軍民愛戴，此時若是由他前往，當地軍民定將士氣大漲，有利於抵抗敵軍，而他的好父皇竟也信了這般鬼話。

當年忌憚他外祖家功高震主，以莫須有的罪名削了他外祖和舅舅的職位，然後對邊疆大小官員重新洗牌，已然瓦解了安國侯府的勢力，現在竟然又想起安國侯府的好處來了，真真是人話、鬼話全被他們說了。

當年若不是他們處處緊逼，他的母后又怎會纏綿病榻，最後撒手人寰？而他年僅六歲的妹妹，那個從小就很黏著他的妹妹，也因被宮人疏忽照顧，喪命於一場高燒之中。

如若他妹妹能平安長大，如今也應像溫阮這般大了。如若母后還活著的話，妹妹定也是像溫阮那般，被他們無憂無慮地寵大的吧？赫連決想著。

只是，這世間哪有什麼如果？他的母后、妹妹，早早地就離他而去了。

垂目盯著地面許久，赫連決突然冷笑一聲，道：「告訴欽天監，說時機已到，可以行動了。」頓了一下，赫連決又補充道：「無了大師那裡，也派人說一聲。」

這一次，他要拿回他和母后應得的一切，還有母后和妹妹的仇，也是時候要報了。

次日一早，東臨的欽天監便急匆匆進了宮，相國寺無了高僧身邊的小僧彌，也一早就帶著無了大師的親筆書信，趕到了皇宮。

待欽天監夜觀天象的預測公文，和無了大師的國運預測在東臨朝堂公佈後，大殿上一片譁然，眾大臣皆惶恐不已，因為這兩份預測表明了，東臨有災星降世，此次怕是有滅國之災！

至於災星是誰，首當其衝的人員便是赫連斜。若不是他招惹上了墨逸辰這尊殺神，東臨又怎麼會被逼到這個地步？

此時，朝堂上主張送赫連斜去夏祁做質子的聲音又多了許多，但欽天監和無了大師卻表示，這是治標不治本，東臨國運將走下行的趨勢仍不會被扭轉。

就在東臨滿朝文武陷入一片陰霾之中時，欽天監卻突然發現了一絲轉機，說是眾皇子中將會出現一位大才之人，若是能不費一兵一卒地讓夏祁大軍退出東臨國土，便可保住東臨氣運，而此位皇子若登東宮之位，可保東臨百年氣運。

此預測一出，東臨皇上當堂宣佈，若是眾皇子中有人能做到，便即刻封為太子，入主東宮！

當然，有此預測在前，若失敗了，那這位皇子怕是也終生無緣於皇位了。所以，這種時候，誰要站出來，那就是槍打出頭鳥！

再說了，不費一兵一卒就逼退敵軍，怎麼可能啊？即便他們同意交出赫連斜，夏祁國可是還有其他的條件啊！首先，這被攻破的三座城池怕是就很難要回來吧？

毫無疑問，各派之間相互推諉，甚至在五皇子的牽頭下，最後竟莫名連成一派，一致推舉端王赫連決去試上一試，因為他是中宮嫡子，正統出身，理應是第一合適人選。

赫連決百般推辭，表示自己不行，但最終也只能無奈應下，表示自己為了東臨百姓，願意一試。

此話一出，隔日便在東臨民間傳遍了，更有茶樓的說書先生，把此間利害關係逐一拆開了分析，東臨百姓紛紛感嘆，端王仁厚，愛民如子！

當日，赫連決便匆匆趕到雁門關，第二日便帶了幾個貼身隨從，趕往夏祁大軍中，與墨逸辰當面談判。

墨逸辰也沒料到，此次與他談判之人竟是東臨端王，赫連決，但他只是頓了一下，便也沒太在意。反正誰過來都無所謂，只要交出赫連斜便可。

談判桌上，墨逸辰一身冷然端坐在桌前，赫連決坐在對面，兩人一時相對無言。

「墨將軍，久仰大名。」赫連決率先開口打破沈默。

墨逸辰微微頷首，直入主題。「交出赫連斜，否則，你們沒有談判的資格。」

赫連決似是料到墨逸辰的反應，也沒惱，只是笑了笑，說道：「喔，是嗎？那墨將軍不妨先看一樣東西，再決定談不談判。」話落，赫連決從懷裡拿出一塊玉珮，遞到墨逸辰面前。

待看清面前的玉珮時，墨逸辰的臉色陡然一駭，質問道：「你從哪裡拿來的？」

這玉珮是他送給溫阮的十四歲生辰禮物，小丫頭很喜歡，一直隨身戴著，他記得她去雪凌山那天也是隨身佩戴著的，後來，他還尋了許久都未找到。

「自然是它的主人身上。」赫連決一臉泰然之色。「至於它的主人到底能不能與墨將軍相見，這全在你一念之間。」

墨逸辰一把抓住赫連決的衣領，目光如利劍。「我要如何相信你說的是真的？」

赫連決輕輕一笑，反問道：「那墨將軍，你希望是真的嗎？」

兩人正在僵持之際，玄武從外面進來，臉色慎重，在墨逸辰耳邊低語道：「主子，影一有事稟告。」

墨逸辰眉頭微皺，這三年來，影一他們一直盤桓在東臨與夏祁兩國之間，一開始是為了尋找溫阮，而近一年，幾人則是一直守在東臨洛城，伺機刺殺赫連斜。

兩軍對戰，影一卻在這種時候趕過來，可見所要稟報之事，定是非同尋常才是。

「帶我去見他。」墨逸辰順勢鬆開赫連決，說道。

玄武領命後，很快帶著墨逸辰來到了旁邊的營帳。

影一看見墨逸辰後，拱手抱拳行了一禮。「墨世子，我們在洛城發現了小姐同我們特有的聯絡暗號，我們猜測，小姐可能還活著。」

溫阮到雁門關時，天色已黑，馬車趁著夜色進了一座宅子。經過這幾日的旁敲側擊、多番打聽，這會兒她總算明白赫連決的意圖了。

他這是要拿她做籌碼，同夏祁國談判退兵之事，準確來說，就是以她來要脅墨逸辰退兵。

可是，赫連決是不是太看得起她了啊？這牽扯到兩國之間的利益，她真的有這麼重要嗎？

若說今日領兵之人是溫甯侯府的人，溫阮是很有信心的，但墨逸辰的話……說實話，她心裡可沒這麼大的把握。雖說墨逸辰對她還不錯，但她應該也沒這麼重要吧？

呃……萬一到時候赫連決發現她這籌碼失去價值了，會不會惱羞成怒地宰了她啊？

畢竟，好吃好喝養了三年的棋子，最後發現是枚廢棋，換誰都會遷怒的呀！

溫阮懷著忐忑的心情，被丫鬟帶進了前廳，此時赫連決正坐在餐桌前準備用餐，她先是微愣了一下，然後裝作若無其事般坐了下來，逕自吃了起來。

「胃口這麼好，可見這幾日趕路，妳應該沒什麼不適應的。」赫連決淡淡地說道。

「吃一頓少一頓啊，我得珍惜。」溫阮眼皮連抬都沒抬，破罐子破摔道。

聞言，赫連決拿著筷子的手一頓，半晌，才說道：「妳……都知道了？」

「拜託，我又不傻，這麼好猜的事，還有什麼猜不到的？」溫阮沒好氣地說道。

「不過，你是不是太高估我了？」

赫連決雙眉微挑。「妳指哪部分？」

溫阮聞言，直接放下筷子，一本正經地解釋道：「其實，我只是頂著墨逸辰未婚妻的頭銜而已，對他來說，我沒這麼重要，所以你的如意算盤打錯了，他不會為了我退兵的。」

想了一路，溫阮覺得赫連決之所以會誤會，只有一個可能，那就是赫連決覺得她頂著墨逸辰未婚妻的頭銜，墨逸辰就會對她不一樣。別鬧，人家可是有喜歡的人了。

「咱們可得先說好，要是你撈不到什麼好處，可不許翻臉不認人啊！被拋棄我也很受傷的好不好？咱倆都是受害者，所以，你可不能再乘機打擊報復我！」溫阮企圖博一些同情分。

赫連泱抬眸看了溫阮一眼，懶洋洋地問道：「那妳希望他為了妳妥協嗎？」

溫阮一怔，顯然沒料到赫連泱會這麼問，稍稍想了想，回道：「我不喜歡戰事。」若是此次真能由她來結束這場戰事的話，溫阮覺得也算是她的榮幸吧，畢竟，槍響後沒有贏家，不管是對夏祁，還是對東臨，和平共處、互通友好才是上選。

這次換赫連泱愣了一下，喃喃道：「不喜歡戰事……」

當年，他年僅五歲的妹妹，也曾這般說過。她說她不喜歡戰事，因為戰事一起，外祖父他們就要遠赴邊關，她就見不到他們了。

「對啊，戰事一起，浮屍遍野、民不聊生，不喜歡不是很正常嗎？」溫阮反問道。

許久，赫連泱才淡然地說：「好，那便沒有戰事吧。」

溫阮一臉問號，面露狐疑地盯著赫連泱看了看。

赫連泱不慌不忙地說道：「不要低估妳自己，也不要低估妳在墨逸辰心中的分量。」

「你什麼意思？」溫阮驀地抬頭看向赫連泱，滿臉震驚。

赫連泱回道：「今日，夏祁的軍隊已退回到了兩國的邊境，而妳，明日也可回去了。」

深夜，溫阮靜靜地躺在床上，卻毫無睡意。

墨逸辰竟然退兵了！可能是之前沒有抱太大的希望吧，所以，當事情真真切切發生時，溫阮才會這麼震驚。

同時，她的心裡又有些開心，原來在墨逸辰心裡，她也可以這麼重要。

墨逸辰果然是說到做到啊，當年他說要拿她當親妹妹待，看樣子這話是真的。溫阮不禁感慨，言出必行，多好的男人，只可惜心有所屬了。

唉，看樣子結拜的事，是時候要提上日程了，她得徹底封死掉墨逸辰這條路才行，否則，她真擔心自己可能會成為一個壞女人，比如，拆散挑撥人家小情侶啥的，嘖嘖嘖，想想都像是她會做出來的事啊！

翌日，一輛從雁門關出城的馬車上，溫阮和赫連決兩人坐在其中，眼看就要回去了，一宿沒怎麼睡的溫阮突然莫名有些興奮。

赫連決瞥了她一眼，問道：「要離開了，就這麼開心嗎？」

溫阮翻了個白眼。「廢話，我又不是受虐體質，難道還會喜歡坐牢不成？」

赫連決無所謂地笑了笑，道：「那好吧，按照妳的心意走，不要回頭。妳的仇，我會替妳報，權當是對妳這三年的一點補償。」這幾個月，溫阮的小動作又怎麼會逃得過他的眼？果真是一個記仇的小狐狸。

溫阮先是一愣，這傢伙怎麼知道最近她偷偷琢磨著找赫連斜報仇的事？不過，她很快便釋然了。也是，她身邊這麼多監視的人，她打聽赫連斜的事，他們怎麼可能沒向他彙報啊！

不過，溫阮面露狐疑地看向赫連決，這傢伙又有什麼圖謀？

赫連決心裡苦笑一聲，在她心裡，對他果然沒什麼好印象。「當然了，我也要為自己報仇，而妳，是順便的。」

這才對嘛！果然是老狐狸，臨別還想糊弄她，企圖讓她欠他一個人情，哼，她才不會上鉤呢！

馬車平穩地行駛了一段路程後，溫阮的睏意突然上來了，開始昏昏欲睡了起來。

不知過了多久，溫阮突然被馬車外的聲音驚醒。

「主子，馬上就到邊境了。」馬車外的車夫提醒道。

溫阮一愣，忙趴在車窗處往外瞧，果然，這馬車竟不知不覺來到了邊境之處。溫阮順著馬車前行的方向看去，遠遠地，看到有一人立在那裡，一襲黑衣束身，身體站得筆直，像棵迎風而立的青松。

是墨逸辰！溫阮一眼便認出來了，只是，不知為何，三年不見，她竟從他身上感覺到了些許的落寞。

終於，在馬車緩緩的行駛中，墨逸辰的身影越來越清晰，可能有所感應，也有可能是馬車的動靜太大，墨逸辰突然看了過來。

四目相對，溫阮清楚地看到墨逸辰臉上的神色，有欣喜、有萬幸、有……感激？

不知為何，她突然有股想哭的衝動，只是下一秒，溫阮就破功了，因為，墨逸辰走路竟然同手同腳了！這還是那個戰場上威風凜凜的大將軍嗎？

很快地，馬車便停了下來。可就在溫阮掀開車簾，準備下車時，赫連決突然拉住她。

赫連決頓了一下，說道：「以後若有機會，可以來東臨找我，屆時，定當盛情款待。」

溫阮一愣，忙擺了擺手，心有餘悸道：「唉，千萬別！找你幹麼啊？再被你算計困住三年嗎？」

赫連決一噎，心裡突然逸出一絲苦笑。是啊，既然一開始就為算計，便算計到底吧，還是不要變了。「好，那就……後會無期。」

溫阮從馬車上下來時，墨逸辰已快步走到了跟前，他一把拉住她的手，很緊很緊，就像生怕她再消失一般。當看到隨後從馬車上下來的赫連決時，他下意識地把溫阮往身後帶了帶，警戒意味十足。

赫連決不在意地笑了笑。「墨將軍，人我給你帶來了，恭喜你，賭贏了。」

墨逸辰此次可不就是在賭嗎？當日僅憑赫連決拿出的一塊玉珮和幾句模稜兩可的話，他竟義無反顧地退了兵。

說實話，墨逸辰的這份魄力，赫連決很是佩服，畢竟，這般貿然退兵，他身為全軍統帥，上自皇上和滿朝文武，下到數萬將士，必是要有所交代的。要知道，這份責任能成就他，亦能毀了他。但他還是絲毫沒有猶豫便退了兵，只為了那萬分之一的可能。

其實，旁人不知道的是，這萬分之一的可能，卻是墨逸辰唯一的希望了。

「人人都說東臨的端王為人磊落坦蕩，可竟只為一己之私，無端困住一個小姑娘三年，可見傳言有誤。」墨逸辰冷然說道。

溫阮似是找到了隊友一般，猛點著小腦袋，一臉不贊同地看著赫連決。「就是就是！」

赫連決微微一笑，也沒有辯解，而是從懷中拿出一封信，遞到溫阮面前。「回去再看吧。不管妳多討厭我，這算是我最後給妳的一份禮物，也希望妳能收下。」

溫阮面露狐疑，稍作猶豫後才接過此信。

赫連決也沒再逗留，向眾人微微頷首後，便乘上馬車，朝著東臨的方向而去。

溫阮站在原地，望著馬車離開的方向，心裡不免有點感慨。其實，這三年裡，她對赫連決還真談不上討厭，畢竟，他對她也真的算是禮遇有加了。而且，當年雪凌山上，確實是赫連決從狼口裡救她一命。

但如今他也用她達到了自己的目的，再加上這三年的軟禁，算是相抵了。自此之後，他們互不相欠了。

只是……溫阮看了看手中的信件，微微嘆了口氣，算了，回去看看是什麼再說吧。於是，她把信件往懷裡一揣，便扭過頭去看向身後的眾人。

乍一見這麼多熟悉的面孔，哇，都是親人啊！

「影七姊姊，你們怎麼也來了？」今日過來的，除了墨逸辰身邊的人，最令溫阮意外的是影一他們竟然都過來了。

影七是比較高冷的小姊姊，跟在溫阮身邊這麼多年，情緒一向不太外露，溫阮也是習以為常了，誰知這會兒，影七竟一把抱住了她，聲音有些哽咽。

「阮阮，妳還活著，真是太好了！太好了！」

溫阮一怔，什麼意思？難道他們之前都以為她死了？不應該啊，她不就是失蹤三年嗎？難道這中間有什麼誤會？

唉，不管了、不管了，等稍後再問他們吧！這麼煽情的相遇場面，不適合想這些。

「放心放心，我這人一向福大命大，吉人自有天相，不會這麼容易掛掉的！」溫阮笑嘻嘻地拍了拍影七，衝著眾人說道。

「這話倒是沒錯，妳是傻人有傻福。」影四欠扁地在一旁補充。明明剛剛見到溫阮時還一副很感動的樣子，這會兒偏偏要死鴨子嘴硬。「不過，妳這次可真得好好感謝人家墨世子，妳這條小命可是拿三座城池換來的！」

聞言，溫阮感激涕零地看向墨逸辰。「逸辰哥哥，你太夠意思了！放心吧，你這次救了我，以後你就是我親哥，嫡親嫡親的那種！要不然，咱倆擇日不如撞日，現在就結拜吧？往後我肯定拿你當親哥孝敬，給你……養老送終！」

眾人。「……」

影四一聽，頓時樂了。「你們看，我就說他們之間的相處方式像父女吧！哈哈哈，這不，都要養老送終了……」

影一他們忙捂住影四的嘴，強行將他拽走了。開玩笑，沒看到墨逸辰的臉都黑成什麼樣了嗎？兄弟一場，怎麼也不能看他血濺當場吧？

墨逸辰的身子一僵，聲音有點危險。「養老送終？」

溫阮也有些尷尬，呃……用錯成語了！不過，都怪影四這個大嘴巴，幹麼要再強調一遍啊？有可能人家本來都沒在意，這下子好了，聽得真真的了！

「阮阮，妳是嫌我老？」不知是不是錯覺，墨逸辰的語氣裡竟莫名有一絲委屈。

「沒有沒有！那個，是用詞有誤！我的意思是說，以後我也一定會對你好，會對你負責到底的！」溫阮忙解釋道。所以，這養老送終只是個比喻，意思就是她以後會拿他當親哥對待！

當然，溫阮還不忘順便表一下忠心。「逸辰哥哥，不管你有什麼事，儘管吩咐，拋頭顱、灑熱血，我都在所不辭！」

「真的？」墨逸辰一臉認真地確認道。

溫阮一怔，突然有些不確定了。「那個……你是問拋頭顱、灑熱血嗎？」這個好像還不太能確定，溫阮暗搓搓地想。當然，不是她不講義氣，主要是這個場面太血腥了，不太適合她啊！

墨逸辰搖了搖頭。「妳說，以後會對我負責到底，這句話是不是真的？」

溫阮。「……」不知為何，總覺得這句話從墨逸辰口中講出來，別有深意啊！可是，應該不是她想的那樣吧？墨逸辰不是有喜歡的姑娘了嗎？所以，定是她想差了，人家可能只是想確認一下她是不是真的準備把他當親哥孝敬吧？

唉，心思不純的人，果然看什麼都是有顏色的！溫阮反省著。

「當然，比真金還要真！」溫阮一臉真誠地保證道。

聞言，墨逸辰似是放心了一般，嘴角微微勾起，深邃鮮亮的雙眸像暗夜裡的星光，熠熠生輝。

墨逸辰他們是騎馬從軍營過來的，所以，回去的時候，溫阮自然也沒什麼馬車可坐，只能和墨逸辰同騎一匹馬。

其實一開始，溫阮是有想要避嫌的，但誰知墨逸辰連開口的機會都沒給她，便徑直把她拉上了馬，當她反應過來時，他已經開始策馬疾馳。

溫阮整個人被大大的披風包得很嚴實，裹成一團趴在墨逸辰胸前，耳邊是他強勁有力的心跳聲，呃……這姿勢貌似有些親密啊！

對於不可能的人，溫阮深覺還是應該保持些距離，遂下意識往後退了退，只是她才剛動，就被墨逸辰一把給按了回去。

「老實點，小心摔著妳！」

墨逸辰的聲音從頭頂傳過來。

披風裡的溫阮眨了眨眼，聽這語氣，墨逸辰似乎有點不高興了？也是，騎馬這麼危險的時候，她還是安分點吧。反正避嫌什麼的，她也努力過，她問心無愧了！

可能是太睏，也有可能是墨逸辰身上的氣息太讓人安心了，在一路顛簸的情況下，溫阮竟然迷迷糊糊地打起了盹。

很快地，幾人便到了軍營，墨逸辰遠遠看到溫浩傑氣勢洶洶地朝著他走來，又低頭看著懷裡睡得正香的人兒，目光不禁輕柔了幾分。

不用想都知道，溫浩傑是過來找他算帳的。之前他不確定溫阮是不是真的活著，所以就暫時瞞著溫浩傑，擅自退了兵，可想而知，溫浩傑有多憤怒。墨逸辰已經連著躲他好幾日了，沒想到這會兒竟然被他堵了個正著。

看了看快走過來的溫浩傑，墨逸辰輕晃了晃胸前的人兒，想把她叫醒。誰知，溫阮不滿地「哼哼」了兩聲，在他胸前拱了拱後，竟然又睡了過去，墨逸辰一時間有些哭笑不得。

恰好此時，溫浩傑走至眼前。

「墨逸辰！今日你必須給我個解釋，為什麼擅自退兵？」

睡得正香的溫阮瞬間嚇了個機靈，身子一歪，差點從馬上摔下來。

墨逸辰忙把人又往懷裡帶了帶，防止她摔下去。等溫阮坐穩後，墨逸辰才有空回答溫浩傑的問題。他指了指披風下的一團，說道：「換個人。」

溫浩傑本來就在氣頭上，一聽墨逸辰的回答，頓時火冒三丈。「墨逸辰！你他娘的是不是有病？竟然為了個女人退兵？你腦子是不是被驢給踢了！」

披風下的溫阮一愣，若是她沒聽錯的話，這應該是她二哥吧？可是，她二哥什麼時候也會這般粗魯地罵人了啊？

「還有，軍營重地，你竟然帶個女人過來，舉止還這麼親昵，成何體統！」

換做平時，溫浩傑定會發現些端倪的，畢竟旁邊的影一他們憋笑都快憋瘋了，一看就不正常啊！只是，這會兒溫浩傑儼然失去了理智。

看著氣到跳腳的溫浩傑，墨逸辰眼底劃過一絲精光，故意問道：「要是你，你不會換嗎？」

溫阮知道墨逸辰是在故意給溫浩傑挖坑，遂不滿意地舉起拳頭捶了捶他的胸口。

墨逸辰輕笑了笑，然後便伸手把溫阮的小拳頭給按住了。

兩人看起來頗像是在打情罵俏，看得溫浩傑更加火大了。之前還裝出一副對他妹妹至死不渝的樣子，結果一轉頭竟然就同別的女人打情罵俏，真是不要臉！

「廢話！你以為我是你嗎？三座城池換一個女人！我怎麼一直都沒看出來啊，你竟然還有色令智昏的潛質，我就看這事你怎麼向皇上交代吧！」溫浩傑咬牙切齒地說道。

「哼，墨逸辰，我今兒話就扔在這兒了，就算你被砍頭了，也別想我替你求情！」

「好傷心啊，原來二哥竟然這麼狠心，都不想救妹妹呀！」溫阮不想二哥再繼續被墨逸辰戲弄，遂直接掀開了披風，露出一個小腦袋，可憐兮兮地看向溫浩傑。

待看清馬上的人時，溫浩傑直接僵在原地，聲音帶著明顯的顫抖。「妹、妹妹……」

溫阮拍了拍墨逸辰的手，示意他把自己放下馬。

墨逸辰自然不會拒絕，自己先下了馬後，順勢把溫阮給抱了下來。

溫阮走到溫浩傑面前，看著他一臉不敢相信的樣子，剛想說些什麼，誰知卻被溫浩傑一把抱住了，然後，溫阮便見到她平日裡穩重的二哥，哭得像個孩子。

「妹妹，妳還活著真是太好了、太好了！對不起，都是因為二哥，要不是因為二哥，妳也不會……」溫浩傑邊哭邊哽咽地訴說著心裡的愧疚，三年來，這些話一直壓在他的心裡，誰也沒有說過，這會兒見到溫阮，他再也控制不住了，一股腦兒地全給說了出來。

聽到溫浩傑的話，溫阮心裡也不好受，也跟著哭了起來。

於是，兩兄妹便開始抱頭痛哭，看得一旁的人也不禁跟著抹起了眼淚。

過了許久，溫阮的情緒才慢慢平靜下來了，然後，她又安慰了溫浩傑一會兒，才險險地控制住他的情緒。

看到溫浩傑抱著小丫頭的樣子，墨逸辰莫名覺得礙眼，於是默默地上前把兩人給拉開了。

「你幹什麼？」溫浩傑瞪向墨逸辰，一臉不爽。

墨逸辰神色坦然。「你確定還要留在這裡被人圍觀？」

溫浩傑一愣，下意識向四周看了看，果然看到來往的將士都在看他，一想到自己剛剛的樣子，也頗有些彆扭。

於是，溫浩傑便牽著溫阮往軍營裡走，邊走邊後知後覺地想到，剛剛墨逸辰是不是和他妹妹過分親暱了些？遂轉頭瞪了墨逸辰一眼，警告意味十足。

似是覺得這樣還不夠，溫浩傑想了想，語重心長地同溫阮交代道：「妹妹，妳現在是大姑娘了，不能還同小時候一樣，以後可不能隨便和別人共騎一匹馬了啊……」

回到軍營後，溫阮簡單地同大家講了這三年的事情，眾人聽到她沒受什麼虐待，這才稍稍安心了些。而這會兒，溫阮也終於有機會問出了心裡的疑問。

「這三年，你們不會都以為我死了吧？」按照常理來說，就算她那日在雪凌山上生不見人、死不見屍，不是頂多也只能判定為失蹤嗎？

眾人互相看了看，最後一致看向墨逸辰，意思很明顯，就是讓他來解釋。

溫阮見狀，亦直接看向墨逸辰，乖巧地等著他來答疑解惑。

墨逸辰微微頷首，略一思索後，便把當年雪凌山山崖下的情況大概說了一下。

溫阮這才恍然大悟，怪不得呢，沒料到赫連決竟這麼「深謀遠慮」……不，應該說早有預謀！

她就說嘛，當時醒來時她的隨身衣物怎麼都不見了！不過，那時對她來說，情況尚且不明，所以也就沒太糾結於這些瑣碎小事，只以為衣物什麼的髒了、破了，被下人扔了呢！誰知，赫連決竟然利用那些東西，給她偽造了個「去世凶案現場」！

這赫連決果然是個老狐狸，特別狡詐的那種！

溫阮在忿忿不平地罵完人後，突然一陣睏意湧了上來，連打了好幾個哈欠。

溫浩傑看溫阮的樣子，便知她定是昨晚沒睡好，於是便要拉著她去他的營帳休息。

誰知，墨逸辰卻攔住了兩人，說溫阮的營帳早就讓人準備好了。

於是，幾人便跟著墨逸辰過去。

但一到地方，溫浩傑就炸了，怒氣沖沖地瞪向墨逸辰！這傢伙就是沒安好心，他憑什麼把妹妹的營帳安排在他自己營帳的旁邊？憑什麼？

「我營帳附近，很少有人過來，阮阮在這邊住著也能方便些。」墨逸辰作為一軍主帥，他的營帳附近自是很少有人能接近。

溫浩傑無法反駁，軍營之中都是男子，本就不便，這也算是最好的選擇了，所以，他便沒再多說什麼，由著溫阮住下了。

眾人離開後，溫阮本想歪在床上睡會兒，只是她突然想到赫連決之前留給她的信還沒來得及看，想了想，便從懷裡把那信件拿了出來。

拆開信封後，裡面的信件共折成了兩份，溫阮順勢拿起了最上面的一份，逕自看了起來。

信不長，溫阮很快便看完了，只是，這信的內容卻頗讓她意外。

赫連決信裡說，若是她還願意相信他的話，少則一個月，多則三個月，屆時他登上東臨皇位後，會如她所願，向夏祁遞上一份盟約書，兩國締結盟約，至少還邊境五十年和平，不再有戰事。盟約書他先給她一份，算是誠意。

隨後，溫阮拿起另一份信紙，展開後，上面果然是盟約書的內容，而在信件最後蓋的是赫連決的私章，這也就意味著，若是赫連決真的登上東臨的皇位，那這封信就變成了一份盟約書。

這些年，溫阮多多少少也瞭解一些政事，其實，夏祁國上下一直都是希望邊境安穩的，若是赫連決真能登基，這份盟約書恰好能解除當下的燃眉之急。

此次墨逸辰擅自退兵，雖說是為了救她，但這種理由還是沒法子同滿朝文武和全軍將士交代的，他們正好缺乏一個冠冕堂皇的退兵理由。但，若說這是與赫連決私下達成的協議，屆時再加上這份盟約書，怕是誰也說不出什麼話了吧？

只是，赫連決為什麼要這麼做呢？這令溫阮很不解。畢竟，東臨的情況和夏祁完全不同，這些年，東臨朝堂上一貫主張用武，若是他真能順利登基，這剛登基便提出一份與以往背道而馳的盟約書，這滿朝文武反對的聲音，他確定能壓得住？

而且，赫連決特意強調這是給她的禮物，這確實也讓溫阮不免多想了一些。他們兩人貌似也沒有這麼深的交情吧？若是非要深究一個理由的話，溫阮猜，大概是移情作用。

其實，這三年裡，有一年多的時間，赫連決和溫阮之間幾乎都是沒什麼交集的，要說這種變化是從什麼時候開始的……溫阮想了想，應該是從某一次赫連決過去蹭飯開始。

記得那是第二年的中秋，溫阮閒來無事便準備了一桌子的吃食，準備好好過個節，誰知那次正巧赫連決過去了，她禮貌性地邀請了一句，然後他也沒拒絕，就這樣，兩人第一次同桌用起了餐，再後來，赫連決便開始三天兩頭地到她那裡蹭飯了。

在那以後，溫阮也陸陸續續從一些下人口中得知，原來赫連決有個妹妹，只不過很小的時候便夭折了，而且赫連決很疼愛這個妹妹，最喜歡和妹妹一起用膳。

所以，溫阮便暗暗猜想，赫連決的改變是不是與這有關？最有可能的就是，她和赫連決的妹妹在某些方面具有一些相似之處，比如都是吃貨，又比如都不學無術……

算了算了，不想了！溫阮覺得，反正不管赫連決是哪根弦搭錯了，這總歸都是好事。她這會兒真的是太睏了，於是把信件往枕頭下一塞，便兀自睡了過去。只是臨睡之前，她還想著，等她睡醒了，再把信拿給墨逸辰看吧……

第二十六章

然而，溫阮這一覺便直接睡到了第二天，當她起來時，外面的天早已大亮。可能是這一覺睡得太舒服了，溫阮罕見的沒有賴床，相當麻利地從床上爬了起來，穿上衣衫，直接走出了營帳。

太陽暖洋洋地曬在身上，溫阮瞇著眼睛，愜意地伸了個懶腰，這幾年她大多數時間都生活在邊境，自是知道這種天氣在西北的冬季有多難見，於是，心情不禁都好了幾分。

又曬了會兒太陽後，溫阮便直接拐向旁邊墨逸辰的營帳，她心裡可還惦念著赫連決信件的事呢！只是，她走到營帳門口時，卻被守門的士兵告知，墨逸辰此時不在營帳內。

溫阮「喔」了一聲，順口問道：「你可知，你們將軍去哪裡了？」

誰知那守門的士兵一副很為難的樣子，眼神閃躲，半晌，才結結巴巴地回道：「回稟小姐，屬下、屬下……不知。」

溫阮。「……」她有這麼嚇人嗎？怎麼就把人家好好的小戰士給嚇成這樣呢？溫阮不禁原地反思。還有，這兵一看就不是細作兵，連撒個謊都不會，就他那樣的反應，明明就是知道，只是不想或者不能告訴她吧？

也是，擅自洩漏將軍的行蹤，確實是軍營中的大忌，溫阮倒也不好再為難人家，於是，便轉身朝她二哥的營帳走去，準備去找二哥。

溫阮邊走邊琢磨著，昨日好像聽說影一他們不住在軍營，溫阮覺得，待會兒得問問他們住哪裡，看看她能不能也過去住？畢竟她這閒雜人等總借住在軍營裡，也不是個事啊！

眼看就要到她二哥的營帳了，溫阮卻在經過馬廄時，被幾個餵馬士兵的話給吸引住，停下了腳步。

「孫小姐這馬一看就不凡啊！瞧瞧，這滿軍營裡找，怕是只有咱們將軍的黑鳴能與之一較高下了吧？」一士兵邊餵馬邊說道。

另一餵馬的士兵附和道：「那是。我都聽說了，這可是孫將軍特地替孫小姐找的良駒呢！不過，這馬和咱們將軍的黑鳴還是不能比，黑鳴可是汗血寶馬！」

「不過，這孫小姐一大早就來找咱們將軍，還匆匆忙忙的，也不知道是有什麼急事？」

「還能有什麼事啊？估計是孫小姐收到消息了唄，聽說咱們將軍那位未婚妻子沒有死，還回來了，所以這才來找咱們將軍商量的吧？」
「也是，這將軍的未婚妻子沒死的話，孫小姐可怎麼辦啊？難道要嫁給咱們將軍做妾室嗎？」
「估計是吧？反正聽說咱們將軍的婚約是打小定下的，女方可是當今聖上的嫡親表妹，肯定是不好隨便推掉……」兩個士兵餵完馬便離開了，邊走還不忘邊繼續討論。
唉，是誰說只有女人喜歡八卦的？明明男人也很喜歡！
「這軍營的士兵是不是太閒了？怎麼這麼八卦啊！」溫阮小聲嘟囔了句。
關於她和墨逸辰，還有那位孫小姐的八卦，她三年前就聽過，三年後的今天又聽了一遍，真的是換湯不換藥。反正在這樁八卦裡，她就是阻擋人家小情侶真愛的絆腳石，還是顆家世顯赫的純金絆腳石啊！
還有，剛剛那守門的士兵根本就不是不能說墨逸辰的行蹤，怕是不好說給她聽吧？畢竟，未婚夫婿去會見佳人這種事，又怎麼可能讓正主知道呢！溫阮暗搓搓地想。
不過，溫阮運氣也是夠背的，去溫浩傑那裡依然撲了個空。這一大早的，怎麼都這麼忙啊？哼，墨逸辰忙著談戀愛就算了，她二哥這是要鬧哪樣？永寧郡主又不在這裡，他怎麼也這麼忙？
想了一下，溫阮覺得她還是暫時不要回營帳了吧，畢竟，萬一再碰到了墨逸辰他們，那不是純屬給人提供八卦的素材嗎？算了，怕了怕了。

於是，她便沿著一條斜坡，朝著人少的地方走去，誰知，溫阮剛爬到坡上，便瞧見不遠處的一棵大樹下，有兩個人站在那裡似是在說些什麼，一男一女，男的可不就是墨逸辰？至於女的嘛，不用猜都知道，定是墨逸辰心儀的孫小姐了！

嗨，瞧她，可真是會選地啊，好死不死地還給碰著了！溫阮有些哭笑不得，不過，這兩人怎麼這麼陰魂不散？鬧心！談戀愛了不起啊？

溫阮小聲嘟囔了一句後，便轉身準備原路返回。唉，這一大早的，還真是夠心塞的。不行，她還是出去和影七他們住吧，至少眼不見，心不煩！

軍營東坡的老槐樹下，墨逸辰看著面前欲言又止的孫曉玥，眉頭微皺，似是有些不耐煩。

今日一大早，他本來在營帳中等小丫頭起來後一起用早膳的，誰知守門的士兵突然來報，說是孫將軍家的小姐求見。墨逸辰本來想像以往一樣，隨便找個藉口打發了便是，但那士兵卻說，孫小姐說了，他要是不見她的話，她就會一直等著。無法，墨逸辰只能過來見她一面，也準備徹底同她講清楚。

其實，墨逸辰一直都知道孫曉玥的心思，這些年，他明裡暗裡拒絕過她很多次了，甚至平日時去找孫將軍商討軍務之際也會刻意避開她，本以為這樣會慢慢讓她死心，可如今看來，效果甚微。

溫阮現在就在軍營裡，小丫頭的性格他是瞭解的，最是不喜和女子糾纏不清的男子，雖然他是被糾纏的一方，但在這種事情上，就怕小丫頭連坐。用她的原話說，連爛桃花都處理不好的男子，不可靠！

所以墨逸辰覺得，這件事定是不能讓小丫頭知道，他還沒能贏得她的歡心，就被貼上了不可靠的標籤，這太危險了。

「墨世子，聽說溫小姐回來了，那……我還有機會嗎？」孫曉玥遲疑很久，才終於把這句話問出口。

估算了下時間，墨逸辰覺得溫阮應該醒了，遂不想再耽擱，只求速戰速決擺脫孫曉玥這個麻煩。於是，說話也很不客氣。

墨逸辰眉頭緊皺，冷冷地反問道：「妳什麼時候有過機會？孫小姐，身為將門之後，死纏爛打是不是太難看了？」

死纏爛打？孫曉玥一怔，有些不敢相信地看向墨逸辰，臉色難堪至極。

停頓了片刻，墨逸辰又補充道：「還有，今天的事是最後一次了，若是下次孫小姐再擅自來軍營糾纏，那我只能親自登門找孫將軍談談了。」

孫曉玥眼角微紅，看著墨逸辰，嘴角逸出一絲苦笑。這些年她何嘗不知自己是癡心妄想？可是，她就是不甘心啊！為什麼他不喜歡她呢？

她自小便喜歡墨逸辰，每每他去找她爹商量軍務時，她只要躲在暗處偷看上他一眼，便會滿足好久。後來，為了能配得上他，她琴棋書畫、騎射武藝均不敢懈怠，只為有一天能讓他主動看她一眼，可是卻一直都沒有等到。

再後來，她聽人說，像他這般清冷疏離的男子，女子要主動一些才能引起他的注意，從而讓他另眼相看，所以，自此之後，她便開始頻繁地出現在他身邊。旁人都打趣他們郎才女貌，她聽著也甚是開心，可是，他卻警告眾人不要胡說，他已有婚約在身。

那時，她才知道溫阮的存在。雖然傷心，但她還是自我安慰，那只是父母之命、媒妁之言，只要墨逸辰心裡有她，她甚至不介意做妾室。

可是三年前，溫阮在雪凌山遇險後，她才知道，原來，墨逸辰對這位未婚妻子的愛竟這般深，那時她才知道她輸了，不過心裡卻又不禁卑劣地有些竊喜，因為溫阮死了，她就還有機會。所以，她在等，等他回頭看她的那天。

可昨日，她在她爹的書房外偷聽到，溫阮其實還沒死，而墨逸辰竟然為了救她，拱手相讓了三座城池！所以，她再也坐不住了，今日城門一開她便跑過來，她想親口問他，她不求正室，也不會同溫甯侯府的那位小姐爭，只求能做他的妾室可不可以？

誰知，墨逸辰竟比她想像中無情得多，一句死纏爛打便摧毀了她所有的勇氣。

「為什麼？我究竟哪裡比她差了？」孫曉玥不甘心地問道。

「全部。」墨逸辰薄唇輕啟，淡淡地說道：「在我眼裡，世間的女子都不及阮阮半分。」

孫曉玥一個踉蹌，險險穩住了身子，許久，才挺直了脊梁，臉色慘白地說道：「我知道了，墨將軍放心，以後……不會了。」

墨逸辰見狀，微微頷首，臉上絲毫不見任何憐香惜玉之情，有的只是終於解決了一件麻煩事的輕鬆。

只是，當他視線掃過山坡那邊時，突然發現了溫阮離開的背影，心裡不禁一縮，神色慌亂了起來，忙疾步朝溫阮追去。

墨逸辰是在回營帳的路途追上溫阮的。

溫阮扭過頭看向墨逸辰，不禁有些奇怪。「咦，你忙完了？這麼快嗎？」

小情侶之間不是都應該難捨難分的嗎？這麼速戰速決的不太好吧？溫阮酸酸地想。

「阮阮，剛剛不是妳想的那樣，妳千萬別誤會！」墨逸辰笨拙地解釋道。

溫阮一愣，隨即反應過來，剛剛在山坡上他應該是看到她了。可是……她狐疑地看了墨逸辰一眼，他臉皮是不是太薄了些？這郎有情、妾有意的，有什麼不好意思的啊？還是說，兩人私會被她撞見了，怕對人家姑娘的名譽不好？

切，沒想到他還挺貼心的嘛！果然，這個世界上哪有什麼鋼鐵直男啊？只要放在了心上，再小的事情都會在意的！

溫阮撇了撇嘴，說道：「放心吧，我沒有誤會。」所以，她也不會對那姑娘有什麼偏見的。

聽到溫阮說沒有誤會，墨逸辰下意識鬆了口氣，只是，不知為何，總覺得有什麼地方不對勁。

兩人並肩而行，各自陷在自己的思緒中，誰也沒有說話。

又走了一會兒，溫阮突然說道：「逸辰哥哥，咱們的婚約還是盡早退了吧，也別耽誤了彼此。待會兒回去我寫封信給我爹娘報平安，順便把這事也提一提。」

既然墨逸辰有了喜歡的姑娘，她這邊老占著名分也不太合適，總有種鳩占鵲巢的感覺。

聞言，墨逸辰腳步一頓，一把拉住溫阮，神色一凝。「妳有喜歡的人了？」

溫阮。「……」不是他有了喜歡的人嗎？這怎麼還能倒打一耙呢！

不過，這退婚好像還真是需要一個合適的理由，否則，兩家人也不太好交代吧？特別是他們家，雖然當時維持婚約另有緣由，但若是因為墨逸辰有了喜歡的姑娘而提出退婚，怕是她的哥哥們會生吞了墨逸辰吧？

唉，算了，看在他這麼講義氣，用三座城池救了她的分上，這個鍋就勉強替他揹了吧！

「好吧，那就我有喜歡的人了。」溫阮掙脫了他的手，邊走邊無所謂地說道。

聽到溫阮的話，墨逸辰直接愣在原地，遲遲沒有追上前。

溫阮也沒管他，她以為他是在思考她這個藉口的可行性。

「妳……喜歡的人是誰？」墨逸辰的聲音有些危險。

溫阮卻沒太在意，只是心裡不禁暗道：有道理，說謊就要說全套！既然說了有喜歡的人，那個「人」總得對號入座地想一個吧？不然也確實是不好糊弄大家。

「嗯……赫連決，我們朝夕相處三年，我對他日久生情了，很正常。」溫阮覺得這個解釋非常說得通，甚至頗為滿意自己編故事的能力，這麼多年的話本子果然沒有白看啊！

墨逸辰臉色森然。「阮阮，妳不能喜歡赫連決。」

溫阮一怔，不解地看向墨逸辰。「為什麼？」這個人選多好啊，東臨這麼遠，旁人又沒辦法證實，豈不是她說啥是啥？一點心理負擔也沒有啊！

「他心裡沒有妳，還一直在利用妳，不是良配。」墨逸辰說道。

溫阮有些糊塗了。「可是，這也不妨礙我喜歡他啊！他雖然傷了我，但我心裡有他，放不下他，所以，我沒辦法嫁給你，才要退婚啊！」這說辭堪稱完美啊！不僅為解除婚約找到了個完美藉口，而且，日後若是她被催婚的話，這藉口還可以再拿出來用用！一個為情所傷的人，相信家裡人看她那傷心欲絕的樣子，估計也不太好逼她吧？溫阮想。

「妳……喜歡赫連決什麼？」墨逸辰雙手緊握，似是在竭力壓抑著什麼。

「這喜歡一個人還需要什麼理由啊？再說了，我剛剛不也說了嘛，我們朝夕相處了三年，日久生情了。」

難道這理由還不夠充分嗎？溫阮覺得墨逸辰有點太較真了，藉口這個東西，準備充分些是好，但過於鑽牛角尖可就不好了。

溫阮不太贊同地看了墨逸辰一眼，然後率先走進自己的營帳。

許久，墨逸辰才跟著走進營帳，神情頹廢，似是受了很大的打擊一般，令溫阮百般不解。

「你怎麼了？」溫阮關心地問道。

墨逸辰站在門口，一動也不動，靜靜地看著溫阮，半晌後忽地說道：「阮阮，妳……不要喜歡赫連決好不好？」

溫阮愣了愣，問道：「那你覺得，我該喜歡誰？」總得有個人選不是？難道他還有比赫連決更好的？

墨逸辰凝視著溫阮，稍作猶豫一下後，一臉認真地說道：「阮阮，妳試著喜歡我吧。既然妳可以和赫連決日久生情，那往後我再也不和妳分開了，一年不行就兩年，兩年不行，我們還有一輩子，妳總會喜歡上我的。」

溫阮一臉震驚，隨後不知想到了什麼，雙眉微皺。「你不是有喜歡的姑娘了嗎？為什麼還讓我喜歡你？你什麼意思？」

難道墨逸辰還想坐享齊人之福，左擁右抱什麼的？想到這兒，溫阮怒氣沖沖地瞪著墨逸辰，似乎只要他敢承認，下一秒她絕對會上前揍他！

聞言，墨逸辰亦是一愣。「我是有喜歡的姑娘了，可是那個姑娘——」只是他解釋的話還沒說完，便被溫阮指著大罵。

「墨逸辰，你這個混蛋！你把我當什麼了？我告訴你，我就算再喜歡一個人，也絕對不會同別人共事一夫的，你就死了這條心吧！」溫阮的眼圈有些微紅，心裡頓時委屈得不行，所有刻意壓抑的情緒似乎一下全反彈了。墨逸辰要是想仗著她對他的那點微不足道的喜歡，就這般折辱她，那她以前還真是看錯他了！

墨逸辰被罵得有點懵，不過，看到溫阮一副快哭的樣子，他頓時手足無措，忙上前一把抱住她。「阮阮，妳誤會了，我沒有……」

溫阮卻根本不聽他的解釋，拚命掙扎著要從墨逸辰的懷裡出來。「墨逸辰，你不要臉！我是你能隨便抱的嗎？你都喜歡別的姑娘了還敢抱我？我警告你，快給我鬆開！別說我對你就一點點喜歡而已，就算是……」

墨逸辰突然意識到什麼，有些不可思議地看向溫阮，然後，雙眸中盈滿了喜悅。

溫阮越說越生氣，見仍掙脫不開，更是委屈得不行，於是，說著說著竟哭了出來。

聽到溫阮的哭聲，墨逸辰忙慌亂地安撫道：「沒有別人，我只喜歡妳！」

溫阮一怔，腦子一片空白，人定在原地，愣愣地看著墨逸辰，臉上還掛著兩行淚水，一時之間連哭都忘記了，看著有些傻。

不過，墨逸辰自是不敢在此時笑話她就是了，看她好不容易平靜下來，忙解釋道：「阮阮，我喜歡的姑娘只有妳！以前沒有別人，以後亦不會有，永遠都不會有什麼共事一夫的，我保證！」

「那……孫姑娘呢？我剛剛都看到了，你們明明就在私會！」溫阮仰著小腦袋，倔強地問道。

墨逸辰皺眉，他這會兒終於知道哪裡不對勁了！剛剛的事情，小丫頭哪裡是沒有誤會？分明就是給他拍板定罪了！

於是，墨逸辰只能再耐著性子把他和孫曉玥的事情解釋了一遍，事無鉅細，就生怕溫阮有一丁點的誤會。

「所以，也就是說，那個孫姑娘喜歡你，而且還喜歡了很多年？」溫阮非常會抓重點。

墨逸辰慌忙解釋。「阮阮，我都按照妳信裡教我的做了，這些年一直和她保持距離，我們其實沒見過幾面的！」

按照她信裡教的？溫阮心裡不禁一甜。

「所以，阮阮，妳其實也是有點喜歡我的，對不對？」墨逸辰忐忑地確認道。

看到墨逸辰小心翼翼的樣子，溫阮嘴角揚了揚，輕「嗯」了一聲。她從來就不是個彆扭的性子，既然知道了墨逸辰沒有喜歡別的姑娘，那她對他也有好感這件事，自然就沒什麼好遮掩的了。

不過，溫阮還是有些傲嬌地說道：「只有一點點！現在就只有一點點喜歡你喔！」

墨逸辰突然一把抱起溫阮，原地轉起圈圈來，更是邊轉邊大笑，開心得像個孩子一般。

溫阮也開心，雙手環住墨逸辰的脖子，頭靠在他的肩上。

「沒事，以後我定會讓一點點變成很多很多的。」

只是，墨逸辰似是想起什麼，突然停了下來。

溫阮不解地看向他，只見他欲言又止了幾次，才彆扭地開口問——

「那……我和赫連決，妳喜歡誰多一些？」

溫阮。「……」這該死的誤會！所以，剛剛兩人竟然牛頭不對馬嘴地講了這麼長時間！赫連決是她為兩人退婚找的藉口，而墨逸辰竟傻乎乎地以為自己真的和赫連決日久生情了？

瞥了眼床榻的方向，溫阮的眼珠子轉了轉，突然想逗弄他一下，於是，她推開墨逸辰，逕自走到床邊，從枕頭下拿出赫連決的信件，說道：「逸辰哥哥，這是昨日赫連決給我的信件，你要不要看看？」

墨逸辰身子一僵，眼裡滿是掙扎，但手還是很誠實地接了過去，似是鼓起了很大的勇氣才把信件拆開，只是在他剛想看時，溫阮卻伸手按住了他的手。

「我沒有喜歡赫連決，剛剛那些話也都是假的，根本就沒有什麼日久生情。逸辰哥哥，我的心很小，放不下這麼多人的。」溫阮看著他掙扎的樣子，有些難受，突然不想逗他了。

墨逸辰一下子愣住了，猛地把溫阮摟到了懷前，像呵護珍寶般，下巴抵在溫阮的額頭上，許久，才慢慢地落下一吻。

「阮阮，謝謝妳。」謝謝妳還活著，謝謝妳來到了我身邊，謝謝妳，也只喜歡我。

溫阮伏在他的胸前，搖了搖頭，沒再說話。

剛確認完彼此心意的兩人，又抱了好一會兒，最後在溫阮的多番催促下，墨逸辰才終於看起赫連決的信件。

「逸辰哥哥，你怎麼看啊？赫連決真的能奪到東臨的皇位嗎？」溫阮問道。

墨逸辰遲疑了一下。「據我瞭解，這赫連決不是信口開河之人，他做事一向有成算，從軟禁妳三年這件事上就能看出來。所以，我覺得這事他定是有把握才會這般說的。阮阮，我要寫封信送回京都府，將此事稟報給皇上定奪。另外，妳還活著的消息也要傳回去了，所以，阮阮，妳也給你們府裡寫封信吧，大家都很擔心妳。」

「好，我這就去給爹娘他們寫信！」溫阮點了點頭，說完便轉身走到案前，拿出紙和筆墨準備寫信。

墨逸辰猶豫了一下，走到溫阮身邊，說道：「阮阮，給蕭澤也寫封信，簡單地報個平安吧。」

溫阮一愣，有些意外墨逸辰怎麼會突然提起她師兄？

墨逸辰頓了頓，如實把這三年來，他與蕭澤兩人的一番謀劃都說了出來，當然，也包括此次對東臨出戰的事。

溫阮聽完後頗為感動。「果然還是我師兄瞭解我啊！就我這種睚眥必報的性子，不給我報仇，我肯定會死不瞑目的！不行不行，我這次定要給師兄寫封長長的信件才行！哪能簡單報個平安啊，這有多傷我們師兄妹的感情！」

看著興致勃勃的溫阮，墨逸辰。「……」讓你以後再多嘴！

溫阮的信是連同墨逸辰八百里加急的信件一起送回京都府的。

回信來得也很快，看著面前堆得如小山一般的信件，溫阮心裡不禁暖暖的。那日信件寫得比較急，所以只寫了一封書信回溫甯侯府報平安，誰知家裡人卻每人都給她回了一封信件。

不過，溫阮把眾人的信件全部收了起來，準備回去後慢慢看，現在她比較關心的還是皇上表哥的回信。之前她特地給趙卓煜寫了封信，內容就是為墨逸辰擅自退兵之事求情。所以，她便率先把趙卓煜的信件挑了出來，逕自看了起來。

只是，看完信件後，溫阮不禁皺起了眉頭，頗為不解皇上表哥這究竟是何意？根本就沒講會不會責罰墨逸辰的事，只有一句模稜兩可、故弄玄虛的話，說什麼這不是她要操心的事，墨逸辰自己會處理好。

所以，她那封情真意切的求情信到底有沒有起作用啊？

「逸辰哥哥，皇上表哥有同你說什麼嗎？」溫阮好奇地問道。

墨逸辰點了點頭，說道：「皇上讓我們先靜觀其變，等赫連決那邊的消息。還說，若是赫連決有什麼需要幫助的，我們可以盡力而為。」

衝著赫連決那份盟約書，只要趙卓煜不是昏君，應該都願意姑且一信的，這一點兩人自是沒有意外。

只是，溫阮關心的可不僅是這些。「那關於擅自退兵之事，信裡有沒有說要怎麼樣啊？」

看到小丫頭著急的樣子，墨逸辰不禁揉了揉她的頭，故意戲謔道：「妳就這麼關心我啊？」

溫阮知道墨逸辰在逗她，遂沒好氣地說道：「那是！這可是關係到我下半輩子的幸福，若是你要被關個十年、二十年的，我不就得好好為自己打算打算啊！」

墨逸辰點了點溫阮的鼻子，無可奈何道：「真是個小沒良心的！難道妳就不能等等我嗎？」

溫阮佯裝遺憾道：「唉，不會真被我說中了吧？那不成，你若被抓了，我可等不了你這麼久，女子的年華可是稍縱即逝啊！不行，咱們就一拍兩散吧，所幸現在才剛開始，感情也還不是很深，應該很好脫身才是。還有啊，我得趁著現在，好好篩選一些好兒郎……」

墨逸辰看她越說越離譜，不禁被她氣到了，遂猛地把她緊摟在懷裡，然後狠狠地吻住了她，也堵住了她那張胡說八道的小嘴。

溫阮瞪大了雙眼，控訴地看著墨逸辰，他竟然又來這一招！最惱火的是，這一招竟然還是她親自教的！吼，想想都好生氣啊！

溫阮自然不願吃虧，遂故意咬了墨逸辰一下，警告他放開自己，誰知他卻乘機加深了這個吻，從一開始的淺嚐輒止，到後來炙熱如火，最後在結束前，他竟還惡作劇般回咬了她一下，一副意猶未盡的樣子。

溫阮惱羞成怒地瞪了墨逸辰一眼。「你小心被我二哥看到，到時候有你好果子吃！」

這些日子，不知溫浩傑是不是察覺出了什麼，對墨逸辰那是一個嚴防死守啊！反正就是只要有他在場，墨逸辰就休想靠近溫阮半步！

對此，墨逸辰也頗為無奈。他對溫阮的感情，這幾年並沒藏著掖著，不僅溫浩傑，溫甯侯府的其他人，包括趙卓煜都是知曉的，之前也沒見他們怎麼樣啊！可如今怎麼說變卦就變卦了？對此，他也是真心不解。

想到今日溫浩傑收到的那些與溫阮相較不遑多讓的信件，墨逸辰突然有種不好的預感。

「所以，你擅自退兵之事究竟要怎麼處理啊？快說，不許瞞我！」溫阮以為墨逸辰是故意岔開話題，不禁擔憂了起來，故意凶巴巴地問道。

墨逸辰自然感覺到溫阮的不安，忙輕聲安撫道：「阮阮，別擔心，皇上說了，讓咱們暫時別回京都府，等一等赫連決，若是他能即位，兩國締結盟約，屆時便可對外宣佈，說退兵是皇上下的密旨，而此次出兵東臨亦是為了邊境的長久安寧，這樣就能堵住滿朝文武和天下人之口了。」

「可是，若赫連決奪嫡失敗呢？或者說，到時候他又反悔了，不同意締結兩國盟約了，那屆時你怎麼辦？」溫阮不免擔心地問道。

雖說信上蓋了赫連決的私印，但就怕萬一啊！萬一他反悔了，他們將會很被動，屆時，墨逸辰擅自退兵之事又該如何終了？

墨逸辰笑了笑，說道：「沒事，這些年我立的戰功足夠保住這條命，頂多就是被削去一身官職罷了。到時候，只要妳不嫌棄我就行。」

溫阮一聽，果然放下了心。「那就好！我才不會嫌棄呢，沒有官職又怎樣？你沒聽說過什麼叫無官一身輕嗎？放心，我這些年攢了不少銀子，肯定夠咱們花的！大不了我再開間醫館，就憑我的醫術，咱們肯定餓不著！」

墨逸辰也笑著應道：「好，那到時候，我可就靠阮阮養了。」

是夜，溫浩傑巡邏完回到營帳內，看到桌上的信件也頗為驚訝，他沒有料到這次竟然有這麼多人寫信給他！祖父的、爹爹的、大哥的、三弟的、皇上表哥的，竟然連瑞瑞小姪子也給他單獨來了封信！

溫浩傑有些受寵若驚，這家裡人怎麼突然也這麼關心他了啊？於是，他懷著感動的心情逐一看了起來，結果，無一例外，都是告誡他要保護好溫阮，當然，除了安全之外，格外重要的是，要提防墨逸辰這頭居心叵測的狼！

溫浩傑放下信件，突然覺得壓力極大啊！不過，他認真回想了一番，這些日子以來，他自認為防得還行，妹妹應該暫時還沒有被墨逸辰那頭狼叼走，遂才稍稍放了些心。

不過，溫浩傑也暗暗下定決心，往後的日子裡定是要更加謹慎才行，萬一妹妹真在他眼皮子底下被叼走了，估計迎接他的就是被群毆的命運吧？

溫浩傑興致勃勃地制定出一套防狼手冊，真別說，那方方面面還真夠詳細的。

於是，接下來的日子裡，墨逸辰終於體會到什麼叫真正的嚴防死守，兩人這段地下戀情也談得是相當刺激。

本來墨逸辰都打算坦白從寬了，反正他和小丫頭兩人情投意合，難道溫浩傑還能拆散他們不成？墨逸辰都想好了，大不了就是被打一頓，他不還手就是了，總歸比躲躲藏藏的要強吧？可是，溫阮卻不太樂意，覺得這樣還挺有意思的！

無法，墨逸辰只能依著她，繼續他們這段隱秘的地下戀情了。

這一日，墨逸辰好不容易以軍務為由支開了溫浩傑，然後，他便帶著溫阮去城裡逛了一圈，兩人也總算度過短暫的二人時光。

兩人先是去城裡最好的酒樓吃一頓，然後便漫無目的地在城裡閒逛，溫阮還買了不少東西，但大多都是些零食，墨逸辰也給她買了很多小玩意兒，零零散散一小包。

後來遇到捏泥人的，溫阮還讓人照著她和墨逸辰的樣子捏了兩個，這攤主手藝不錯，捏得還挺像，溫阮自是喜歡得不得了。

就這樣，兩人開開心心地在城裡玩了一天，可誰知剛出城門不久，兩人就迎面碰上了剛巡兵回來的溫浩傑。

而且好死不死的，那時墨逸辰一手牽著溫阮的小手、一手牽著馬繩，兩人正悠閒地散步著。

溫浩傑不可思議地看著兩人緊握在一起的雙手，僵在原地！

完了，妹妹被狼叼走了！溫浩傑第一個反應就是，回去他應該會被打死吧？

溫阮和墨逸辰兩人也怔住了，他們也沒料到竟會這麼巧，偏偏就和溫浩傑碰上了！

溫阮看著她二哥的反應，十分心虛地鬆開了手，甚至還此地無銀三百兩，往一旁移了移。

溫浩傑黑著臉下了馬，走到兩人面前，瞪著墨逸辰咬牙道：「墨將軍，你身為一軍統領，還有功夫在這兒閒逛，是不是太閒了些？」

墨逸辰泰然自若。「嗯，今日正好得空，就陪著阮阮出來逛逛。」

聽到墨逸辰這般不痛不癢的答覆，溫浩傑更是氣不打一處來！本來他還奇怪為什麼今日巡兵墨逸辰非要點名讓他過去，這會兒算是想明白了，墨逸辰就是濫用職權，故意把他支開，然後好拐走他妹妹！

不過，身後還跟著一隊西北將士，溫浩傑儘管再氣憤，也不能當眾下墨逸辰的面子，所以，這事只能稍後再找他算帳。

「妹妹，走，二哥帶妳回去。」溫浩傑說著就要去拉溫阮的手，準備騎馬帶她回軍營再說。

誰知，溫阮還沒反應什麼呢，墨逸辰卻直接伸手攔住了溫浩傑。「不行，阮阮現在大了，不能再同其他男子共騎一匹馬，要避嫌。」
溫阮扭頭看向墨逸辰，突然很佩服他的勇氣，二舅哥都敢得罪，是個狠人啊！不過，她竟然不知道，墨逸辰的占有慾什麼時候變得這麼強了？不能其他的男子共騎一匹馬，難道只能同他？
「我是她二哥，哪裡算是其他男子了？」溫浩傑快要氣瘋了，指著墨逸辰牽著的馬說道：「你也知道我妹妹大了，那你今日這又算什麼？你帶我妹妹出來前，就沒想過要避嫌嗎？」
墨逸辰自知理虧，無話可說，但態度仍然很堅決，就是不許溫阮和溫浩傑同乘一匹馬，理由是男女大防，對兄長亦是如此。
溫浩傑雖氣得不行，但也沒轍，不過，他也不同意溫阮同墨逸辰共騎一匹馬回去。於是乎，兩方僵持不下。
溫阮雖然知道這種時候她最好不要說話為妙，可瞥了眼不遠處的將士，想了想，還是怯懦懦地建議道：「要不……咱們走回去？」
「不行！」兩人異口同聲地說道。
溫阮默默地看了兩人一眼，好傢伙，兩人這會兒還挺有默契的！
墨逸辰輕咳了一聲，解釋道：「這裡離軍營還有些路程，若是走回去，妳怕是要受累了。」

溫阮卻不以為然，不過，當她看到溫浩傑也是一副深表贊同的樣子，只能悻悻然地閉上嘴。識時務者為俊傑，這局勢二比一，她沒有勝算，還是不要多費口舌了吧。

最後，溫浩傑讓身後的將士先回軍營，然後，溫阮坐在溫浩傑的馬上，溫浩傑牽著馬，墨逸辰亦牽著馬在一旁陪同，三人兩馬就這樣返回軍營。

回到軍營後，墨逸辰便被溫浩傑拉去了練武場，美其名曰比試比試，其實他就是想教訓教訓這個拐走妹妹的混蛋！

溫阮本來還有些不放心，想跟著過去看看的，誰知卻被兩人異口同聲拒絕了，說什麼男人的事，就讓他們男人自己解決吧！溫阮沒轍，只能任由兩人自生自滅了。

西北軍的練武場很大，墨逸辰和溫浩傑過去的時候，將士們早都訓練完離開了，所以，整個空曠的場地裡，只有他們兩人。

溫浩傑絲毫沒客氣，率先出招，招招見真章。

墨逸辰起初只是防守，但溫浩傑在影衛軍那幾年也不是白待的，當他真的拚勁全力時，墨逸辰若是再只防守的話，便有些吃力了。再加上，溫浩傑見他不出招，更是怒火中燒，大聲嚷著是不是看不起他，無法，墨逸辰只能被逼著使出了真本事。

於是，兩人就這樣酣暢淋漓地大打一場，從午後打到日落，最後在墨逸辰的有意相讓下，局面算是打成個平手。兩人都累癱了，四仰八叉地躺在練武場的地上，急促地喘著氣。

半晌後，溫浩傑終於緩過來了，不甘心地說道：「墨逸辰，你就是個畜生！之前你不是口口聲聲說把阮阮當親妹妹嗎？可你卻對『親妹妹』起了歪心思，你要不要臉！」

墨逸辰望著天際的點點星輝，嘴角不禁扯了扯，似是也想起了那時的自己，自嘲道：「嗯，是挺不是東西的。」

曾經他是真心想把小丫頭當妹妹看待的，可是時過境遷，他如今對小丫頭有了男女之情，這一生都放不下了，所以，是畜生就畜生吧，他認！

聽到墨逸辰的話，溫浩傑不禁有些意外，沒想到他還挺有自知之明的！遂順著他的話故意說道：「既然你也知道自己不是東西，那就趕緊放手吧，我妹妹值得更好的！」

「不可能。」墨逸辰聲音很輕，卻帶著不容置疑的堅決。「除非我死，不然，這手都放不了了。」

一看墨逸辰竟還敢說這麼橫的話，溫浩傑驀地坐起了身，一臉不爽地瞪向墨逸辰。

墨逸辰不疾不徐地說道：「浩傑，阮阮早晚都要嫁人的，你好好想想，與其到時候讓她嫁給別人，不如嫁給我。我保證，我會一輩子待她好的，在我心裡，她比我的命都重要。」墨逸辰輕笑了一聲，目光突然變得幽深而遙遠。「不怕你笑話，若沒有她，我怕是也活不下去了。」

溫浩傑一怔，心裡有些不是滋味，他自是知道墨逸辰說的都是真的，他又不瞎。說實話，這三年裡，每逢溫阮「忌日」，他都怕墨逸辰上了雪凌山後會下不來，還好有赫連斜這個大仇未報，才勉強支撐著他活下來。

清冷的月光下，當溫浩傑看清墨逸辰臉上的青紫，才稍稍解氣了些。他知道墨逸辰的武功比自己要好，若不是他有心相讓，很難有人能傷到他，而今日墨逸辰願意讓自己打幾拳解氣，自是因為他在乎妹妹，這一點，溫浩傑還算滿意。

雖然溫浩傑心裡滿意了，嘴上卻還是威脅道：「別以為今日過了我這關，你就萬事大吉了，我告訴你，這才剛剛開始！哼，回京都府後，有你受的！」想了想他營帳裡的那堆信件，溫浩傑覺得自己絕不是危言聳聽。

墨逸辰自是知道溫浩傑的意思，笑了笑，沒再說什麼。

兩人從練武場回來時，天色已經很晚了，溫阮遠遠地看到兩人，忙迎了上去。

「二哥、逸辰哥哥，你們餓了沒？晚膳我已經給你們留下了——」溫阮正說得起勁，突然發現墨逸辰臉上的青紫，臉色驀地一變。

「逸辰哥哥！你的臉怎麼了？都青了！疼不疼啊？」溫阮拉過墨逸辰好一番察看，

心疼得不行，甚至還幫他呼了呼。

溫浩傑在一旁見狀，頗不是滋味地說道：「不就是臉上青了幾塊嗎？哪有這麼嚴重。」

聞言，溫阮不贊同地看了溫浩傑一眼，說道：「二哥，我還沒說你呢！你都多大的人了，怎麼下手這般沒輕重啊？這臉要是破相了可怎麼辦？」

「破相就破相了唄，男子漢大丈夫，誰還在乎這個？再說，這就破相了，妳真當他的臉皮是紙糊的啊？」溫浩傑不在意地說道。

溫阮瞪了溫浩傑一眼後，懶得同他廢話，轉身便急急朝自己的營帳跑去，邊跑還邊嚷嚷道：「逸辰哥哥，你等我！我去拿藥箱，待會兒替你上藥！」

「好，妳別著急，慢點走，別摔著了。」墨逸辰看著溫阮的背影，交代道。

溫浩傑。「……」合著自己把墨逸辰打了一頓，還給他製造了一次讓妹妹親手幫他上藥的機會？溫浩傑越想越虧，甚至還有種被墨逸辰陰了一把的感覺。「說，你是不是故意的？先讓我把你打了，然後到阮阮面前示弱，讓她心疼你？真是太心機、太奸詐了！」溫浩傑忿忿不平地罵道。「我就說嘛，以你的武功，怎麼可能輕易讓我打到你的臉，原來是早有預謀啊！不行，待會兒我一定要向阮阮揭穿你的真面目，免得被你騙！」

墨逸辰瞥了他一眼，淡淡地回道：「剛剛我都說了，不讓你打臉的，你偏要打，現在倒還怪我了？」

在練武場時，墨逸辰不止一次勸溫浩傑，不讓他打臉，可是他根本就不聽，一拳拳都是朝著他自己的臉打過來，還說什麼肯定是這張臉騙了小丫頭，今日定要毀了這張臉之類的話。

墨逸辰一直都知道小丫頭有多在意他這張臉，遂才出言提醒溫浩傑幾句的，誰知這傢伙竟然一點都不聽勸。看吧，這會兒惹小丫頭不高興了吧？這又能怪得了誰呢？

溫浩傑也不禁有些懊惱，真是失策了！當時正在氣頭上，只以為他是在挑釁，哪還能聽得進去墨逸辰的勸啊？

溫阮很快拿來了藥箱，她小心翼翼地幫墨逸辰處理臉上的傷，一邊上藥還一邊幫他吹一吹，宛若對待珍寶一般。

墨逸辰雖然很受用，但看到一旁眼珠子都快要瞪出來的溫浩傑，他覺得，在二舅哥面前還是低調些好，於是想了想，說道：「阮阮，其實不上藥也沒事，過兩天自己就好了。」

「就是就是！妹妹，妳看他自己都不在意，妳也不要管了哈！」溫浩傑恨不得立即把溫阮從墨逸辰身邊拉開。兩人離得未免也太近了，雖然是在上藥，但他還是覺得很礙眼。

「不行，必須上藥，沒得商量！」溫阮小眉頭一皺，態度相當堅決。「還有，二哥你這話說得就不對了，以後逸辰哥哥的臉，看得最多的人肯定就是我啊！所以，這樣算的話，他這張臉就是我的，我怎麼能不管呢？」

溫浩傑。「……」還能這麼算？不行，回去定要告訴大哥他們，下次不要打臉了！

第二十七章

晚膳是在墨逸辰的營帳裡用的，只是在用晚膳時，溫浩傑越想越不放心，覺得這才回來幾日，妹妹竟這麼容易就被墨逸辰給騙走了，由此可見，他妹妹還是太單純了，不知這世間險惡啊！不行，身為哥哥，他有這個責任教一教妹妹！

於是，剛用完膳，溫浩傑便當著墨逸辰的面把溫阮拉走了，兩人直接來到了溫阮的營帳。

「二哥，你到底要同我說什麼呀？神神秘秘的。」溫阮剛吃完飯，不太想動，直接歪在了旁邊的軟榻上。

溫浩傑隨後來到溫阮身邊坐下，神色凝重地問道：「妹妹，妳實話告訴二哥，你們在一起多久了？」

「沒多久啊，就是我從東臨回來的第二天，逸辰哥哥說他心悅我，正好我也喜歡他，然後，我就同意了呀！」溫阮如實說道。

回來的第二天？溫浩傑一愣，不禁捶胸頓足，他真是太大意了！

不過，墨逸辰這臭不要臉的，下手真夠快的，誰能想到他第二天就行動了，真是讓人防不勝防！

「這也太快了吧？怎麼著也得吊著他一段時間才是啊！妹妹，妳真是太單純了，不知這人心叵測，往往太容易得到的，他就不懂得珍惜了啊！」溫浩傑苦口婆心地說道。

溫阮一愣，呃……這算是在背後給墨逸辰下絆子了吧？嘖嘖嘖，憨厚二哥變腹黑二哥了啊！

「二哥說的有道理，要不我同逸辰哥哥斷了，再換個人試試？這樣的話，到時候我一定不會這麼容易就答應的！」溫阮故意說道。

溫浩傑一噎。「……我……倒也不是這個意思。」

就像墨逸辰說的，反正妹妹終歸是要嫁人的，與其便宜別的臭小子，還不如他這個知根知底的讓人放心。再換個人？還是算了吧！

溫阮眨了眨眼，裝作不解地問道：「那二哥，我現在要怎麼辦啊？」

溫浩傑一時有些犯了難，想了半晌，才說道：「算了，反正已經這樣了，我瞧著墨逸辰也不是這樣的人，日後，我和大哥、三弟他們經常敲打敲打他，定讓他不敢怠慢妳就是了。但是，妹妹，以後妳也要多多注意才行，妳是姑娘家，未成婚之前，妳要和墨逸辰保持些距離，千萬不要做逾矩之事，可不能吃虧了啊！」

溫阮「喔」了一聲，故意問道：「那牽手、抱抱、親親這些，應該都不算逾矩之事吧？」

溫浩傑噌的一下站了起來。「怎麼不算了？這些統統都不能做！」

「可是二哥，永寧郡主同我說過喔，這些你都對她做過，而且還不止一次呢！」溫阮笑嘻嘻地說道。

溫浩傑聞言一怔，頓時面紅耳赤。他一直都知道永寧同溫阮的關係好，但卻沒有料到，這些事她竟然也知道！

「二哥，你這是只許州官放火，不許百姓點燈嘛！」溫阮控訴道。

溫浩傑。「……」女大不中留，這妹妹沒法教了！

溫浩傑從溫阮的營帳離開沒多久，墨逸辰便走了進來，而溫阮正圍在火爐邊看今日去城裡新買的話本子。

「天太黑了，看書傷眼睛，白日裡再看吧。」墨逸辰直接抽走了溫阮手裡的話本，放到了一旁的案桌上。

溫阮撇了下嘴，小聲嘟囔道：「怪不得影四總說咱們相處像父女，哼，就怪你總管我太多！」

出門稍微穿得少點被管，吃飯吃得少了點也被管，想培養青梅竹馬還被管……這樣算起來，從小到大，她便宜爹爹都沒墨逸辰管她的多！

墨逸辰一臉無奈地笑了笑，點了點她的鼻子，問道：「不想被我管，那妳還想被誰管啊？嗯？」

溫阮哼哧哼哧了半天，才說道：「那還是被你管吧！」

主要是她便宜爹爹也挺忙的，美人娘親一個人他都忙不過來，她還是不要去添亂了吧！

墨逸辰笑了笑，沒再和她繼續糾結這個問題，而是轉移了話題。「剛剛都同妳二哥聊了些什麼？」剛剛他出門時，正巧碰到溫浩傑倉促離開的樣子，看著似是有些窘迫，讓他不禁有些好奇兩人到底說了些什麼？

「沒有啊，我二哥就是交代我，要離你遠一些。還有，不能和你牽手，也不能讓你抱我，更不能讓你親我……反正，就是要咱們保持距離就是了。」溫阮直接就把溫浩傑給賣了，毫無心理負擔。

墨逸辰聞言，不禁有些哭笑不得。

說到這兒，溫阮突然側頭看向墨逸辰，眉眼彎彎，嬌聲問道：「所以，我二哥的要求，你能做到嗎？」

墨逸辰挑了挑眉，淡定地回道：「不能。」

溫阮一聽樂了，直接便歪倒在墨逸辰身上，笑個不停，半晌才說道：「你這話……

就該讓我二哥聽聽，他定是又要拉你去練武場了！」

墨逸辰不置可否，但是就算溫浩傑天天拉他去練武場，結果還是一樣的，做不到就是做不到。

「不過，要是我嘛……」溫阮故意賣了個關子。

果然，墨逸辰接著問道：「要是妳，會怎樣？」

「我嘛……那肯定也做不到啊！」溫阮說罷，快速起身在墨逸辰嘴角上親了一下，以實際行動證明自己做不到這件事。

墨逸辰眸色一深，驀地把溫阮拉了過來，貼在她耳畔低聲說：「這可是妳先招我的……」

溫阮突然耳熱心跳，下意識想逃脫。

墨逸辰卻猛地摟住了溫阮，頭一低便覆住了她的唇，狠狠地吻了下去。

唇舌交纏，舔舐吮吸，輾轉廝磨。

火爐裡的炭火燒得正旺，揚著橘紅火星，也映紅了一室旖旎……

暫時回不了京都府，墨逸辰又不同意她出去住，所以，溫阮只能在軍營裡住了下來。

不過，因為墨逸辰和溫浩傑經常有軍務要忙，溫阮閒來無事，便想著去軍醫那兒瞧瞧，正好前些日子她在改良一劑藥方，還缺幾味藥材，順便看看那裡有沒有。

這日，溫阮用完午膳，便讓守門的士兵帶她去了軍醫的營帳處，只是，她還沒走過去，便遠遠瞧見營帳門口擠滿人，似是發生了什麼事情。

溫阮加快了些步伐，很快來到營帳門口，本以為要費些功夫才能擠進去，誰知士兵們看到她，紛紛喚了句「溫小姐」後，便恭敬地給她讓出了一條道。溫阮微微頷首，隨後便走進了營帳。

「唉，發現得太晚了，老夫學藝不精，真的無能為力，醫治不了了。」

溫阮剛走進去，便看到一位白鬍子的老軍醫擺了擺手，如此說道。

可是旁邊的一個小士兵卻直接跪在地上，抹著眼淚哭喊道：「吳軍醫，您是咱們軍營裡最好的大夫，求您救救小六子吧！他幾個哥哥全都戰死沙場了，他那瞎眼的老娘現在就只剩這一個兒子了，他要是再沒了，他老娘怕是也活不了了啊！」

吳軍醫卻搖了搖頭，一臉無奈。

他的小徒弟在一旁慌忙解釋道：「不是我師父見死不救，小六子他已經沒有脈搏了，就算大羅神仙在世，也救不回來啊！」

這屋裡過來的士兵差不多都是出生入死的兄弟，聽到這話後也都紛紛抹淚。

「昨日小六子還說等不打仗了就回家看他老娘的，誰知今日竟掉進那該死的冰窟窿，白白丟了一條命……」

溫阮大概也聽明白了，原來這個叫小六子的士兵是在巡防時掉進了冰窟窿裡，發現的時候晚了，軍醫雖對他進行了身體回溫處理，但不幸的是，人還是沒了。

唉……等等，剛剛那小徒弟是說沒了脈搏，所以判定人沒了？對了，在古代沒了脈搏便會被判定為死亡，可實際上在沒了脈搏後，還是有六分鐘搶救時間的，若是進行心肺復甦術搶救的話，那……想到這兒，溫阮神色一凝，疾步走上前。「讓一下！」

溫阮走過去後，徑直解開了小六子的衣衫，然後跪在他身邊，快速地進行胸外按壓，在按了上百下後，小六子終於有了呼吸，脈搏也漸漸恢復了。

這時，溫阮忙拿出自己隨身攜帶的銀針包，又用銀針在他胸口處扎了一圈，用來穩住心脈。

「有筆和紙嗎？我要開個方子，盡快煎藥讓他服下。」溫阮出聲說道。

吳軍醫聞言，忙伸手在小六子鼻子下探了探。「有呼吸了！快拿筆和紙讓她開方子！」

那小徒弟聽到吳軍醫的吩咐，忙不迭地拿來了筆和紙。

溫阮接過後迅速開好方子，遞給了那吳軍醫。

吳軍醫邊看邊頻頻點頭。「這方子開得妙啊！小六子有福，這條小命算是撿回來了。」

吳軍醫祖上世代是御醫，到了他這一輩時，年輕時也是在御醫院就職，算是頗有些資歷，只是大概十幾年前，他受宮鬥波及，險些喪失性命，還是當時的鎮國公求情，說軍中軍醫缺乏，不如讓他來軍營中為將士們醫病，將功抵過，這才救了他一條命。

所以，剛剛那士兵說，在這軍營裡，吳軍醫的醫術是最好的這番話，並不是虛言，而軍中的將士們對他的話自是十分信服的。

眾人這會兒才徹底反應過來，小六子真的死而復生了，頓時喜不自勝，歡呼聲一片。

「好了好了，小六子沒事了！你們這些臭小子，都該幹麼幹麼去吧，別打擾老夫幹活！」吳軍醫不客氣地開始趕人了。

這些士兵們倒也知趣，吳軍醫一趕人，他們便笑嘻嘻地離開了，很快地，營帳中只剩下溫阮和吳軍醫兩人。

「小丫頭，妳就是墨小子的那個小媳婦吧？」吳軍醫笑吟吟地問道。

溫阮一愣，小媳婦？這稱呼挺別致的，不過，聽他對墨逸辰的稱呼，便知兩人關係匪淺，遂禮貌地說道：「前輩好，我是溫阮。」

聽到溫阮的稱呼，吳軍醫卻擺了擺手。「老夫慚愧，小丫頭，妳的醫術遠在老夫之上，這聲前輩，我可不敢當啊！」

三年前，溫阮過來替溫浩傑解毒時，他那時恰巧不在軍營中，兩人這才錯過了。不過，就算當時他在軍營，溫浩傑所中之毒他也是解不了的。

溫阮笑了笑，倒也沒再說什麼推託之詞。

「小丫頭，妳救人的法子，方不方便同老夫說上一二？」吳軍醫擺出一副虛心求教的姿態。「當然，若是不方便，不說也無礙。」這沒有脈搏的人都能被救回來，他行醫大半輩子可是聞所未聞啊，所以這才厚著臉皮問上一問。

「沒什麼不方便的，就是一些簡單的急救措施而已，若是吳軍醫想學，晚輩也可以給您示範一遍。」溫阮搖了搖頭說道。

吳軍醫聞言，欣喜若狂。「真的？」

溫阮點了點頭，這些對她來說都是舉手之勞的事，確實算不了什麼。

「太好了、太好了！小丫頭妳是不知道啊，咱們這西北天寒地凍的，每年冬日總有巡防的將士們意外掉進冰窟窿裡，很多都救不回來……」

吳軍醫一高興便拉著溫阮喋喋不休地講了起來，直到吳軍醫的小徒弟抓藥回來，才被迫打斷了他師父的話。

溫阮確認藥材無誤後，吳軍醫的小徒弟便下去煎藥了，而溫阮這時也終於有機會把那套心肺復甦的急救方法說給吳軍醫聽。

吳軍醫本就是醫者，學起來自然簡單許多，小徒弟那邊藥煎好，吳軍醫這邊也算出師了。

學完之後，吳軍醫頗為感慨地道：「唉，現在回頭想想，若是之前我就知道這套什麼急救措施，說不定有些將士還能救回來。」

溫阮看得出來吳軍醫是真的把將士們放在心上，這份醫者仁心讓她由衷的佩服，遂開口安慰道：「吳軍醫，咱們做人要往前看，您要想，現在您已經知道了，那麼日後就會有很多將士因此而得救，所以，這是一件令人開心的事呢！」

吳軍醫聞言先是一愣，隨後不禁哈哈大笑幾聲，說道：「真是慚愧、慚愧啊！沒想到我一個半截身子都要入土的老頭子，還沒妳這小丫頭活得通透！如此看來，妳這小丫頭竟還是個大智之人啊！」

溫阮笑了笑，說道：「您過獎了，我只是旁觀者清而已。」

吳軍醫卻不這麼想，他活了這麼大把年紀，看人一向還是很準的，至少像溫阮這般不驕不躁、有本事的年輕人，已經很少見了，不錯不錯！

「小丫頭，妳介不介意我把妳這套急救方法傳授給更多的醫者？」吳軍醫想了想，問道。

溫阮搖了搖頭，她當然不介意。這三年來，溫阮被赫連決關著，平日沒什麼事時也整理出一些急救常識，還有食物相生相剋的常識等等，想著有機會可以推廣一下，也算是一件造福人民的好事吧。

「我那裡有一份整理好的急救常識，就是在這種危急時刻能救人一命的措施，您若是有興趣的話，改日可以拿來給您瞧瞧。」溫阮說道。

「有興趣、有興趣！老夫求之不得啊！」吳軍醫笑得眼都瞇成了一條線。「來來來，小丫頭，我這兒正好有幾個問題……」

就這樣，溫阮不知不覺在軍醫的營帳裡待了一下午，期間，她還接了幾個病患，都是吳軍醫那邊比較棘手的，乘機讓她幫忙瞧瞧，後來還跟著吳軍醫一起去了軍營裡重症患者的營帳。

這些病症對溫阮來說不算麻煩，她處理起來也很快，不到兩個時辰，她倒是診治了七七八八，連帶整個軍營的軍醫都跟著忙壞了。

因為人數確實不少，溫阮便把這些患者分配給了軍營裡的其他軍醫，連同她開出的方子、注意事項，以及大概多久再去找她複診之類的事情都逐一交代了，這樣責任到人，也不容易出錯。

軍醫們雖然忙得腳不沾地，但每個人臉上的笑都沒停下來過，畢竟，溫阮整個醫治過程都沒藏著掖著，如何治、怎麼治、這種病還有什麼症狀等等，她在診治的過程中也一一同他們講解了一番，相當於手把手地教了他們一遍，所以，有這種明目張膽偷師的機會，他們怎麼可能不高興啊！

而受傷或生病的士兵則更是開心，之前他們的病症，其他軍醫們都覺得棘手，他們自己也擔驚受怕，病痛的折磨加上心理的負擔險些把他們壓垮，誰知溫阮卻給了他們希望，告訴他們病能治好，這換誰誰不高興瘋啊？

所以這一下午的時間，溫阮在毫無知覺的情況下，便收服了軍營中一眾軍醫和受傷、生病將士們的心。

而且，軍營上下很快也傳遍了，說他們將軍未過門的媳婦是個神醫，醫術比吳軍醫都要好呢！

因將近年關，加上近期與東臨局勢緊張，墨逸辰召集了軍中將領，在營帳中商量邊境佈防之事，而這一商討便是一個下午，在日落前才結束。

墨逸辰和將領一同從營帳中出來，在路過軍營時，發現軍中的將士大多三五成團，一臉喜色，似是在討論著什麼，墨逸辰不禁有些奇怪。

「軍營中最近是有什麼喜事嗎？」墨逸辰不解地看向一旁的將領。

這位將領也是一頭霧水，撓了撓頭，說道：「俺沒聽說有啥事啊！將軍您等一下，俺找個人問問。」

於是，這位將領走了過去，隨便拉了個路過的士兵，仔細打聽了一番後，滿臉笑意地走了回來。

「將軍，俺都問清楚了，說是溫小姐下午在軍醫處醫治了好些將士，連吳軍醫治不好病的她都有法子治，可厲害了呢！還有，今日有個叫小六子的士兵掉進冰窟窿，脈搏都沒有了，可愣是讓溫小姐給救了回來！將士們都很開心，說軍營裡有個這麼厲害的神醫，大傢伙兒都不怕生病了，還說……」這位將士猶豫了一下，似是不知道該不該繼續說下去。

墨逸辰微微蹙眉，問道：「還說什麼？」

「他們還說，這溫小姐人長得像個天仙似的，脾氣還好，一點都沒有大小姐的架子，說將軍您有個這樣的媳婦，是您的福分呢！」

聞言，墨逸辰眉眼間不禁輕柔了幾分，嘴邊噙著一絲淺笑。「嗯，是我的福分。」

小丫頭是他這輩子最大的福分，所以，他定是要惜福的。

看到墨逸辰的神情，其他將領互相對視了一眼，臉上不禁有些驚訝。這些年，他們在軍營一路摸爬滾打，算是跟著墨逸辰一起成長起來的，他們見慣了墨逸辰殺伐決斷、冷血無情的樣子，可像如今這般鐵漢柔情的模樣，他們還真是第一次得見。

果然是應了那句英雄難過美人關啊！但他們也都替墨逸辰開心，他們將軍終於抱得美人歸了。

墨逸辰來到軍醫處時，溫阮正好忙完手頭上的事，聽到門口有動靜，便順勢看了過去。

「逸辰哥哥，你是特意來接我的嗎？」溫阮快步走到墨逸辰身邊，仰著小腦袋問道。

墨逸辰嘴角含笑，揉了揉她的腦袋，輕「嗯」了聲。

恰好這時，吳軍醫從一旁走了過來，看到兩人的樣子，不禁會心一笑。「墨小子，過來接你媳婦了啊？」

墨逸辰笑著應道：「嗯，接媳婦。」

溫阮聞言，紅著臉啐道：「誰是你媳婦？別瞎說！」

墨逸辰毫不在意地笑了笑，低聲在溫阮耳邊說了句。「早晚都是，妳跑不掉的。」

溫阮瞪了他一眼，剛想再說點什麼，正好吳軍醫的小徒弟回來了，看到兩人頗為親暱的樣子，然後就紅著臉跑開了。

溫阮。「……」唉，公眾場合秀恩愛、放閃光什麼的，似乎有些不道德吧？特別是軍營這種地方，面對一堆單身狗，那就更不適合了啊！所以，溫阮忙拉著墨逸辰就要離開。

只是，他們剛走到營帳門口，便被吳軍醫喚住了。「小丫頭，明日還過來嗎？」

「會的，還有幾個病患的情況有些麻煩，我要過來親自盯著才行。」溫阮笑吟吟地應道。「還有，下午跟您說的那個凍傷藥膏，明日我要製些出來，給軍營中凍傷的將士們用。」

吳軍醫聞言，一臉的老褶子都笑出來。「好，小丫頭，明天我在這兒等妳！」

從軍醫處出來後，墨逸辰和溫阮並肩走在軍營裡。天色已漸黑，夜晚的營帳裡篝火點點。

一路行去，遇到好多將士們在圍火烤著野味，天南地北的一頓海扯。

溫阮怕他們見到墨逸辰這個將軍會不自在，兩人泰半都隱在暗處行走。

墨逸辰注意到溫阮眉眼間似是有些倦意，遂關心地問道：「是不是累著了？不然明日別去軍醫處了，我找人去知會吳老一聲就行。」

溫阮忙擺了擺手，說道：「沒事，我今晚睡一覺就好，明日還要過去製些凍瘡膏呢！這次出征，很多將士都得了凍傷，這個比較緊急，不能耽擱了。」

她是今日下午在軍醫處才知道，因為西北的冬季天寒地凍，真的很冷，說能凍死人一點都不誇張，所以，以往夏祁和東臨兩國很少會在冬季用兵。

而此次墨逸辰突然在冬季出兵，是打了東臨一個措手不及，以最小的傷亡一口氣拿下東臨三座城池，但西北軍的將士卻也遭了很大的罪，許多出征的士兵都得了凍傷。

這凍傷可大可小，嚴重者截肢都不無可能。今日下午溫阮便診治了幾個凍傷比較的嚴重的士兵，若是再遲些時日，怕是真的要截肢保命了。

至於凍傷較輕的，生成了凍瘡，其他的先不說，就只凍瘡處那股子撕癢、疼痛怕也是夠人受的了。

無論如何，溫阮覺得此次出征多少和她脫不了干係，所以，她也想盡一分心意。而她這裡正好有個治療凍傷的方子，效果非常顯著，她便想著製些藥膏出來，給凍傷的將士們用。

墨逸辰自是明白溫阮所想，沈默了一會兒後，輕聲說道：「阮阮，此次對東臨出戰是經過深思熟慮的。其實，自三年前皇上登基後，我和皇上就一直在找合適的時機，改變諸國對我夏祁疲弱的印象，此次連拿東臨三座城池，一戰揚名，目的已然達到，所以，妳不需要有任何負擔。」

就算是有私心也是他的私心，一切因果皆由他來擔就夠了，墨逸辰想。

溫阮一愣，墨逸辰這是怕她會因為愧疚而累著自己吧？想到這兒，她心裡不禁暖暖的。

「放心，逸辰哥哥，我有分寸，不會把自己累倒的。這麼多年了，你還不瞭解我嗎？貫是會偷懶耍滑了！軍醫處這麼多軍醫，我又不傻，難道還不知道使喚他們啊？」溫阮重重地「哼」了一聲，直接撲到墨逸辰胸前，昂著頭，佯怒道：「還是說，你覺得我傻？」

墨逸辰低頭在她額間落下一吻，一臉無奈，半晌才回道：「我哪敢啊……」

接下來的日子裡，溫阮簡直比墨逸辰還要忙，整日待在軍醫處，製藥、醫病，順便還負責指導一下其他人的醫術，這行程安排得滿滿當當，充實又忙碌。

一個月很快就過去，在臨近年關之際，溫阮終於把軍醫處這攤子事忙得差不多了，而墨逸辰這邊也有了消息，赫連決已經登基。

當日雁門關兩軍對決，墨逸辰退兵，最大的受益者非赫連決莫屬，他未費一兵一卒就擊退敵軍，收回淪陷的三座城池，破城滅國危機解除，東臨朝堂一片譁然，民間更是普天同慶，而赫連決也順利入主東宮。

此時，朝堂內各奪嫡派系才反應過來不對勁，怕一開始便是赫連決設的局，乘機掌握了兵權，又名正言順地入主了東宮！但此時明顯已為時晚矣，他們還未來得及想對策，便被赫連決的勢力打了個措手不及，幾乎毫無反擊之力。

然後，東臨皇上駕崩，赫連決率兵進入洛城，強勢登基，並一舉滅了意圖造反的五皇子一派，更是手刃了赫連斜，順利成為東臨新帝。

溫阮聽完整件事後，不免有些唏噓。從那日雪凌山救了她開始，這一步步，不惜整整布了三年的局，這個赫連決果然老謀深算，也真夠狠啊！

「逸辰哥哥，東臨皇上突然駕崩，是不是與赫連決有關係？」溫阮問道。

墨逸辰點了點頭。「嗯，我這邊探到的消息，赫連決當上太子後，東臨皇上對他很是忌憚，欲找個由頭再廢了他，但是沒出幾日，東臨皇上便暴斃了。」

要說此事與赫連決沒有關係，怕是三歲的孩子都不相信吧？

可是，赫連決卻以鐵血手腕直接壓下朝堂上質疑的聲音，順利登上皇位，整個過程乾淨俐落，絲毫沒有拖泥帶水。

弒兄、弒父、怒斬朝臣，這一樁樁、一件件，聽著都駭人聽聞。

但這種事情，誰是誰非從來就說不清楚，溫阮自然也不會為此費心思。她現在比較關心的是，關於兩國締結盟約之事，赫連決是否說話算話？

不過，這件事也沒有讓溫阮擔心很久，幾日後，東臨使者便帶來了赫連決親筆的盟約書，上面赫然蓋著東臨玉璽。

然後，這封盟約書和東臨使者便於第二日，由溫浩傑親自護送回返京都府。若無意外，兩國締結盟約之事便是板上釘釘了。邊境安穩，軍民得以休養生息，軍營中自是一片喜氣洋洋。

溫浩傑離開後，最高興的非墨逸辰莫屬，沒人整日盯著他和小丫頭，用溫阮的話說，他頗有些為所欲為的趨勢！

其實，當時溫浩傑是說什麼也要帶溫阮一起離開的，理由很簡單，不放心墨逸辰這頭狼！

可不巧的是，溫阮當時正和吳軍醫一起規整軍營裡的醫療秩序，暫時還不能離開，無法，溫阮只能稍後再和墨逸辰一起回去。

轉眼間，溫浩傑和東臨使者已經離開半月有餘，也迎來了年關。

年三十這天，溫阮是同墨逸辰在軍營裡過的，當然，影一他們也過來了，同西北軍軍營的將士們一起，吃了頓熱熱鬧鬧的年夜飯。

而這頓年夜飯便是在篝火旁烤肉，酒肉的香氣混在一起，惹得人垂涎欲滴。

將士們則圍坐在篝火旁，大口吃著肉，更有後廚準備的餃子，但軍營重地，酒卻是不能大口喝的，只能稍微喝點暖暖身子，也算增添些過年的喜氣了。

吃到一半，天空中慢慢飄起了雪花，雪並不大，將士們都未當回事，仍圍在火堆旁，勾肩搭背、天南海北的扯著，而這漫天的雪花，似是老天也在為這新年慶祝。

酒過三巡，墨逸辰拉著溫阮悄悄離開了人群，兩人來到軍營一處少有人來的坡上，他把隨身的披風鋪在地上，拉著溫阮順勢坐了下來。

然後，又拿出不知道什麼時候準備的暖手爐，塞到了她的手裡。

溫阮似是覺得還不夠，挪著小屁股又往墨逸辰懷裡靠了靠，然後，仰著小腦袋看向墨逸辰，笑得像隻小狐狸。「嘻嘻，這樣能擋點風。」

墨逸辰失笑，伸手把溫阮抱到自己腿上，雙手把小小人兒整個圈在懷中。「這樣才能擋得住。」

溫阮的頭靠在墨逸辰胸前，眼睛微微一抬，他的喉結就近在眼前。於是，溫阮沒忍住，伸出小手戳了戳，就見墨逸辰的身子驀地一僵，喉結輕微滾動，呼吸明顯有些起伏。

溫阮覺得很新鮮，討好地說道：「逸辰哥哥，我能摸一摸嗎？」

墨逸辰眸色微深，頓了一下，說道：「好。」

得到准許，溫阮的手輕輕摸了摸，喉結不禁上下滾動了幾番，她覺得還挺有意思的。

然後，她的手沿著墨逸辰的喉結處慢慢往上劃去，撫過他輕抿的嘴唇、挺拔的鼻梁、微微發顫的眼瞼，還有長得讓她都羨慕的睫毛。

溫阮像欣賞藝術品一樣，第一次這麼近距離地打量起墨逸辰的五官，真的是越看越滿意，越看越不禁在心裡暗喜，自己真是撿了個大便宜。

只是，當她的視線劃過墨逸辰的耳垂時，不禁一愣。哇，紅成這樣，墨逸辰不會是害羞了吧？這麼純情？

溫阮戲謔地看向墨逸辰，剛想打趣他兩句，誰知他卻直接俯身堵住了她的嘴，趁她怔神之際，輕啟牙關，重咬細舔，攻城掠地。

這個吻與以往不同，帶著些許懲罰的意味，唇舌一寸寸深入，兩人的氣息漸漸紊亂。

不知何時，溫阮換了個姿勢，跨坐在墨逸辰的腿上，雙手環著他的脖頸，而墨逸辰的手，亦不知何時伸進了溫阮的披風內，情勢儼然有些失控。

終於，一吻結束，溫阮無力地癱在墨逸辰的懷裡，兩人呼吸急促，已然動了情。

可能覺得這樣坐著有些不舒服，溫阮動了動，想要換個姿勢，可是她剛動了一下，頭上便傳來了悶哼聲——

「別動！」

溫阮一怔，突然意識到什麼，小臉驀地一紅，再也不敢亂動了。

許久，墨逸辰的胸口起伏頻率明顯平緩後，溫阮才敢稍稍吐出一口濁氣，真的是年紀大的男人惹不得啊！

不過，想想也是，墨逸辰如今都二十六了，與他同齡的人，孩子怕是都會打醬油了吧？而他卻至今還沒成親，也真是難為他了。

不知想到什麼，溫阮的小臉皺成一團，頗為擔心地看了看墨逸辰身下，欲言又止道：「那個……你這樣……不會憋壞吧？」

墨逸辰的身子一僵，眉頭微微皺了皺。「妳都從哪裡懂得這些的？」

「我是醫者！」所以，人體的生理結構怎麼會不懂啊？「再說了，話本子裡也有講啊！」溫阮又補充了一句。

墨逸辰半信半疑。「話本子裡還有這些？我怎麼沒看到過？」溫阮看的那些話本子，無事時他也翻看過幾次，可從來沒看過這些，不然早都給她沒收了。

「當然有，你沒看到只能說明你沒挑對！」溫阮說完還挑了挑眉，當然，那書就是頂著話本子的封皮，裡面可是春宮圖！唉，此事說來話長，有一次買話本時拿錯了，那次她也是開了眼界，剛看到時也是嚇了好大一跳呢！只是，這種丟臉的事情還是不要說了吧？溫阮的眼珠子轉了轉，果斷地轉移話題。「對了，逸辰哥哥，咱們是不是很快就能回京都府了啊？」

墨逸辰也沒再追問下去，而是順著她的話，回道：「嗯，年後咱們就啟程。」

召他回京的詔書已經下了，他們很快就能回京都府，回去後，成親的事也是時候提上日程了。

「阮阮，回去後咱們便成親吧。」墨逸辰低聲說道。

溫阮一愣。「這麼快？」她還沒準備好啊！這認真算起來，兩人從互通心意到現在也沒多少日子吧？

墨逸辰低著頭，臉埋在溫阮的脖頸間，微啞的聲音響起，在黑夜中格外清晰——

「阮阮，會憋壞的……」

過完年不久，京都府便傳來消息，夏祁與東臨締結盟約之事成了，邊境暫時安穩，所以，墨逸辰安排完軍營中的一概軍務後，便同溫阮啟程回京都府。

這回程可比溫阮三年前來時輕鬆多了，不用急著趕路，一路悠哉遊哉的，頗有些遊山玩水的意思。

終於，在春暖花開之際，他們一行人回來了。

溫阮看著不遠處的城門，和特地過來接她的三位哥哥及蕭澤，還有陪在她身邊的墨逸辰，心裡突然有些感慨。這般情景，和當年她初回京都府時是何其相似。

溫阮一個失神，差點從馬車上踩空了，幸好一旁的墨逸辰眼疾手快地扶住了她，順勢拉著她的手，將她從馬車上扶了下來。

待眾人走近後，墨逸辰卻並未放開溫阮的手，而是明目張膽地又握緊了幾分，惹得溫家三兄弟臉色驟然一黑。

蕭澤臉色一白，目光停留在溫阮和墨逸辰十指交握的手上，似是突然明白了什麼，那抹還沒來得及收回的笑容，突然變得有些虛無縹緲。

溫阮自然注意到了蕭澤的異樣，忙關心道：「師兄，你是哪裡不舒服嗎？」

兩人一起長大，這些年蕭澤既是溫阮的師兄，也是她的病人，所以，溫阮看到蕭澤臉色不對，下意識便會去關心他的身體狀況。

蕭澤還沒來得及做出反應，城門口處突然傳來一陣騷動，眾人直接被吸引了注意力。

只見一個宮中侍衛裝扮的男子正匆匆地朝他們走來，待走近後溫阮才發現，這人竟是她皇上表哥身邊的人。

「溫小姐！皇后娘娘難產，皇上急召您入宮！」

皇后難產？突然聽到這麼大的事，眾人不免愣怔片刻。

而此時，墨逸辰已抱起溫阮，縱身上馬，對著眾人說道：「我先帶阮阮去皇宮！」然後揚起馬鞭，朝著宮門的方向策馬疾馳。

剛剛傳話的侍衛這才反應過來，忙匆匆地朝著兩人追去。

被留下的溫家三兄弟神色凝重，望著兩人離開的方向，不知在想些什麼。

「大哥，咱們要跟過去嗎？」溫浩輝不確定地問道。

溫浩然搖搖頭。「皇后生產是內宮之事，我們是外臣，貿然過去不合禮法，還是回府等消息吧。」

溫浩輝看著溫阮離開的方向，還是有些不甘心，剛剛他怎麼就沒反應過來呢？竟讓墨逸辰搶了個先，帶著妹妹進了宮！

他們三兄弟今日過來本是要給墨逸辰來個下馬威的，可誰知，竟讓他當著他們三兄弟的面抱了妹妹，簡直豈有此理！

「我今日算是親眼見識到了，二哥，你果真是個沒用的！怪不得在西北時，妹妹在你眼皮子底下都能被人叼走！」溫浩輝這就是明晃晃的遷怒溫浩傑了。

溫浩傑不服氣。「你這麼有用，剛剛怎麼就沒見你攔著墨逸辰？」

溫浩輝一噎，憋了半晌，才反駁道：「我那不是乍一聽見皇后娘娘難產，一時沒反應過來嗎？再說了，我武功又不好，就算有心想攔又豈能攔住？二哥你就不一樣了，你在影衛軍也待了好幾年，怎麼瞧著也沒什麼長進啊？哼，竟然連墨逸辰都攔不住！」

溫浩傑無語，這些日子已經被眾人懟得沒脾氣了。「所以，你武功不好，你就有理嗎？」

溫浩輝不服氣，剛想反駁，卻被溫浩然皺著眉頭打斷了。「好了，都什麼時候了你們還在這兒鬥嘴？皇后娘娘這胎可是皇上的第一個孩子，祖父跟祖母一直盼著，若是知道皇后娘娘難產，怕是又要憂心了，咱們還是趕緊回府看看吧！」

話落，溫浩然又看向一旁失魂落魄的蕭澤，嘆了口氣，道：「小澤，你沒事吧？」

蕭澤頓了頓，扭頭看向溫浩然。「姊夫，他們……」

溫浩然微微頷首。「之前，我和你姊姊一直想找機會告訴你，可是……」

「師妹她……可有勉強？」蕭澤輕聲問道。

溫浩然沈默了一瞬，才緩緩說道：「你們自幼一起長大，阮阮的脾氣，你應該清楚，若她不願，誰又能勉強得了她？」

「是啊……」蕭澤臉上露出一絲僵硬的笑。「只要她願意就好，就好……」

墨逸辰騎馬一路來到宮門口。

宮門口早有人等著，是趙卓煜身邊的近身太監，看到溫阮和墨逸辰後忙迎了上去。

「溫小姐，您可終於來了！皇上命奴才來接您去皇后娘娘的寢殿。」

溫阮點點頭，忙讓他帶路。於是，眾人在皇宮中一路疾步，朝著皇后的寢宮方向而去。

「皇后娘娘現在情況怎麼樣了？」溫阮邊走邊詢問道。

太監回道：「回溫小姐，娘娘的情況不太好。說是難產，御醫和接生的嬤嬤什麼法子都試了，可娘娘就是生不下來，可急壞了皇上。皇上這會兒還在娘娘宮裡守著呢！」

溫阮輕「嗯」了一聲後，腳下的步伐邁得更快了，這是她皇上表哥和表嫂的第一個孩子，是他們盼了很久才盼來的，無論如何，她也要替他們保住才行。

大概六年前，趙卓煜在徹底掌握了朝政後，便娶了周太師的孫女周芸為太子妃，他登基為帝後，周芸自然而然也就被封為皇后。

之前，溫阮同這個表嫂的關係一直不錯，每次去宮裡找永寧郡主時，也總會順道去一趟東宮看看她這個表嫂。

周芸出身高貴，為人溫婉賢淑，德才兼備，處事更是進退有度，用太后的原話說，日後擔得起母儀天下的風範。

只是有一點遺憾的是，成婚多年，周芸卻遲遲未有孕。當年溫阮也是替周芸和趙卓煜診了脈，兩人的身子都無異樣，最後也只能說是緣分未到。

這些年，趙卓煜身邊也有其他侍奉的人，當初他還是太子之時，就有兩個側妃，但趙卓煜卻堅持，在中宮無子之前，不會要其他孩子。

就這樣，在滿朝文武多年的期盼下，皇后娘娘終於有孕了。只是萬萬沒有料到，周芸竟在生產時遇上了難產！

溫阮和墨逸辰來到皇后的寢殿時，趙卓煜正在殿外踱著步，看到溫阮，趙卓煜眼底一亮，忙走上前拉著她的手說道：「阮阮，皇后她——」

正巧這時，內殿傳來周芸痛苦的尖叫聲，趙卓煜拉著溫阮的手不禁緊了幾分。

溫阮忙安撫道：「表哥，放心，有我呢！我先進去看看表嫂。」

趙卓煜點了點頭。「有勞表妹。」

溫阮進到內殿時，御醫和接生嬤嬤均是滿面愁容，似是正在商量著什麼，急得大汗淋漓。

而一簾之隔的內室，周芸的叫聲似乎越來越弱，溫阮顧不上其他，忙掀開簾子，走了進去。

「娘娘，您使勁啊，千萬不能放棄……」一個宮女正趴在床沿邊，紅著眼哭道。

而床上的周芸面色慘白，氣若遊絲，瞳孔已經開始失去焦點，見狀，溫阮忙走上前，拿出隨身攜帶的銀針包，然後一針下去，周芸才勉強恢復些神志。

這時，屋內的眾人才恍然發現溫阮的存在，一些不認識溫阮的宮人剛想上前阻撓，卻被一旁的宮人攔了下來。

「這是溫甯侯府的小姐，皇上的表妹，是來救皇后娘娘的，你們聽她吩咐就是！」屋內的宮人一聽是皇上請來的，忙應道：「奴才遵命！」

此時床上的周芸也看清了眼前人，虛弱地笑了笑。「阮阮，妳回來了？」

溫阮忙握著周芸的手，安撫道：「嗯，表嫂，我回來了，所以妳就放心吧，妳和小姪子都不會有事的。」

周芸汗濕的髮絲黏在臉龐上，看著很是狼狽。「阮阮，答應我，保孩子。」剛剛接生嬤嬤和御醫的話，她都聽到了，她這胎是難產，孩子和大人估計只能保住一個，她想讓他們保孩子，可不知為何，意識卻逐漸模糊，一句話也說不出來。

溫阮一怔，她自是明白周芸話中的意思。

而周芸的貼身宮女，直接就哭出了聲，急聲勸道：「娘娘，不可啊！孩子以後還會有的，可您千萬不能出事啊……」

「表嫂，孩子和妳，我都會保住，妳相信我。現在不要胡思亂想，若是妳沒有求生意志，就算我醫術再高，也是無濟於事的。」溫阮輕聲勸道。「還有，妳忍心讓妳的孩子一出生便沒了娘嗎？難道妳就沒有想過，這麼小的孩子，沒有親娘的照顧，他在這深宮之中要如何長大？所以，答應我，無論如何都不要放棄好嗎？」在這種關鍵時刻，溫阮必須激起周芸的求生意志才行，否則只怕真的要出事。

周芸聞言，神色一怔。是啊，若是她不在了，她的孩子怎麼辦？這是她期待了這麼久的孩子，是她和皇上的孩子……

許是為母則強的緣故，周芸強打著精神，看向溫阮。「阮阮，我答應妳，絕不會放棄的。」

溫阮神色一鬆，這才稍稍放下些心來，然後便看向一旁的接生嬤嬤，問道：「娘娘的宮口，現在開了幾指？」

那接生嬤嬤忙回道：「回小姐，全開了！只是小主子現在是頭朝上，娘娘才一直生不下來。」

「你們怎麼沒有調整胎位？」溫阮神色一凝，忙去查看周芸的情況。這種情況下，孩子在母體裡待得越久越危險，怕是有窒息的可能。

接生嬤嬤連忙解釋道：「我們和御醫一直都在想法子幫娘娘調整胎位，所有的法子都用上，但不知為什麼，就是調整不過來啊！」

溫阮查看完後，心裡大概有了猜測，怪不得他們一直調整不過來呢，這孩子怕是被臍帶繞頸了。不行，不能再耽擱下去，否則母子都會有危險。

「把參湯端上來，餵皇后娘娘喝下，再拿一塊參片給娘娘含著。還有，再端幾盆熱水過來，接生的嬤嬤在一旁隨時準備接生。」溫阮有條不紊地安排著身旁的宮女和接生嬤嬤。

然後，溫阮又看向周芸。「表嫂，待會兒我會在妳肚子上做推拿來調整胎位，整個過程會很疼，但妳一定要忍住。相信我，妳和孩子都會平安無事的。」

周芸虛弱地點頭應了下來。

溫阮不再多做耽擱，在宮人給周芸餵下參湯、口含參片後，她便在周芸的肚子上推拿了起來。

很快地，周芸痛苦的尖叫聲在夜空中迴蕩。

寢殿內不時有宮女、嬤嬤端出一盆盆的血水，就這樣折騰了大半宿，內殿終於傳來了一聲嬰兒的啼哭。

然後，內殿的門被打開，接生嬤嬤一臉喜色地出來報喜。「恭喜皇上，皇后娘娘生了個小皇子，母子平安！」

聽到母子平安的消息，趙卓煜一臉狂喜。「好，太好了！傳朕旨意，賞，統統有重賞！」趙卓煜又追問道：「對了，皇后現在如何了？」

「放心吧，表嫂好著呢，就是太累了，這會兒睡著了。」正在此時，溫阮抱著剛出生的小皇子，和接生嬤嬤一起從內殿走了出來。「表哥，那你準備賞我點什麼呀？」

溫阮說完，視線正好瞥到一旁的墨逸辰，只見他臉色煞白，幾乎沒有血色，身子更是僵硬得不行，溫阮眉頭微皺，不禁有些奇怪。別人家的媳婦生孩子，他怎麼緊張成這樣？

「阮阮想要什麼賞賜？」趙卓煜笑著問道。

溫阮樂呵呵地回道：「這我得好好想想才行，畢竟我可救了咱們夏祁國的皇后和皇子啊！表哥，要不咱們兄妹倆一人一半，媳婦歸你，這小傢伙給我帶回侯府？」

「這怕是不能如表妹的願了，就算我同意，文武百官恐怕也不會同意吧？」趙卓煜說道。

溫阮煞有介事地點點頭。「也是，表哥你這麼大年紀才有第一個孩子，也是不容易，我不能和你搶。」

趙卓煜。「……」什麼叫這麼大年紀才有第一個孩子？感覺有被嫌棄到啊！

不過，趙卓煜瞥了眼墨逸辰，突然有些心理平衡了。「那也總比某人強吧？這麼大年紀了，連個媳婦都沒有！」

墨逸辰這會兒也回過神來了，聽到趙卓煜的諷刺後非但不惱，反而一本正經地說道：「微臣遵命，定會早日把阮阮娶進門的。」

趙卓煜一噎，他倒是會順杆子往上爬啊。「你想得美！」想娶他表妹？可不是件容易的事啊！

第二十八章

在皇宮裡折騰了大半宿，趙卓煜本來想讓溫阮在宮裡住上一晚的，可溫阮卻沒同意，說是家裡人肯定還在等她，趙卓煜也沒再強留，於是，溫阮和墨逸辰便趁著夜色出了皇宮。

馬車裡，溫阮察覺出墨逸辰今晚似乎異常沈默了些，遂關心道：「逸辰哥哥，你怎麼了？是哪裡不舒服嗎？」

墨逸辰一愣，緩過神後搖了搖頭。「沒有，就是在想一些事。」

溫阮「喔」了一聲，也沒再追問，反正墨逸辰想說的時候自然會說的，她問不問也沒什麼差別。

果然，過了一會兒，墨逸辰幽幽地說道：「阮阮，咱們以後不要孩子了，好不好？」

溫阮。「……」他是不是想太遠了？兩人連成親的事都八字還沒一撇呢，就考慮生不生孩子的問題了？「為什麼？難道你不喜歡孩子嗎？」溫阮不解地問道。

墨逸辰搖了搖頭，如實地回道：「不是，只是覺得生孩子太危險了，我不能讓妳冒這個險。」今晚看到周芸生孩子的過程，說是命懸一線也毫不為過，墨逸辰當時就在想，若是裡面的人是溫阮，他怕是會瘋。「妳想，今日生孩子的是旁人，妳還可以去救她，若是妳在裡面生產，遇到這種情況，又有誰能救妳呢？」墨逸辰神色凝重，緊緊地握住了溫阮的手。「阮阮，對我來說，有沒有孩子不重要，但是妳一定不能有事。」

聞言，溫阮不禁心頭一暖，不過，嘴上卻無所謂地說道：「喔，既然你不想要孩子，那看樣子我只能和別人生了啊！」

墨逸辰一怔，頓時氣笑了，一把將溫阮拉到懷裡，咬牙切齒地說道：「妳休想！」

溫阮捋了老虎的鬍鬚後，倒也知道適可而止，窩在墨逸辰的懷裡哼哼了兩聲後，便沒再說什麼了。

馬車很快來到了溫甯侯府，因天色已晚不便拜訪，所以，墨逸辰把溫阮送到府門口便離開了。

溫阮徑直來到前廳，此時，溫甯侯府的一大家子人都等在這裡，看到溫阮進來，忙起身迎了過去。

「祖父、祖母、爹、娘……阮阮回家了。」看著滿屋子熟悉的面孔，溫阮突然有種想哭的衝動。

三年多了，祖父兩鬢的白髮更多了，祖母蒼老了許多，美人娘親也憔悴了，便宜爹爹英俊的臉上也有了歲月的痕跡，瑞瑞小團子都長成了十二歲的少年……

這段日子，她陸陸續續也從二哥和墨逸辰那裡瞭解了家裡人的情況。

當年她遭逢不測的消息傳回京都府後，美人娘親和祖母直接就暈了過去，後來更是大病了一場，拖了半年才好。

祖父和爹爹，雖然嘴上沒說什麼，但他們卻經常背地裡看著她留下的東西流淚，用她二哥的原話說，他們長這麼大從沒見祖父哭過，可就在溫阮的遺物送回京都府的那天，祖父竟然捧著那些東西，哭得像個孩子一樣。

而她的汀蘭苑還是和三年前一樣，無論是伺候的人，還是擺放的物件，什麼都沒變。

家裡的人，不管誰想她了都會去坐一坐。據說，瑞瑞小少年去得尤為勤。大家有什麼好東西，還是會習慣性地往她院子裡送上一份，只是，關於她的名字成了府裡下人們的忌諱，因為只要一提起，無論是哪位主子在場，都會哭的。

想到這兒，溫阮再也控制不住，「哇」地一聲哭了出來。她回家了，她終於回家了，見到了心心念念的家人！這一刻，心終於踏實了。

眾人一看溫阮哭成這樣，都手忙腳亂地上前安慰她，只是眾人有些著急，不知道小丫頭為什麼突然哭成這樣？明明在他們回來之前，宮裡人已經來傳過話了，說是皇后娘娘母子平安啊，難道是受了什麼委屈？

老侯爺立即問道：「阮阮，妳別哭，告訴祖父，是不是鎮國公府那臭小子欺負妳了？」

溫甯侯府一眾男丁，包括小少年瑞瑞，立即齊刷刷地看向溫阮，似乎只要她一點頭，他們就隨時準備衝出去教訓墨逸辰一頓。

溫阮忙搖了搖頭，打了幾個哭嗝後，說道：「沒、沒有，我只是太想你們了……回家真好！」

眾人一聽，這才鬆了口氣，他們家寶貝沒受欺負就好。

「小丫頭，回來就好、回來就好！以後，咱們哪也不去了，就在家裡待著，說什麼也不出去了……」老侯爺說著說著就紅了眼。

其他人也忍不住低聲抽泣了起來。

溫阮一看自己把全家都惹哭了，忙試著控制住自己的情緒去安慰大家，誰知她不安慰還好，這一安慰就更不得了了，大家反而哭得更厲害了。

於是，這一天晚上，溫甯侯府的下人們，第一次見識到家裡主子們抱頭痛哭的場景。

第二日一早，溫阮便被彩霞她們著急忙慌地拉起來，說是宮裡有聖旨要給她，來傳聖旨的公公正在前院等著。

溫阮簡直是想死的心都有了，昨天從宮裡回府本來就晚，回來後她又折騰了許久，都還沒睡上幾個時辰呢，便被人給拉起來要去接旨，溫阮覺得，這要不是親表哥，估計這會兒她都想罵人！這是來賞賜的，還是來拉仇恨的啊？不行，改日一定得進宮說說她表哥才行，不能這麼折騰人的！

希望這隨聖旨而來的賞賜可不要讓她失望啊，什麼金銀珠寶、玉石瓷器的，通通都可以，她來者不拒！

當來到前院，溫阮看到地上成箱的賞賜後，起床氣瞬間被治癒了，笑咪咪地跪在地上接旨。

來傳聖旨的太監宣讀道：「奉天承運，皇上詔曰，溫甯侯府小姐溫阮，於救治皇家子嗣和皇后鳳體有功，特封為安樂郡主，封地為安和縣，欽此！」

安樂郡主，有品級，有俸祿的耶！最重要的是，她這郡主竟然還有封地！

按理說，這郡主應是皇室女子的殊榮，溫甯侯府是外戚，她卻破格被封為郡主，由此可見皇上對溫甯侯府的重視。

而且，一般郡主都是沒有封地的，據溫阮所知，之前夏祁國有封地的郡主，只有永寧郡主一人，如今又多了個她。

溫阮愣愣地接過聖旨，半晌才反應過來，聲音中帶著幾絲雀躍。「謝主隆恩，臣女溫阮接旨。」

過來傳旨的宮人們離開後，溫阮舉著聖旨，不禁仰天長嘯三聲，哇喔，她也是有爵位在身的人了！真好，以後在這京都府可以橫著走了！

人逢喜事精神爽，溫阮自從回到京都府後，喜事那可是一件接著一件啊！

先是皇后表嫂產子，她被破格封為郡主，然後是她二哥、三哥成親的日子也都定了下來。

溫浩傑和永寧郡主的親事自是不用說了，這對有情人一拖這麼多年，修成正果也是早晚的事。

只是，讓溫阮沒料到的是，原來她三哥也早就心有所屬了。

前些日子，一家人在商討她二哥婚期的時候，美人娘親順口提了一句，說她三哥年歲也不小了，過些日子給他相看一些姑娘，結果溫浩輝竟吞吞吐吐地說自己有喜歡的人了。

然後，在眾人再三的追問之下才知道，原來溫浩輝心悅的姑娘，竟是大理寺卿張家的小女兒張玫兒，兩人是兩情相悅。

聽到這個消息，溫阮驚訝之餘，又覺得也在情理之中。

張玫兒這姑娘在京都府也算小有名氣，她比溫阮大上兩歲，年歲十九，倒是比溫浩輝小上幾歲，年紀也算適合。

這姑娘有意思就有意思在，打小就是個喜歡做生意的，因在家年歲最小，自幼父母和哥哥、姊姊就寵著，後來大一些家裡的鋪子和私產也慢慢交給她打理，還真別說，張玫兒也是個能耐的，他們家的鋪子自她接手後，生意越來越好，還真賺了個盆滿缽滿。

溫阮在梓鹿書院的時候，對張玫兒的秉性也算有所瞭解，是個直爽善良的好姑娘，而且和她三哥確實也挺合適的，興趣愛好相投，這成婚之後，夫妻之間也有共同語言不是？

而且，既然是兩情相悅那就好辦了，她美人娘親也是個急性子的，溫浩輝剛透了口風，第二日她便找媒人去提親了，這門婚事順理成章也就訂了下來。

眾人紛紛笑稱，這京都府兩個錢串子湊到一起了，這以後可還了得？

溫阮一開始知道三哥有喜歡的姑娘時還滿高興的，只是，當她知道兩人四年前就好上了時，瞬間感覺到幼小的心靈受到了一萬點傷害！

那時候，她可還在京都府呢，竟然被她三哥瞞得死死的！這一點讓溫阮甚是介意，感覺智商有被冒犯到！

於是，在強烈表達完自己的不滿後，她單方面宣佈同溫浩輝冷戰了。

這可急壞了溫浩輝，妹妹不理自己，還能怎麼辦？只能不停地道歉、認錯加各種討好唄！

在溫阮已經連續好幾日不搭理溫浩輝後，他沒法子，只能死皮賴臉地拽著溫阮出門，說是去京郊看他們兩人之前合夥開的作坊。

「妹妹，妳就別生氣了，當時我是想告訴妳來著，只是有些事情耽擱了，後來妳又去了西北，所以，我不是一直沒找著機會嘛！」在去京郊的馬車上，溫浩輝百般討好地看著溫阮。

溫阮「哼」了一聲。「都是藉口！還說什麼我是你最疼愛的妹妹，咱們要無話不說，好傢伙，我對你是無話不說了，你卻連這麼大的事情都瞞著我！」

溫浩輝不服氣地嘟囔了句。「妳哪有對我無話不說？妳和墨逸辰的事就瞞著我了……」

「我們四年前又沒在一起，我能同你說什麼？難道我能未卜先知，知道四年後的事嗎？」溫阮瞥了溫浩輝一眼，面無表情地說道。

溫浩輝自知理虧，諾諾地閉上了嘴，反正待會兒給妹妹的驚喜，定是能讓她消氣的，所以，自己現在還是不要再火上澆油了，以免待會兒的驚喜不夠用。

馬車很快到了目的地，溫阮看著面前的莊子，一愣，扭頭看向溫浩輝。「不是說去看作坊嗎？這是哪裡？」

溫浩輝獻寶似地回道：「作坊有什麼好看的啊？妹妹，妳之前一直不都想要個依山傍水、環境好，還有室外天然溫泉的莊子嗎？這個莊子就是！妳快進去看看，喜不喜歡三哥送妳的這個禮物？」

溫阮一怔，她是一直都挺想要一個這樣的莊子，只是這京都府附近有天然溫泉的莊子本就少，再加上有這種莊子的人家一般都是不缺錢的，所以，這種莊子的買賣流動很小。

之前她找人打聽了好多年，一直都沒聽說哪家要賣，所以慢慢的，她也就歇了這份心思，沒想到三哥竟然記了這麼久。

「妹妹，以後妳再想泡溫泉，就不用非得去永寧郡主的莊子了。別人有的，我妹妹自然也不能少了！」溫浩輝又笑嘻嘻地說道。

確實如溫浩輝所料，看到這個莊子後，溫阮真的一點也氣不起來了，不是這個莊子多合她的心意，而是因為溫浩輝對她的這份心意。

溫阮在愣神之際，被溫浩輝直接拉著進了莊子，兩人逛了起來。這莊子太大了，粗略估計，應該有上百畝地！確實像溫浩輝說的那般，依山傍水，還有一座果園和一塊花圃。

最讓溫阮喜歡的，要算是那個天然的溫泉湯池。溫泉的池子很大，比永寧郡主莊子上的那個溫泉可要大得多，四周都鋪滿了鵝卵石，溫泉水滑洗凝脂，看得溫阮忍不住想進去泡一泡。

兩人轉了一圈後，溫浩輝看溫阮一副很滿意的樣子，於是順勢從懷裡拿出一張地契，遞到她面前。「妹妹，給妳。這是莊子的地契，我已經去衙門過了戶，這莊子以後就是妳的私產了。」

溫阮愣愣地看著手裡的地契，問道：「三哥，你這莊子是什麼時候買的？」

「就四年前啊！當時是以妳的名義買的，我本來想當作及笄禮送給妳的，可是，後來妳不是……」溫浩輝頓了一下，笑著繼續說道：「所以，只能把地契改到我的名下。這下好了，妹妹妳回來了，我也終於有機會把這份遲到的及笄禮重新送到妳手裡。」

溫阮鼻頭酸酸的，一把抱住溫浩輝，悶悶地說道：「三哥，這禮物我很喜歡，還有……謝謝你們。」

溫浩輝輕拍了拍溫阮的後背，有些哽咽地說道：「妹妹，我們也謝謝妳……能活著回來。」

兩兄妹抱著抹了好一會兒的眼淚，才慢慢平靜下來，只是，溫阮看著手中的地契，突然想到一個問題。

「三哥，你就這樣把莊子送給我了，確定沒有問題？」

「會有什麼問題啊？這是我的私產，我想送就送嘍，難道誰還能說什麼不成？」溫浩輝一臉不解地問道。

溫阮不禁扶額，她這個傻三哥啊，就因為是他的私產，她才會這麼問啊！

「那個，三哥，你看這莊子這麼貴重，你若是這會兒送給我，日後若是張小姐知道了，我怕你後宅不寧啊！」

這還真不是溫阮想太多，畢竟姑嫂關係自古就是個大難題，講真的，她也不確定日後能否與這張小姐處得來，所以，她這也算未雨綢繆吧？

溫浩輝一聽，忙擺了擺手。「放心吧，不會的，我送妳莊子的事她知道，算起來，這莊子當時還是她讓給我的呢！」

咦？這裡面感覺有她不知道的故事啊！

「此話怎講？三哥，你同我仔細說說唄！」溫阮一副很感興趣的樣子。

溫浩輝想了片刻，便把這件事情的來龍去脈講了一遍。

原來，當時溫浩輝來買這個莊子時，還有另一個買家，就是張玫兒，當溫浩輝趕到的時候，她已經提前一步付了押金，也就是說，這個莊子當初是張玫兒先買下來的。

因為這個莊子幾乎完全符合溫阮的要求，所以，溫浩輝便去找張玫兒交涉，希望她能把這個莊子讓給他。一開始張玫兒自是不樂意，但溫浩輝卻也沒放棄，想著法子去堵人家小姑娘。

後來人家小姑娘惱了，質問他為什麼非要奪人所好時，溫浩輝才不得已說出他妹妹很喜歡這個莊子，所以，他想送給妹妹當及笄禮。

張玫兒聽到這個理由後，考慮了幾日就答應把莊子讓給溫浩輝，但有個條件，就是她在經營鋪子時遇到了一些問題，希望溫浩輝可以給她些意見，溫浩輝自是二話不說就同意了。

再後來，兩人之間也算有了交集，就這樣一來二回地看對了眼。

溫阮聽完簡直樂了，所以這樣算起來，還是這個莊子為她三哥和張小姐牽了紅線啊……不，確切地說，是因為她！若不是因為她，她三哥自然不會非要買這個莊子不可，當然，也就不會去堵人家張小姐了！

唉，她這該死的小媒婆屬性啊！

不過，若是這樣的話，溫阮覺得，她也能心安理得地收下這份禮物了，可以算是及笄禮物，也可以算是媒人紅包，都行。

於是，溫阮便笑咪咪地把地契塞進了懷裡。

兩人從莊子離開後，又繞道去作坊看了一圈，再打道回城。

只是，作坊離京都府還有些路程，溫阮坐了半道就開始嚷嚷著屁股疼，後悔出門的時候沒把馬車佈置得舒服些。

「小姐、公子，前方有個茶鋪，咱們要不要停下來休息一下？」影一的聲音突然從馬車外面傳了進來。

溫浩輝看向溫阮。

溫阮想了想，說道：「還是休息一下吧，順便給馬兒餵點草料。」

馬車停了下來，溫浩輝先下了馬車，隨後把溫阮從車上扶了下來。

這是一間簡陋的茶鋪，在官道旁有幾間茅草搭的棚子，裡面擺了幾張桌子，一般是供來往趕路之人歇歇腳，所以生意還算不錯。

溫阮他們來得也巧，此時茶鋪內只剩下一張空桌，正好可供兩人使用。

經營茶鋪的是一對中年夫婦，兩人常年經營此茶鋪，南來北往的達官貴人已見過不少，也算有些眼力，所以，看到溫阮從馬車下來後，便忙著將兩人迎了進去。

只是，兩人剛落坐，溫阮便注意到旁邊桌的客人竟是位老熟人——五皇子趙卓勤……喔，不對，應該是庶人趙卓勤。

突然遇見趙卓勤，溫阮有些意外，其實，這些年她和趙卓勤幾乎沒什麼交集，當初她在酒樓被劫趙卓勤出手相助的事，後來也是由她大哥出面以溫甯侯府的名義上門道的謝。

因為趙卓勤是原書中的男主，溫阮自是不希望與他有什麼交集，一直也都是有意避著些的。

所以，在大哥替她出面後，她也沒親自登門，只想著日後若是遇見了，她再當面致謝也不遲。可是，卻都一直沒遇到這個機會。

後來，東臨和西楚同時對夏祁開戰，過了不久，不知為何，趙卓勤突然生了場大病，然後便以養病為由，辭去所有職務，閉門不出。

再後來，她表哥掌握朝政後，趙卓勤更是避出了京都府，儼然沒有了奪嫡之心。

也是最近溫阮才知道，原來趙卓勤根本不是元帝的兒子，而是淑妃與安王的私生子。她就說當年第一次見安王時怎麼覺得有點莫名的熟悉，現在想想，安王和趙卓勤的眉宇之間可不就是有些相像嘛！

而安王這個人，也不像表面那般，什麼喜歡四處雲遊，什麼有龍陽之好，全都是他的偽裝，他真正的目的是那把龍椅。

據說，三年前安王逼宮時，當著元帝的面顯露出他這麼多年來的真面目。原來，安王之所以處心積慮，甚至不惜叛國，勾結東臨和西楚來謀求這把龍椅，最根本的原因，竟是因為不甘心和心底的恨。

安王的母妃是西楚國的公主，而她嫁到夏祁的目的，便是要讓有西楚血脈的皇子能登上夏祁國皇位，從而為西楚謀求利益。

可是，對於夏祁國的皇室來說，流有西楚血脈的皇子，是注定不能成為夏祁國的儲君的。

但當時的夏祁皇帝也是真的很喜歡安王的母妃，一開始並未發現這一切，後來隨著安王慢慢長大，他也漸漸意識到安王母妃的野心，因此，即便他還是深愛著這個女人，卻沒有忘記身為帝王的職責。

所以，當年一手策劃安王有龍陽之好的人，竟是當時的皇上，安王和元帝的父皇。最是無情帝王家，為了徹底斬斷安王爭奪皇位的可能性，他竟不惜親手將親生兒子推到輿論的風口浪尖。要知道，在這個朝代，龍陽之好、斷袖之癖是多麼讓人不齒的一件事，他等於親手毀了自己的兒子。

知道真相後的安王，又怎麼可能甘心，怎麼可能不恨？他的母妃為了自己的國家，不惜把他當作奪嫡的工具，而他的父皇為了他的江山，不惜親手毀了自己的兒子。

所以，安王開始了他的報復。他的父皇不是為了江山社稷捨棄了他這個帶有西楚血脈的兒子嗎？他的母妃不是希望能為西楚謀利嗎？那他偏偏不讓他們如意！

就這樣，經過長達幾十年的謀劃，帶有他血脈的兒子成了元帝的五皇子、夏祁皇室奪嫡的炙熱人選，而他也成了西楚皇室極為信賴的人。

若無意外，他會利用西楚的野心為他的奪位出力，最後卻讓西楚賠了夫人又折兵。

本來這一切都很順利，但不知為何，五皇子趙卓勤突然脫離了控制，擅自避出了京都府，而當時還是太子的趙卓煜眼看著就要徹底掌握朝政，再加上，他當時夥同赫連斜設計溫阮去西北，企圖用溫阮威脅墨逸辰和溫甯侯府的事馬上就要敗露了，所以，安王狗急了跳牆，與淑妃裡應外合，發動了宮變。

只是，安王沒有料到影衛軍竟然在趙卓煜手裡，更沒有料到關於他宮變之事竟是五皇子把消息傳給了趙卓煜的，所以，他這一場精心策劃的宮變也以失敗告終。

可是，安王在自刎之前卻趁人不備，殺了元帝，這一點大家都沒明白安王的用意為何，不過這會兒，溫阮看著不遠處的趙卓勤，卻似乎有些瞭解了。

也許，安王在臨死前，也是為趙卓勤這個兒子考慮過的吧。當時元帝已經知道淑妃同他的關係，趙卓勤的身分也已被挑破，如果元帝還活著，那趙卓勤必死無疑。

但若是元帝死了，當時的太子趙卓煜登基的話，那以安王對趙卓煜秉性的瞭解，趙卓勤還是有很大的活命機會。

畢竟，那幾年趙卓勤真的放棄了奪嫡，而且，那次宮變若是沒有趙卓勤通風報信，即便趙卓煜手握影衛軍，京都府怕是也要血流成河了。所以，溫阮推測安王當時殺了元帝，便是為了讓趙卓勤活下來。

而之後，趙卓勤雖被貶為庶民，卻也確實保住了一條命。自此以後，他也自京都府消失了。

所以，這會兒能在這裡看見趙卓勤，溫阮還是挺意外的。

溫阮和溫浩輝一進茶鋪，趙卓勤便注意到了兩人，當他們看過來時，趙卓勤微微俯身行了一禮，溫阮和溫浩輝也回了一個平禮。

他們的桌子雖然相鄰，但幾人卻從始至終都沒有說上一句話，各自喝著自己桌上的茶水，似乎只是素未謀面的陌生人。

一盞茶後，溫阮覺得歇得差不多了，剛想同溫浩輝說離開的事，此時，旁邊桌的趙卓勤直接留下茶水錢，起身離開了茶鋪。

只是，當他路過溫阮身邊時，腳步頓了一下，目含歉意地看著溫阮。「溫小姐，三年前的事，抱歉。」

趙卓勤雖未明說，但溫阮也知道這句抱歉是指什麼。三年前，安王夥同赫連斜算計了她，用藥王的胭脂紅做局，把她引到雪凌山企圖活捉了她，但沒想到卻害她落崖，險些小命不保。但是，冤有頭債有主，溫阮清楚這件事情與趙卓勤無關，自是不會遷怒於他的。

再說了，這件事所有的罪魁禍首都死了，就連藥王也在當年的宮變時被擒獲斬殺，所以啊，仇都報了，她自然不會放在心上。

「那件事又不是你的錯，你不用抱歉。」溫阮看著趙卓勤的眼睛，認真地說道：「看在以前你出手救過我的分上，送你一句話。不要被改變不了的事情困住，人啊，還是要往前看的。」

趙卓勤一怔，眼底似乎有絲說不清、道不明的情緒在波動，但他最終什麼也沒說，朝著溫阮微微頷首後，便轉身離開了茶鋪。

不久，溫阮和溫浩輝起身離開了茶鋪，坐上馬車後，朝著京都府的方向走去。

而此時，趙卓勤騎著馬從一旁的小路折返了回來，他看著溫阮離開的方向，陷入了自己的思緒中。

當年宮變失敗後，他母妃緊隨著安王也自縊了，他求了趙卓煜，把他母妃和安王的屍身帶了出去，就合葬在這京郊附近，他們兩人相遇的那片桃花林下，這也是他母妃生前最後的要求。

而他此次回來，也是為了來祭拜他母妃的，只是沒想到會在這裡遇到溫阮。

在趙卓勤的印象裡，溫阮似乎一直都有著不屬於她年齡的通透。當年在四方閣雅間，溫阮那番話點醒了他，讓他認識到，其實他一直都有路可選，只是一直在逃避而已。

所以，後來他遵從自己的內心，擅自作主從奪嫡的漩渦中跳了出來。雖然很難，但他還是做到了。

再後來，他知曉了自己的身世，知道他的生父與東臨、西楚的人勾結，發動宮變，這一切的一切，完全超乎了他的預料和可承受的範圍。他掙扎過、痛苦過，但仍在這團泥濘中找到了他認為對的出路，他把這一切告訴了太子。

只因當初溫阮的那句話：遵從內心，活得坦然就好。

他無法眼睜睜地看著夏祁淪為東臨和西楚的嘴邊肉，更不想夏祁的黎民百姓無端受戰亂之苦，所以，他只能這麼做。

事實證明，他沒有做錯，但他的母妃和他的生父喪命於那場宮變之中，這多少與他脫不了干係，所以，午夜夢醒間，他又何嘗不是活在痛苦之中？

就像溫阮剛剛說的那般，他被那些改變不了的事情困住了。

不過，即便再回到那個時候，他依然還是會作出同樣的選擇，所以，就像是冥冥之中自有定數一樣，這就是一件根本改變不了的事情。

「是啊，是時候往前看了……」趙卓勤眉宇舒展，臉上逸出一絲笑意。改變不了的事，那他也只能選擇放下了。

話落，趙卓勤勒緊馬繩，駕著身下的駿馬，轉身朝著京都府的反方向飛馳而去，所過之處，揚起一路塵土。

日子過得飛快，眼瞧著溫浩傑與永寧郡主婚期將近，溫阮進宮的次數明顯增多，沒辦法，誰讓她的好閨密、準二嫂隱隱有了婚前恐婚的症狀，所以，為了她二哥的終身幸福，她只能頻繁地過去開解一二。

唉，又是為了哥哥們操碎心的一天啊！

當然，每次去慈甯宮前，溫阮還是要先去一趟皇后的宮殿，看看咱們夏祁國的嫡長子，趙乾博小太子。

溫阮過來時，周芸正在軟榻上拿著布老虎逗小太子。小太子現在也三個多月了，長得虎頭虎腦，看著他母后手裡的布老虎「咯咯咯」地傻笑，一點也沒有身為夏祁國太子的「威嚴」。

「參見皇后娘娘，娘娘金安。」溫阮規規矩矩地朝著周芸行了一禮。

周芸忙讓人扶起溫阮，嗔怪道：「妳這丫頭，又沒有外人在，這麼多禮幹什麼？」

「那可不行，我娘見天的請這麼多嬤嬤教我規矩，她要是知道我在皇后娘娘的宮裡都沒有規矩，怕是回去又該讓嬤嬤加課了！唉，苦命的我啊！」溫阮苦哈哈地說道。

自從溫阮被封為郡主後，美人娘親便開始「荼毒」她了，還說不能丟了皇家的臉面什麼的。

當然，這些對溫阮來說都是藉口。周芸雖然是她的表嫂，但更是皇后，而且像周太師那種世家貴族，周芸定是自幼被教習各種規矩禮儀，是真正的大家閨秀，最是重禮儀規矩的，所以，兩人相處起來，分寸這一塊她還是知曉的。

周芸自然知道溫阮在故意「賣慘」，遂笑著搖了搖頭，也沒再說什麼。

正在這時，躺在軟榻上的趙乾博小太子不樂意了，衝著溫阮咿咿呀呀地叫喚著，似乎覺得被冷落了，要以此來表達自己的不滿。

「呦，咱們博兒想姑姑了吧？來來來，阮阮，妳快抱抱他，不然這臭小子又該鬧個沒完了！」周芸頗為無奈地把趙乾博抱了起來，然後遞到溫阮的懷裡。

溫阮樂呵呵地接過小團子，坐在軟榻上，姑姪兩人玩得很開心，特別是趙乾博小團子，只要一看到溫阮就樂得不行，那小眼就瞇成了一條縫，笑得口水都流出來了。

「當日我生博兒的時候，命懸一線，多虧了阮阮及時趕到救了我們母子，都說小孩子是最靈性的，想來也是這個原因吧，博兒自從出生便和阮阮比較親近，看來這臭小子是個感恩的，知道是誰救了他啊！」周芸頗感慨地說道。

溫阮一臉傲嬌地回道：「嗯嗯，我也很喜歡博兒呢！這可是我親自接生的小姪子喔！博兒，你說是不是呀？是不是也喜歡姑姑啊……」溫阮邊說，邊故意用腦袋頂趙乾博小團子的肚子，惹得他又「咯咯咯」地笑個不停。

周芸看著一大一小玩得這麼開心，也是一臉欣慰。

其實，周芸真的很感謝溫阮，當日她生產有多凶險，沒有人比她自己更清楚，是溫阮救了她和博兒的命，這份恩情，她會記在心裡一輩子。

溫阮陪著趙乾博小太子玩了一會後，便按照慣例給他診了脈，確認小傢伙很壯實後，她便離開了皇后的寢殿，準備去慈甯宮找永寧郡主。

自從趙卓煜掌握實權後，溫阮進宮儼然成了家常便飯，而且走在這宮裡也不再像以前那般拘束，溜溜噠噠的，像是在逛自家後花園似的。

突然，溫阮發現不遠處的亭子裡有兩個熟悉的身影，咦？那不是她皇上表哥和蕭澤嘛！

對於在這裡看到蕭澤，溫阮頗為意外，他是什麼時候回來的？

之前溫阮從西北回來沒幾日，蕭澤便被派去江南執行公務了，具體是幹什麼，溫阮也不是太清楚，但這一去就是好幾個月，這會兒總算是回來了。

蕭澤自是也注意到了溫阮，只是，看到溫阮朝著他們走來時，他臉色微微一變，眼神不禁有些閃躲。

「表哥、師兄，你們怎麼在宮裡啊？」溫阮很快走到了亭子旁邊，大大剌剌地朝著兩人問道。

在趙卓煜這個皇上面前，溫阮可就隨興多了，只要沒有外人在，禮儀規矩什麼的統統靠邊站。

而趙卓煜顯然也很喜歡這種相處方式，畢竟，在他看來，溫阮就是他的親妹妹，她不需要在他面前有所拘束。

想當初封溫阮為郡主時，趙卓煜其實是考慮過要不要封她為異姓公主的，但這一提議卻慘遭他外祖父和舅舅們的強烈拒絕。

因為若是溫阮被封為公主，那按照規矩，便要入皇室玉牒，也就是說，自此後溫阮便是皇室中人，要從溫甯侯府的族譜中劃去。

自己家寶貝的孫女／閨女／妹妹莫名其妙成了別人家的了，即便是皇室也不行啊！所以，可想而知，當趙卓煜提出這一想法後，當場便被老侯爺罵了個狗血淋頭，估計要不是顧忌他九五之尊的身分，老侯爺都要動手了。

「表妹，我覺得，這話該我來問妳比較合適吧？」趙卓煜有些無奈地說道。

唉，他這表妹平日看著挺精明的，偏偏有時就愛在一些小事上犯糊塗。他是皇上，出現在宮裡不是很正常嗎？反而是溫阮，她又不住在宮裡，怎麼突然過來了。

溫阮也反應過來，自己的問題確實很奇怪，遂不好意思地解釋道：「那個，我的意思是，你們怎麼在這裡？還有，我這不是乍一見到我師兄，有些意外嗎？」說罷，溫阮還像往常一樣，用胳膊肘撞了一下蕭澤，嬉皮笑臉地說道：「師兄，你也太不夠意思了吧，怎麼回來了都不去找我呀？你這一走好幾個月，一點消息都沒有，我和大嫂可擔心你了呢！哼，還是說，師兄現在官當大了，就看不上我這個不學無術的師妹，覺得我給你丟臉了？」溫阮雙手插腰，故作生氣狀。

蕭澤這會兒也回過神來了，嘴角微微勾了勾，輕笑道：「哪有的事，淨胡說！師妹現在可是郡主了，應該是怕妳覺得師兄丟臉才是。」想了想，蕭澤又解釋了一句。「我今日剛回來，還沒來得及回府便進宮了，本想著過幾日再去看望師妹的，不想，卻在宮裡遇到了。」

溫阮臉上劃過一抹了然之色。怪不得呢，原來是剛回來啊！估計這次去辦的差事應該是很重要才是，不然不可能一回來就先趕到皇宮來彙報了。

心。

不過，蕭澤的氣色看著確實很差，不知是不是趕路趕的，溫阮瞧著還是有些不放心。

「師兄，你身子最近怎麼樣啊？有沒有覺得哪裡不舒服？我上次在城門口就看你臉色不好，這次似乎更加消瘦了。不行，我還是替你診脈看看吧！」說到這兒，溫阮又忍不住為蕭澤打抱不平了，不太贊同地看向趙卓煜。「表哥，你也真是的，不能總是這麼壓榨我師兄啊！雖然他很有才華，但你也不能可著他一個人用不是？難道這滿朝文武都是擺設不成？明明都領著差不多的俸祿，憑什麼苦活、累活都讓我師兄幹啊？這不是欺負人嘛！」

反正在溫阮的認知裡，出差就是最苦、最累的活。

趙卓煜一愣，他真是啞巴吃黃連，有苦說不出啊！這差事可是蕭澤自己求的，一開始他可沒準備把這差事交給蕭澤。不過，這事趙卓煜又不能說破，只能看向蕭澤。

蕭澤頓了一下，說道：「師妹不用擔心，我沒事，回府後我會找府裡的大夫看看的，不用煩勞師妹了。」

溫阮一聽，頓時不樂意了。「這有什麼煩勞的？不就是順手的事嘛！師兄，幾年不見，你是不是當官當傻了啊？怎麼還和我客套上了？再說了，你們府裡的大夫能有我醫術好嗎？」沒有再給蕭澤逃避的機會，溫阮直接拉過他的手，逕自診起脈了，頗有些

「霸王硬上弓」之感。只是，過了一會兒後，溫阮眉頭緊皺，道：「師兄，你最近是不是有什麼煩心事？」

從蕭澤的脈象來看，肝氣鬱結、心淤氣滯，這明顯是鬱結於心的症狀。

蕭澤一怔。「沒什麼煩心事，我可能就是急著趕回來，路上舟車勞頓累著了吧。沒事，我回去休息幾日就好。」

溫阮看蕭澤不想說，也沒再逼問，不過，她大概也能猜到，估計就是辦差時遇到的事吧。畢竟，她回來這麼久，也沒聽大嫂提過蕭府上有什麼事。

「好吧，回頭我開一張單子送到你府上，不須用藥，日常飲食調理就行。」溫阮耐心地交代道。「不過，師兄，你還是要放鬆心情，若是在公務上遇到什麼難題，你也可以找我大哥商量商量，實在不行，就讓表哥換個人去做唄！反正滿朝文武這麼多人呢，沒什麼大不了的哈，咱們還是身子最重要！」溫阮知道蕭澤的脾性，有什麼事總喜歡壓在心裡，這可不是什麼好事，畢竟長期鬱結於心，於身體而言那可是很大的傷害。

蕭澤輕「嗯」了一聲，點頭應了下來。

見他答應了，溫阮神情一鬆。「行吧，那我去找寧姊姊，就不妨礙你們談公事了。」

說完，溫阮衝著趙卓煜和蕭澤揮了揮手，便離開了。

只是，她剛出了亭子，又突然轉過身來，看向趙卓煜。「表哥，若是這次差事辦完了，記得給我師兄放個假啊！朝廷有這麼多官員供你使喚，你不能厚此薄彼喔！」

話落，溫阮便急哄哄地跑開了，只留下趙卓煜在原地無可奈何地搖頭，笑罵道：「這丫頭，沒大沒小的，還教訓起我來了！」

聞言，蕭澤想了想，說道：「師妹她這是同皇上親厚，才會這般無狀，還請皇上不要同她計較才是。」

趙卓煜擺了擺手，這哪還要蕭澤提醒啊？他自然知道這個道理。再說了，這也是他樂見其成的。「當然了，這天下間，哪有哥哥同自家妹妹計較的道理？」趙卓煜笑著說道。「不過，你先前的請旨，朕怕是不能准奏了。剛剛阮阮的話你也聽到了，若是我再把你派到外地辦差，這小丫頭定會來找我說理的。」

剛剛在溫阮來之前，蕭澤正在向趙卓煜請旨，想再次去外地辦差。

「皇上，微臣無事，還可以——」蕭澤的話尚未說完，便被趙卓煜抬手打斷了。

「蕭澤，有些事情逃避是解決不了問題的。薛太傅一直誇你聰慧，這個道理，我相信你應該懂才是。」趙卓煜拍了拍蕭澤的肩膀，語重心長地說道。

蕭澤對溫阮的感情，趙卓煜一直都知道，可以說，他比所有人都先看清楚這件事，包括蕭澤自己。

當年溫阮在蕭府為蕭筱出頭，蕭家把溫阮告上了大理寺，是趙卓煜私下裡見了蕭澤，後來才有了蕭澤漸漸把控蕭府的事。

那時候，趙卓煜就知道蕭澤喜歡溫阮，而且他也覺得蕭澤不錯，當初還想著等到溫阮同墨逸辰退婚了，兩人在一起也未嘗不可。

只是……後來趙卓煜也沒料到會變成這樣，只能說世事多變啊！

趙卓煜離開後，亭子裡只留下蕭澤一人，他怔怔地盯著地面，眼底溢滿了苦澀。

是啊，逃避是解決不了問題的，他又何嘗不知道這個道理？可是，如今除了逃避，他還能做什麼……

溫阮在慈甯宮陪永寧郡主一個下午，回到府裡匆匆用過晚膳後，她便直接進了製藥房，準備給蕭澤製一些安神定心的藥丸，正好明日和調養的單子一同讓人送去蕭府。

製完藥後，時辰也確實不早了，溫阮直接讓人送熱水到內間的盥洗室，舒舒服服地泡個熱水澡，這才回到她的閨房裡。

只是，她剛進內室，就看到墨逸辰正坐在軟榻邊，一襲黑衣束身，不知道的還以為是採花賊呢！

「逸辰哥哥，你這麼晚了還偷偷潛進我的閨房，小心我祖父他們知道了打斷你的腿啊！」溫阮好心地告誡道。

墨逸辰看到溫阮的穿著，眸色一深，起身拿起一旁的衣衫，幫溫阮披上。「沒事，只要影一他們不說，別人發現不了。」

溫阮無語，合著自己還得給他當同謀啊？不過，她低頭看了眼身上的衣衫，不禁一樂。「你這採花賊不行啊，有賊心沒賊膽！」

天氣漸漸變熱，前些日子，溫阮便畫了圖樣，讓人做了身輕薄涼快些的睡衣，今日她沒料到墨逸辰會過來，所以，洗完澡便隨手換上了。

墨逸辰有些無奈，兩人還沒成親，他不想冒犯她，可奈何每次這丫頭都這般大膽，口頭上經常占些便宜就算了，行為上也這般不拘小節，每次他都不知道要拿她如何是好了，只能每每選擇不接她的話茬。

「阮阮，聽說妳今日進宮了？」墨逸辰狀似無意地問道。

溫阮也沒太在意，隨口應道：「對啊，寧姊姊和我二哥不是鬧了點彆扭嘛，我去當和事佬了。喔，對了，我今日在宮裡見到師兄了，他剛從江南回來。」溫阮從一旁拿過乾布，準備把洗澡時沾濕的頭髮擦一擦。

墨逸辰看到溫阮的動作，直接起身從她手裡拿過乾布，幫她擦起了髮梢。「我來吧。」

溫阮樂得輕鬆，乖乖地坐在那裡享受著墨逸辰的服務，想了想後繼續說道：「我瞧著我師兄神色不太好，人明顯消瘦很多，便幫他診了脈，不過，診斷結果不太好，鬱結於心。唉，我師兄這個人打小就心事重，這次也不知道遇到什麼事了，我問了他也沒說，真是愁人啊！對了，逸辰哥哥，你知道嗎？」

墨逸辰擦頭髮的手一頓。「……我也不清楚。」

「也是，你和我師兄又不熟，我都不知道，你又要從哪裡知道啊？」溫阮拍了拍腦袋，後知後覺地道。「沒事，等哪日我找個機會再同他聊聊吧！我今晚特地製了些安神的藥，還開了調養的單子，準備明日讓人給我師兄送過去，這樣我也就放心了。」

墨逸辰半晌才「嗯」了一聲，情緒似乎不太高的樣子。

溫阮有些奇怪，覺得他今晚異常沈默了些，遂關心地問道：「你怎麼了？」

頭髮擦得差不多了，墨逸辰放下手中的乾布，蹲到溫阮的身前，可憐巴巴地控訴道：「阮阮，妳對我都沒有這麼用心。」

溫阮一怔，隨後有些哭笑不得。「你這是吃哪門子的醋啊？蕭澤是我師兄，還是我大嫂的親弟弟，和我幾個哥哥沒兩樣，難道你還會吃我哥哥們的醋不成？」

「會。」墨逸辰無比認真地說道。

當初，她不是也把他當作哥哥的嗎？畢竟沒有血緣關係，一切都是有變數的，他不就是一個活生生的例子？所以，蕭澤絕不能成為下一個他。

溫阮。「……」別說，還真會！上次他不就死活不讓她同二哥同騎一匹馬嘛！「你別胡說，我和師兄就是很單純的同門師兄妹的感情，你總這樣瞎吃醋，我臉皮厚就算了，我師兄要是知道了，會有多尷尬啊！」

墨逸辰沒說話，起身坐在溫阮身旁，把小人兒往懷裡拉了拉，心裡忍不住感嘆道，這個迷糊小丫頭，蕭澤的心才不單純呢！

半晌後，才傳來墨逸辰悶悶的聲音。「好，以後我不說就是了。」

不過，他和小丫頭的婚事得盡早定下來才行了，不把人給娶回家，他也實在是放心不下啊……

第二十九章

第二日一早，溫阮尚未睡醒，便被人擾了清夢，來者不是旁人，而是她的好姪兒，溫子瑞小少年。

「姑姑，這都日上三竿了，您怎麼還不起床啊？我說您這喜歡睡懶覺的毛病，什麼時候才能改一改？」

瑞瑞小團子長大了，自是知道要避嫌，所以不能再像小時候那般，隨意闖進他姑姑的閨房了。不過這也難不倒他就是了，只見他站在外間，伸長脖子衝著裡間的方向喊，丫鬟們是怎麼攔都攔不住啊！

溫阮生無可戀地睜開眼，磨蹭半天才坐了起來，衝著外間喊道：「臭小子，你是不是皮癢癢了？」

這時，外間傳來溫子瑞催促丫鬟的聲音。「妳們快進去服侍我姑姑起身吧，她醒了，快去快去，不然一會兒又要睡著了！」

溫阮瞬間就氣笑了，這臭小子是不是有點太瞭解她了啊？把她整得都快沒脾氣了。

「溫子瑞，你給我等著，待會兒有你好看！」

「姑姑，就您那三腳貓的功夫可打不過我。二叔都說了，我的功夫早都超過您了。」溫子瑞有恃無恐地道。

溫阮。「……」說到這兒溫阮就來氣。她大哥一個文文弱弱的書生，偏偏生了個練武天賦奇佳的兒子，這找誰說理去啊！

這懶覺注定是沒法兒睡了，溫阮只能認命地下了床，然後喚丫鬟們進屋，開始梳洗換衣。

哼，臭小子，真以為她治不了他是吧？待會兒她就去她大哥和大嫂面前賣慘去，讓他們好好修理修理這個臭小子，最好是多給他佈置一些功課！讓他天天精力這麼旺盛，淨來折騰她了！

溫阮從裡間出來時，溫子瑞正在用早膳，看到溫阮後，還笑嘻嘻地說道：「姑姑，我發現，咱們府裡還是您這兒的早膳最好吃，不僅花樣多，味道也是一絕啊！」

溫阮毫無形象地翻了個白眼。「你少來！你要真的只是為了來吃早膳，安安靜靜地吃就是了，也沒人攔著你啊！我看你就是故意來折騰我的！」

「哪是啊？我這不是有事要來跟姑姑彙報嘛！」溫子瑞忙辯解道。

溫阮懶得同他多費口舌。「說吧，這一大早找我什麼事？要是說不出個子丑寅卯來，我就去你爹面前告狀，看你爹修不修理你！」

「姑姑，您都多大了，還喜歡告狀！」溫子瑞咬了口煎餃，忍不住懟道。「您說您能不能換個新鮮的？每次都來這招。」

溫阮眼皮都沒抬一下，咬了口奶黃包，說道：「新不新鮮不重要，好用就行。」

溫子瑞一噎，這話他還真無法反駁。反正每次只要姑姑告狀，他爹不分青紅皂白就會罰他一頓，至於理由是什麼，不要問，問就是「姑姑不高興了就是他不對」！

而且，最誇張的是，他連個說理的地方都沒有。反正他們家裡上到曾祖父、曾祖母，下到他爹娘叔叔們，都會毫無原則地偏袒姑姑就是了。

溫子瑞識時務者為俊傑，立即討好地給溫阮挾了個包子。「姑姑，我今日過來可是有原因的，前些日子您不是向我娘打聽我舅舅的消息嗎？我娘昨晚收到我外祖母的口信，說是我舅舅回府了，所以，我這不是一早就想著趕過來同您說一聲啊！」

「那你不能晚點再來嗎？你看看現在才什麼時辰？都耽誤你姑姑我睡美容覺了！」

溫阮顯然不買帳。

溫子瑞一臉無辜地回道：「我這不也是沒辦法嗎？我和我娘待會兒要去一趟蕭府，晚點估計就要到晚上了。再說了，我不是也想來問問，看姑姑您去不去呀？」

溫阮「喔」了一聲，說道：「我今日還有事，就不過去了。對了，我昨日見過你舅舅了，我正好有些東西要給他，你順便幫我帶過去吧。」

姑姪兩人用完早膳，溫阮便去內間拿了昨日替蕭澤製的藥丸，還有那張調養的單子，遞給溫子瑞。

「昨日我在宮裡看你舅舅氣色不太好，這藥有安寧養神之用，記得囑咐你舅舅晚上睡覺前服用一粒。還有，這個調養單子也要嚴格執行。告訴你舅舅，就說我會監督的，休想糊弄我。」溫阮不放心地交代道。

溫子瑞爽快地應了下來。「放心吧，姑姑，我一定把您的話帶到。舅舅一向都聽您的，肯定沒問題！」

這話倒沒說錯，蕭澤確實是一個聽話的病人，很讓人省心，溫阮心想。

溫子瑞這臭小子來也匆匆、去也匆匆，徒留溫阮一人吃完早膳後在廳裡發呆。沒辦法，起太早了，完全不知道要幹什麼了。

「小姐，您要不要再回去睡會兒？」彩霞建議道。

溫阮搖了搖頭。「算了，估計姑母她們一會兒就該過來了，我就不折騰了。」

前幾年，因為齊令衡和齊令羽兩兄弟長大了，也日漸到了成婚的年齡，再住在溫甯侯府於兩兄弟而言多有不便，於是，溫嵐便帶著他們外出建府了。

他們新建的府邸就與溫甯侯府隔了一條街，平日兩府也能互相照應。

當年程家倒了不久，齊家也被查了，雖未被牽扯到叛國的案子裡，但因為程嫣雯的原因，齊家也受到波及，齊磊本該被調回京都府的事也遲遲沒著落。

後來，隨著趙卓煜在朝中勢力日漸崛起，溫甯侯府水漲船高，朝中眾人自然有眼力的，有意無意地開始針對齊家，無論是在朝堂上，還是在京都府裡，齊家的境地開始每況愈下。

可能真的是走投無路了，齊家人便開始把主意打到齊令衡和齊令羽兩兄弟身上，他們想得倒是美，想把這兩兄弟認回齊家，這樣溫甯侯府不看僧面看佛面，也就不會再針對齊家，甚至為了他們兩兄弟著想，還會幫齊家一把。

不過，他們也是有自知之明，不敢公然鬧到溫甯侯府去，畢竟當初的字據可不是白簽的，所以，他們便私下去找齊令衡和齊令羽兩兄弟，演苦肉計、打親情牌，總而言之，一家人輪番上陣，整日堵在書院門口，搞得兩兄弟煩不勝煩。

而且，為了表示誠意，齊家還讓齊磊把程嫣雯母子三人趕出了齊家，反正做的也是夠絕的了。齊磊更是不要臉地親自跪在溫甯侯府的門口向溫嵐請罪，哭得那叫一個聲淚俱下，後來還是溫阮叫人給打走了。

所幸溫嵐和齊令衡、齊令羽母子三人心意已決，堅持不原諒他們，這樣就好辦多了。為了不讓他們一家再來噁心人，溫甯侯府直接出手搞垮了齊家，最後齊家灰溜溜地滾出了京都府，據說回了祖籍，實際是什麼情況，他們也就沒再關注。

而溫嵐帶著齊令衡、齊令羽重新建府之後，有溫甯侯府和趙卓煜做靠山，在這京都府倒也沒人敢看輕了，算是很快立穩了腳跟。

再後來，齊令衡考取了功名，直接進衙門當差，還娶了親，孩子現在都兩歲多了；而齊令羽自幼不喜讀書，後來跟著溫浩輝打理生意，倒是有模有樣的，現在齊家的鋪子和生意也全由他負責，去年也成了親，日子過得也不錯。

其實，這些年溫阮一直都挺關心他們的，畢竟當年是她把他們一家人帶回了京都府，說到底，在她心裡對他們多多少少有些責任感吧。如今看她姑母一家過得很好，她也就放心了。

蕭府裡，溫浩然、蕭筱和溫子瑞一家三口走進了廳堂，而蕭澤和蕭家老太太起身迎了出來。

「外祖母、舅舅，我和爹娘來看你們了！」溫子瑞走到蕭澤身邊，樂呵呵地說道。

蕭澤仍是一襲白衣，臉上掛著淺淺的笑，拍了拍溫子瑞，然後看向蕭筱和溫浩然。「姊、姊夫，進去坐吧。」

溫浩然微微頷首，幾人陸續進了屋，丫鬟們隨即上了茶水，一室和樂融融地聊了起來。

「喔，對了，我差點忘了！」溫子瑞拍了拍自己的頭，一驚一乍地喊道。

溫浩然瞥了溫子瑞一眼，目光有點冷。

溫子瑞平日最怕他爹了，忙縮了縮脖子，說道：「我知道了，爹，要穩重，我下次一定注意。」

「回去把《禮記》抄一遍，明日交給我。」溫浩然放下手中的茶盞，說道：「還有，沒事不要去鬧你姑姑。」

溫子瑞一副「果然如此」的表情，姑姑果然還是告了他的黑狀！

只是眾人都沒注意到，在溫浩然提起溫阮時，蕭澤端茶盞的手明顯頓了一下。

「知道了。」溫子瑞一臉苦相地應了下來。

「說吧，你究竟忘了什麼事？」溫浩然提醒道。

溫子瑞「喔」了一聲，從懷裡把溫阮交給他的藥和調養單子拿了出來，直接放到蕭澤面前。

「這是姑姑讓我交給舅舅的，這藥說是安寧養神的，每日睡前服用一粒就行。還有這張調養單子，姑姑說，舅舅你一定要調養身子，她還說會監督你呢！」

蕭澤神情微怔，看著桌上的藥瓶和單子，不禁愣了神。

「小澤，你這次回來見過阮阮了？」蕭筱問道。

蕭澤回過神來，輕點了點頭。「嗯，昨日在宮裡碰巧遇到了，她看我氣色不好，幫我診了脈。」

蕭筱一聽溫阮替蕭澤診了脈，忙追問道：「我看你這次瘦了不少，阮阮怎麼說？」

蕭澤頓了一下，目光又看了眼桌上的藥瓶。「無事，只是連日趕路累著了。」

「舅舅，您又報喜不報憂！我可聽姑姑院裡的丫鬟說了，姑姑是昨晚連夜製的藥，可見診脈的結果肯定不會這麼簡單！」溫子瑞直接拆了舅舅的臺。

蕭筱追問道：「你姑姑還說了什麼？有說你舅舅到底怎麼了嗎？」

溫子瑞看他娘一臉擔憂的樣子，忙安慰道：「娘，您別擔心，姑姑說了，只要舅舅按照她的調養方子養身，藥丸也定時吃，那就沒什麼事。」

蕭筱這才放下心來，忙把桌上的藥和調養方子遞給蕭澤收好。「小澤，你自幼身子就不好，這些年好不容易養好了些，可千萬不能大意了。不行，我回府後還是去問一下阮阮吧！」

「姊，放心吧，我不是小孩子了，有分寸的。」蕭澤有些無奈。「還有，我真的沒事，妳也不要去麻煩師妹了，她……最近應該挺忙的吧？」

「也是，阮阮最近被逼著繡嫁衣——」蕭筱的聲音突然斷了，有些擔心地看向蕭澤。

蕭澤喜歡溫阮的事，蕭筱和溫浩然這些年也多多少少看出了一二，他們師兄妹兩人一起長大，若有朝一日兩人情投意合，在一起也未嘗不可。

其實，蕭筱也曾想過，若是溫阮嫁到她的娘家，在旁人看來是有換親之嫌，京都府的世家貴族一般為了顏面也不會輕易採取這種聯姻的方式，但以蕭筱對溫甯侯府眾人的瞭解，他們不太在意這些世俗，只要溫阮有意，就一切都好說。

但從如今的情況來看，兩人明顯是襄王有情，神女無意，所以，蕭澤注定要黯然神傷了。

蕭澤臉上露出牽強的笑。「師妹她的婚期……定下了嗎？」

滿屋子的人互相看了一眼，都沒有說話。

只有溫子瑞一個人沒有發現蕭澤的異樣，興致勃勃地回道：「當然沒有了！祖父和曾祖父他們說了，我姑姑是我們府裡的寶貝，可不是這麼好娶的，不能輕易便宜了墨叔叔！」

聽到溫子瑞的話，蕭澤的神情明顯一鬆，眼瞼低垂，不知在想些什麼。

溫浩然見狀，眸色微深。「小澤，去你書房吧，我有些事要和你聊聊。」

蕭澤聞言一怔，端著茶盞的手不禁一緊，半晌後，他抬眸看向溫浩然，點了點頭。

溫浩然同蕭澤兩人離開後，蕭母一臉擔憂地看向蕭筱。「筱兒，妳弟弟他不會有事吧？」

兒子喜歡溫阮的事，又怎麼可能逃得過蕭母的眼睛？其實，這些年來，蕭母也算是看著溫阮長大的，再加上蕭澤的腿又是溫阮治好的，所以蕭母很喜歡溫阮，也希望有朝一日，溫阮能成為她的兒媳婦，只是如今事與願違，蕭母也知無法強求。

蕭筱搖了搖頭，說道：「放心吧，娘，浩然他會好好勸小澤的，沒事的。」

安慰完蕭母後，蕭筱又看向溫子瑞。「以後在你舅舅面前，儘量不要提起你姑姑，特別是關於你姑姑的婚事。」

溫子瑞一臉不解。「為什麼呀？我姑姑和舅舅是師兄妹，兩人的關係不是一直很好嗎？這有什麼不能提的啊？」

蕭筱不知要如何解釋。

溫子瑞仍在那兒自言自語道：「你們這樣很奇怪啊，搞得我舅舅好像不希望我姑姑成婚似的，難道他還能心悅我姑姑不成——」空氣一滯，溫子瑞突然扭頭看向他娘，瞠目結舌道：「這……這不會是真的吧？」

「不要出去亂說，特別是在你姑姑面前！」蕭筱沒有否認，而是嚴肅地警告他。

溫阮是什麼心思，蕭筱很清楚，她不希望溫阮為此左右為難。

對蕭筱來說，溫阮不僅是她的小姑子這麼簡單，這麼多年來，她是真的把溫阮當作妹妹看待的，現在溫阮大婚當即，蕭筱只希望溫阮能開開心心地出嫁，不要被其他事擾亂心緒。

書房裡，一室靜默。

蕭澤和溫浩然分別坐在案桌的一邊，低垂著眼眸，不知在想些什麼。

「阮阮和墨世子的婚事，祖父他們雖還沒有鬆口，但私下裡也是認可的了。若無意外，三弟成婚後，阮阮成親的日子就會定下來。」溫浩然率先開了口。

蕭澤轉身看向溫浩然，眼底溢滿了苦澀，似是在乞求他不要再說了。

溫浩然強壓著心底的不忍，繼續說道：「小澤，你應該很清楚，這件事沒有回轉的餘地了。阮阮她喜歡墨世子，所以，你還是趁早放下吧，這樣對你、對阮阮，都好。」

「姊夫，這些道理我都懂，可是，我不甘心……」蕭澤將臉埋在雙手間，聲音裡盡顯這些日子的痛苦和掙扎。「這幾個月我一直在想，當初若是我沒有這麼多顧慮，一早便向師妹表露心意，這一切會不會就不一樣了？」

他守在溫阮身邊七年，七年裡他有無數機會讓她知道自己的心意！他恨自己的猶豫，更恨現在的……無能為力。

「小澤，你應該很清楚，這些年，阮阮拿你當哥哥、當師兄，卻唯獨沒有男女之情。」溫浩然說道。

蕭澤苦笑一聲，是啊，他很清楚，就因為太清楚了，所以才一直在等，等有一天她能不再只把他當師兄。

「當初，阮阮不是也把墨逸辰當哥哥嗎？所以——」

溫浩然直接打斷了蕭澤的話。「可你有沒有想過，七年的時間，你都沒有讓阮阮心儀於你，她去了一趟西北就確定了對墨逸辰的心意，難道這還不夠說明一切嗎？這就是天意。緣分的事，是強求不來的。你們，終歸是有緣無分。」溫浩然不得不殘忍地戳破蕭澤的最後一絲幻想。

「有緣無分……」蕭澤喃喃道，他頭埋在雙膝間，整個人弓成一團，仔細看會發現，雙肩竟有些微微的顫抖。

許久後，蕭澤抬頭看向溫浩然，眼眶有些微紅。「姊夫，你放心，我會試著放下，試著把阮阮只當作……師妹。」

溫浩然輕拍了拍蕭澤的肩膀，心裡默默嘆了口氣。「你也該成家了，多看看別的姑娘吧，也許你會慢慢發現，對阮阮，也沒這麼喜歡了。」

蕭澤一怔，他有些迷茫地看著窗外。是這樣嗎？也許吧……

初夏之際，溫浩傑和永寧郡主終於成親了。

一大早，溫浩傑身穿一身新郎官的喜服，去宮裡迎親，迎親的隊伍浩浩蕩蕩排了好長一條街，看著甚是熱鬧。

從新娘被迎進溫甯侯府、拜堂，再到送入洞房，溫阮便一直在旁邊陪著永寧郡主，直至後來溫浩傑回到新房後，她才離開，把空間留給新婚的小倆口。畢竟春宵一刻值千金啊，這種時候電燈泡可是萬萬不能當的！

府裡已經好久沒辦過喜事，此次溫浩傑成婚，府裡的丫鬟、小廝也都喜氣洋洋的，四處張燈結綵，掛滿了喜字，溫阮走在府裡，看著也覺得心裡歡喜。

真好，她二哥和寧姊姊終於修成正果了！這些年來，陰差陽錯的，兩人互相等了彼此十年有餘，溫阮現在想來，當年兩人情竇初開的模樣，仍覺得就在昨日一般。

夜色已深，府裡忙活了一天，也終於都停歇了下來，溫阮趁著夜色回到了自己的院落，卻在院子裡看到了一抹熟悉的身影。

「這麼晚，你怎麼來了？」溫阮快步走到墨逸辰的身邊，有些驚訝。

當然，她不是驚訝墨逸辰晚上會過來，反正這些日子夜探閨閣的事他也沒少幹。讓溫阮驚訝的是，他竟然敢這麼明目張膽地出現在她院子裡！難道就不怕被她家裡人發現？

墨逸辰順勢牽起溫阮的手，笑著解釋道：「我沒走，直接從前院過來的，他們都忙著招待客人，沒人顧得上我。」

溫阮一聽明白了，他這是趁亂摸過來的啊，怪不得呢！

「你今日陪我二哥去迎親，感覺怎麼樣啊？好不好玩？」墨逸辰今日作為男方的親友，一早便跟在溫浩傑身邊忙，算是從頭跟到了尾。

墨逸辰笑著回道：「沒顧得上想好不好玩，我有其他的事要忙。」

溫阮一愣，頓時有些好奇了，他不就是陪新郎官迎親嗎？還能有什麼事忙啊？

「喔？那你在忙什麼？」溫阮仰著小腦袋，不解地問道。

墨逸辰點了點溫阮的鼻子，慢悠悠地回道：「我在忙著想，等我來娶妳的時候，會是什麼樣子？」

溫阮。「……」所以，整個婚禮他一直在開小差？「我覺得，你今日浪費了一個很好的學習機會。」溫阮一言難盡地說道。

墨逸辰挑了挑眉，靜待下文。

「就比如，女方親友都是怎麼為難新郎官？有什麼規律嗎？又或者新郎官怎麼躲開這些為難？這樣之後咱們成親的時候，你也能少被我哥哥們為難一些不是？」溫阮試著提醒一二。

誰知，墨逸辰卻搖了搖頭，伸手把溫阮攬進懷中，許久，才輕聲說道：「這不重要。只要能娶到妳，妳哥哥們怎麼為難我都行，我心甘情願。」

溫浩傑成親後的兩個月，溫甯侯府又辦了一場熱熱鬧鬧的婚禮，溫浩輝也終於把大理寺卿的女兒張玫兒娶進門，正式成為溫阮的三嫂。

溫阮本來還擔心這個三嫂不好相處來著，可自從張玫兒進府後，她發現她之前的擔憂完全是多餘的。張玫兒可能因為常年做生意的緣故，性子爽朗活絡，同府裡眾人相處得都很好。

但溫阮最近卻有個小小的煩惱，因為張玫兒對溫阮尤為照顧，有什麼好東西三天兩頭總往她院裡送，搞得溫阮非常不好意思。

為此，溫阮私下裡找了溫浩輝好幾次，希望能由三哥出面，勸勸三嫂，不要再送她東西了。她可是很好相處的小姑子，不需要用好東西來籠絡她，太浪費銀子了。

可也不知道三哥是怎麼說的，第二日，張玫兒就來了她的院子，一臉不好意思。

「阮阮，聽浩輝說，我讓妳不自在了，是不是？」

溫阮忙擺擺手，她這三哥有毒吧？感覺他這是存心要破壞她們姑嫂的關係啊！「三嫂，我不是這個意思，我只是覺得妳老送我東西，我不太好意思。」

「這有什麼啊！妳是浩輝的妹妹，也就是我妹妹，我對妳好不是應該的嘛，有什麼不好意思的呀？」張玫兒無辜地眨了眨眼，不以為然地說道。

看著三嫂這一臉單純無害的樣子，溫阮突然有些語塞。不都說她三嫂做生意很精明嗎？怎麼給她一種傻白甜的錯覺啊！

「三嫂，話雖是這樣說，但妳和三哥成親了，有什麼好東西也應該給我未來的姪子姪女留著不是？」溫阮苦口婆心地勸道。

溫甯侯府在管家方面一向開明，各房雖未分家，但除了公中那些固有的收益外，其他的哪房賺的銀子，就進哪房自己的小金庫，各房也都有自己的私產，其實和分家了沒什麼兩樣。

溫阮乍一提起以後孩子的事，張玫兒身為一個新嫁婦還有些不好意思，臉不禁紅了起來。

「這有什麼好留著的啊？我和妳三哥其他的不擅長，賺錢子是沒問題的，所以，妹妹不用替我們倆省銀子！」

溫阮。「……」呃……作為溫甯侯府的兩個錢串子，這話似乎也沒有毛病，她竟無言反駁。

「再說了，我出嫁之前，在家裡最小，我哥哥和姊姊也是這般對我的，所以，阮阮妳不要見外。咱們是一家人，我和妳三哥的東西，給妳是天經地義。」張玫兒非常堅持地說道。

看張玫兒話都說到這個分上了，溫阮也不是不識好歹的人，自然也不再矯情。算了，以後她在其他地方給她三哥跟三嫂補回來吧！

反正在溫阮看來，別人真心對她一分，她自是要加倍還回去才行。他們現在是一家人，以後機會多得是，不必急於一時，否則真像她三嫂說的那樣，見外了。

天氣越來越冷，在京都府飄起第一場雪的時候，溫阮和墨逸辰的婚事也終於定了下來，在來年開春的三月，春暖花開，溫度適宜，適合成親。

不過，那還是來年的事。溫阮本身就畏寒，天一冷她就貓在院子裡，哪兒也不願去了，美其名曰準備嫁妝，其實就是懶得動彈。還好，有她幾個嫂嫂輪番上門陪她解悶，溫阮倒也不覺得無聊。

不知不覺，迎來了京都府最冷的時候，已經連續下了好幾場大雪，院子裡全是厚厚的雪，丫鬟們每日都要清理好幾遍。

這一日，溫阮窩在軟榻上，懷裡抱著熱呼呼的湯婆子，盯著窗外突發奇想，想去京郊的莊子泡溫泉了。

說起來，溫浩輝送她的溫泉莊子她還沒去泡過呢，想想簡直是暴殄天物啊！

溫阮本就是想到就會去做的人，立即麻利地讓丫鬟們收拾了東西，順便還招呼了幾個嫂嫂和美人娘親一聲，看看她們有沒有人想去泡溫泉的。本以為她這事定得比較趕，大伙兒估計忙不開身，誰知除了美人娘親外，三個嫂嫂全被她拐走了。

於是，姑嫂四人好一陣收拾後，便乘著馬車去了郊外的溫泉莊子。

「你們說，這個時辰，我三個哥哥不會正在府裡罵我吧？把他們如花似玉的媳婦給拐走了，害得他們獨守空房。」當溫阮泡在熱騰騰的溫泉裡時，才後知後覺地反應道。

看著溫阮的呆萌樣，蕭筱笑出了聲。「二弟、三弟會不會罵妳，大嫂是不知道，但妳大哥肯定是不會的，他可捨不得！」

「妳二哥也肯定捨不得，平日裡對妳連多說一句重話都不會，罵妳，他找不著詞！」永寧郡主也笑吟吟地說道。

張玫兒看兩個妯娌都替自家夫君說話了，她自然也是不能落下的，於是，也忙著解釋道：「妳三哥也不會，妳是沒看到他整日裡我妹妹長、我妹妹短的，讓他罵妳還不如讓他罵他自己來得快呢！」

張玫兒說完，蕭筱和永寧郡主也一臉贊同地點頭附和。還真別說，這滿京都府打聽打聽，就沒見過比溫家三兄弟更疼妹妹的人了。

一句話，天大地大，妹妹最大；你好我好，還是妹妹最好。

溫阮看著三人一本正經的樣子，不禁一樂，忍不住想逗逗她們。「嘖嘖嘖，我沒看錯的話，嫂嫂們這是吃醋了吧？唉呀，完了，把我三個嫂嫂都給得罪了，以後我還能回侯府嗎？怕是懸了吧……」說完，溫阮還捶胸頓足，一副悔不當初的樣子。

三人自是熟知溫阮這個小姑子的本性，一貫就是喜歡搞怪，有事沒事還喜歡拿她們打趣，因此均是一臉無奈地看著小丫頭。

丫鬟們適時地送來點心和水果，還有溫阮從府裡特意帶來的一些果酒，放在溫泉旁邊的檯子上，在溫泉裡的人只要微微伸手就能搆到。

「還是阮阮運氣好，這樣的溫泉莊子都能被妳尋到，也是難得。」蕭筱舒服地泡在溫泉裡，不禁感慨道。

永寧郡主也附和道：「對啊，這個溫泉莊子可比我那個莊子大多了！」

聽到兩人的話，溫阮一時來了興致，饒有興味地看向張玫兒，八卦兮兮地說道：「說起我這個莊子，那可真是不得了啊！」

溫阮的故弄玄虛成功引起了蕭筱和永寧郡主的好奇心，而張玫兒從溫阮的眼神裡便看出她要講什麼，臉頰不禁染上緋紅。

「妳們可別小看了這個莊子喔，可是它給我三哥和三嫂牽的姻緣線呢！」溫阮眨了眨眼，一臉曖昧地說道。

張玫兒有些惱羞成怒了，忙抬手想要捂住溫阮的嘴，卻被她躲了過去，只能急哄哄地說道：「阮阮，別亂說！」

果然，八卦就是女人的天性，就見蕭筱和永寧郡主一聽溫阮的話，眸光熠熠生輝，戲謔地看了張玫兒一眼，然後眼巴巴地看向溫阮，擺出一副靜待下文的模樣。

於是，溫阮不顧張玫兒的阻攔，把溫浩輝買莊子的事聲情並茂地說了一遍。當然了，重點還是放在三哥怎麼糾纏人家姑娘，以及兩人也算不打不相識的經歷上。

很快地，溫泉池裡便傳來了姑嫂四人的嬉笑聲，幾人泡著溫泉、喝著果酒、聊著天，哪裡有世家大族姑嫂間的拘謹？根本宛如閨房密友一般。

一場溫泉之旅，完美地拉近了溫甯侯府姑嫂、妯娌間的感情，以至於當她們從溫泉池回來後，仍賴在溫阮的房內不願走。還好這床榻夠大，姑嫂四人又躺在床上開啟了夜聊模式，甚至連什麼時候睡著的都不知道。

莊子上的生活太過舒適悠閒，什麼都不用管，聊聊天、泡泡溫泉，還能在附近看看難得一見的雪景，而且，溫阮之前還在這個莊子上搭建了些大棚，冬季種上一些蔬菜瓜果，還有花花草草，這個季節也是難得。

所以，這可方便了她們姑嫂四人，不僅有得吃，還有得玩，白日裡無事時，幾人都要進大棚裡逛上一圈，有閒情雅致的，還能跟著花農打理打理這些花花草草。

不被瑣事困擾，身邊還有人相伴，這樣無拘無束、悠然自得的日子，讓四人頗有些流連忘返，所以，這一住竟住上了小半個月，而且看幾人的架勢，似乎還有再住下去的意思。

無奈，溫家三兄弟終於按捺不住，只能趁著衙門休沐，集體來莊子上逮人了。

溫阮看著一大早便匆匆趕來的三位哥哥，笑得腰都直不起來，邊笑邊不忘衝著三位嫂嫂擠眉弄眼。「我就說吧，他們肯定堅持不了多久，妳們還不信……」昨日，溫阮便同她們三人打賭，說她們怕是在這莊子裡住不久，沒想到今日一早溫家三兄弟便來了，她還真是金口玉言。隨後，溫阮還不忘戲謔地看向三位哥哥。「哥哥們，你們是不是想媳婦了啊？這一大早就過來了，昨夜不會都沒睡好吧？嘖嘖嘖，也是，沒有媳婦在身旁，這麼冷的天誰受得了啊！我理解、我理解……」

被自家妹妹這麼直白的打趣，溫家三兄弟就算臉皮再厚，這會兒也有點扛不住了，還好溫阮也知道適可而止，暫時放過了他們。

休沐時間為兩日，溫家三兄弟既然追到了這莊子上，便也趁此機會在莊子上放鬆放鬆，所幸這莊子上有好幾個小溫泉池，可以夫妻單獨泡，也算頗有一番情趣了。

說來也巧了，剛到莊子時，溫阮覺得穿著褻衣泡溫泉太過累贅，體驗感極差，於是便畫了泳衣的圖樣，送到她名下的成衣鋪子，按照她三個嫂嫂和她的尺寸讓人趕製了四套出來，正好昨日送了過來。

溫阮原來還想著，今日定要磨著她三位嫂嫂穿上，沒想到這會兒倒還派上了其他的用場。當然，她是沒這個眼福了，倒是便宜了她三個哥哥啊！

於是，在幾人要趕去泡溫泉之前，溫阮偷偷摸摸地把她三位嫂嫂喊到了她房裡，一副神秘兮兮的樣子，搞得三人一頭霧水。

終於，溫阮也不再賣關子了，當著三人的面把泳衣拿了出來。「嫂嫂們，這是妹妹為妳們準備的一點小心意，千萬別客氣，快都收下吧！」

蕭筱接過她手中的幾塊布料，攤開來看了看，不解地問道：「這是什麼？」

永寧郡主和張玫兒亦是一臉的疑惑，盯著手裡的布料看了許久，仍未看出個所以然來。

溫阮衝著她們眨了眨眼，色迷迷地說道：「衣服啊！這可是泡溫泉時穿的衣服。嫂嫂們，待會兒妳們和我哥哥們泡溫泉時，就可以穿上呢！」

然後，隨便拿過一件泳衣，溫阮比劃著，興致勃勃地給三人示範了一下穿法。

三人聞言，臉「唰」地就紅了，手指著溫阮，一臉不可思議的樣子。

「不行，穿這種衣服，和不穿有什麼差別啊？」永寧郡主臉頰緋紅，紅暈直接蔓延到耳後根。

「非也非也！這有時候啊，穿這麼一點可比什麼都不穿厲害多了！這叫夫妻情趣，懂不懂？」溫阮挑了挑眉，意味深長地說道。「親情提示一下，小溫泉間隔很遠，隔音效果也不錯，你們要是想在溫泉裡做點什麼，也不是不可以喔！」溫阮說完，還不忘衝著三人做出一個「妳們懂得」的表情。

不過，三人明顯還是一副很抗拒的樣子，甚至直接把手中的衣服扔到桌子上，似是以此表明自己絕不會穿的決心。

溫阮恨鐵不成鋼地看著三人。「嫂嫂們，不要這麼保守好不好啊？前幾日妳們不都還說了嘛，夫妻間最重要的是情趣！怎麼這會兒就忘了啊？要是實在放不開的話，妳們這麼想吧，我哥哥們是誰？是妳們的夫君！又不是旁人，怕什麼呀？大家都是成年人了，這有什麼嘛？相信妹妹我準沒有錯的喔！」

溫阮步步引誘，顯然讓三人略有鬆懈，於是，她靈機一動，以退為進道：「算了算了，妳們不願意要就拉倒，就是苦了我幾個哥哥啊，這種福分都享受不到，嘖嘖嘖，真是可憐呀……」

只見她話音未落，蕭筱三人就轉身離開了屋子，動作之俐落，溫阮一時都沒反應過來，不過，看到空落落的桌子時，她不禁感嘆一聲：呵，女人啊，果然都愛口是心非！

明明剛剛還一副極不情願的樣子，最後不還是在走的時候紅著臉把衣服順走了嗎？這她可真沒逼她們啊！

溫阮頗為感慨了一番後，也拿上新做的泳衣去了溫泉池那邊，不過，她來的還是這些日子她們一直泡的那個大溫泉池。算起來，這些日子以來，溫阮還是第一次一個人霸占這麼大的溫泉池，頗有些獨守空房的寂寞感啊！

倚靠在溫泉池邊，溫阮忍不住好奇她哥哥們看到嫂嫂們穿上泳衣後的反應，不過，聽哥哥跟嫂嫂的牆腳這種事她還真是幹不出來，所以，再好奇也只能憋著了。

溫阮一人泡溫泉著實有些無聊，不知不覺就多喝了些果酒，很快的酒勁略有些上頭，暈暈乎乎的，竟在溫泉池裡打了個盹。

可就在她半夢半醒間，突然聽到屋裡有動靜，一個激靈便醒了過來。溫阮迷迷瞪瞪地往屋裡看了看，什麼也沒看到，便以為是丫鬟們過來添炭火了，也就沒太在意。

不過，這會兒她酒勁還是有些上頭，想了想，這種狀態還是不太適合一個人泡溫泉，所以便起身，從池子裡走了出來。

只是，不知是運氣不好，還是酒氣上頭，溫阮剛走出溫泉池，腳下便一滑，整個人直直地朝池子的方向倒去，然後，「撲通」一聲的落水聲響起。

「阮阮！妳怎麼了？」一道黑色的身影「嗖」的一下，從屋裡衝了出來，直接跳進溫泉池裡。

乍一掉進水裡，溫阮正慌亂地撲騰了幾下，還沒來得及喚人呢，便被人直接從池子裡提了起來，天旋地轉間，來人已把溫阮抱了起來。

「阮阮，妳沒事吧？有沒有哪裡不舒服？」墨逸辰一臉慌張地看著懷裡的溫阮。

溫阮吐了兩口溫泉水，待看清眼前的人時，怔了怔神，問道：「逸辰哥哥，你怎麼在這兒？」

聽到溫阮說話，確定她確實無礙後，墨逸辰這才大大地鬆了口氣。剛剛丫鬟把他帶到這裡，他本意是想在屋子裡等溫阮出來的，誰知道他還沒來得及同她打聲招呼，便聽到外面撲通一聲，嚇得他三魂七魄都快散了。

唉，這小丫頭也太不讓人省心了，好好的泡個溫泉都能出事，這讓他日後如何放心她一個人出去？

不過，當墨逸辰回過神來，終於發現了端倪。紅撲撲的小臉，還有她說話間縈繞在他鼻尖的酒氣，他臉色驀地一黑，語氣有些嚴厲。「妳喝酒了？」

溫阮這會兒早酒醒了，下意識縮了縮脖子。「就喝了一點點，真的就一點點呢！」

看著小丫頭閃躲的眼神，她那副心虛的樣子實在太明顯了，墨逸辰瞥了眼溫泉池邊散落的空酒瓶，冷笑了一聲。

溫阮順著墨逸辰的視線看了過去，頓時就說不出話了。

「來之前妳怎麼答應我的？重複一遍，嗯？」

墨逸辰的臉上看不出任何表情，但溫阮卻能清楚感覺到他不高興了，也不敢再造次。

「不能喝酒，尤其不能在一個人泡溫泉時喝酒。」溫阮心虛地說道。

墨逸辰「呵呵」地冷笑了兩聲。「那妳做到了嗎？」

其實，這也不怪墨逸辰生氣，前一陣子，有一位世家公子就是在泡溫泉時喝了酒，結果一不小心溺死在溫泉池裡了，待小廝發現時，人都漂在水上早沒氣了。

所以，墨逸辰在得知溫阮來溫泉莊子後，便讓人送了封信過來，千叮嚀、萬囑咐，不讓她泡溫泉時喝酒。這丫頭倒好，當時答應得好好的，背後卻玩起了陽奉陰違這一套，真真是欠教訓了！

「那個，我是沒做到，可歸根究柢還不是怪你嘛！」溫阮心裡飛速地打著小算盤，終於找到了為自己開脫的理由。

墨逸辰瞥了她一眼。「喔，還怪上我了？」

溫阮猛點頭，一臉「我是無辜的」的樣子。「當然了！你看今日我三個哥哥衙門一休沐就趕著過來看我三位嫂嫂了，心情之急迫，可見這些日子有多思念啊！反觀你呢，一直都沒過來，可見心裡並沒有多在意我啊！你想想，我能不傷心嗎？再加上我這半個月每時每刻都在想你，傷心再加上過度思念，我一時沒控制住自己，這才借酒澆愁的嘛！」

這番求生慾爆滿，但更是把倒打一耙的本事發揮到了極致的話，卻也是一般人想不到的了。

聽到小丫頭說想他，墨逸辰雖然知道這只是她的小伎倆，卻也是開心的，但他面上還是一貫的面無表情，讓溫阮看著忍不住心裡打鼓。

不過，幾日不見，她冤枉人的本事是日漸上漲啊！

「想我想得每日都在莊子上玩得樂不思蜀，就連晚上也和妳嫂嫂們同睡一床，秉燭夜聊？」墨逸辰似笑非笑地道。

真當他這些日子一次都沒來過啊？早在她來莊子的第二日晚上他便趕了過來，誰知這丫頭倒好，和她三位嫂嫂整日裡孟不離焦的，連晚上睡覺都不分開，無奈，他只能無功而返。

之後，他又趁著夜色趕過來幾次，可每次她房裡都有其他人，根本就沒有機會讓他接近，他只能次次失望而歸。

正好今日他聽說溫浩然三兄弟一早便過來了，便想著今晚她幾個嫂嫂應該顧不上她了吧？這才趁著夜色趕了過來。

進了莊子後，他還特意避開府裡溫家三兄弟的暗衛，悄悄潛入了這裡，誰知一進來就讓他遇到這麼驚心動魄的一幕，險些沒把他嚇死。

「咦？逸辰哥哥，你怎麼知道這些？難道你偷偷來找過我？」溫阮故作誇張地說道，不過，心裡卻萬分慶幸躲過了一劫，墨逸辰似乎沒有再抓住她喝酒的事了。「哇，原來你也這麼想我啊，我太開心了！」說罷，溫阮還縱身向前，在墨逸辰的臉上親了一口，以行動證明自己所言非虛。

墨逸辰怎麼會不知道她的小心思？略帶懲戒地敲了她的腦門，說道：「行了，我抱妳上去吧，別著涼——」墨逸辰的話戛然而止，剛剛太情急了，他一直沒注意溫阮穿的是什麼，這會兒才注意到她身上那險險遮住重點部位的泳衣，臉噌地一下爆紅，直接蔓延到了脖子。

他忙移開視線，眼睛絲毫不敢亂看，可儘管這樣，隔著濕濡的衣服，他仍能清晰地感受到溫阮身上的熱度，以及……手下的觸感。

墨逸辰不敢再耽擱，抱著溫阮便向屋內走去，進了屋子後順手從衣架子上拿過一條毯子，給溫阮裹住後，這才把人放在休息用的軟榻上。

溫阮本來覺得沒什麼，畢竟她這身泳衣可比她三位嫂嫂的保守多了，但看到墨逸辰這種反應，她突然也不好意思了，遂結結巴巴地解釋了起來。

「泡溫泉穿太多衣服不舒服，所以我……那個，我嫂嫂她們也穿了，其實沒什麼的。」不過，溫阮越說越覺得彆扭，她嫂嫂們穿是為了什麼，沒人比她更清楚！還好墨逸辰不知道，否則顯得她多居心不良似的。「還有，明明吃虧的人是我，怎麼感覺我在欺凌良家男兒似的？你一個大男人，行不行啊——」溫阮的話還未落，便被墨逸辰傾身壓倒在床榻上。

墨逸辰的眼神有些危險。「我這就告訴妳，我行不行！」

聞言，溫阮一怔，突然反應了過來，呃……她真沒有質疑的意思，這不就是話趕話，趕上了嘛！

只是，墨逸辰卻沒給她解釋的機會，直接俯身向下，堵住了她的雙唇。

一吻綿延，氣息紊亂，兩人緊緊相擁在一起，剛剛披在溫阮身上的毯子，不知何時早已散落在地上，溫阮不禁有些懊惱，這身衣服可真是方便了某人。

她推了推身上的人。「快起來，你太重了。」

說罷，溫阮便掙扎著想要起身，卻一把被墨逸辰壓住了，聲音明顯有著動情後的嘶啞。「別動，讓我先緩緩。」

溫阮一怔，緩緩？緩什麼？她又不是什麼純情少女，自然是清楚的。不過也難怪，剛剛那樣折騰，他要是絲毫都沒有反應，那才不正常吧？

許久，墨逸辰起身出去了一趟。剛剛太著急了，他整個人直接跳進溫泉池內，這會兒全身上下都濕透了，所以，他要讓玄武回去拿套衣衫。

至於為什麼不把玄武喚進屋內？就溫阮現在這副模樣，要是被旁人看到了，那個人怕是離瞎不遠了，他會親手挖出那人的雙眼！

墨逸辰出去後，溫阮也忙去屏風後面換上衣衫，所以，等墨逸辰再回到屋子時，溫阮除了披散著的頭髮，其他都已整裝完畢。

「玄武大概多久能回來？」溫阮看著墨逸辰渾身濕透的衣衫，這寒冬臘月天的，有多冷啊！

剛剛兩人胡鬧時並不覺得，這會兒即便屋子裡點著銀炭，可溫度仍然還是有些低。溫阮又看了眼濕漉漉的墨逸辰一眼，這樣可不行，得想個法子！於是，她扭頭看到軟榻上的羊絨毯子，計上心頭。

「逸辰哥哥，你把衣服全脫了，先用那條毯子裹著吧。」溫阮把墨逸辰推了過去，又把毯子遞到他手裡，然後自己轉身朝屏風後面走去。「放心吧，我不會偷看的，你就脫吧！對了，要全脫喔，不然穿著濕衣服容易得風寒。」

墨逸辰愣愣地看著手裡的毯子，猶豫不決，張了張嘴剛想說什麼時，屏風後面又傳來了溫阮的催促聲。

「你脫了嗎？怎麼一點動靜都沒有？逸辰哥哥，你快點啊，不然我要生氣了！」

聞言，墨逸辰嘆了口氣。算了，還是不要惹小ㄚ頭不高興了。於是，他開始動手脫衣服。

半晌後，墨逸辰衝著屏風的方向喊了一聲。「好了，阮阮，妳出來吧。」

溫阮晃晃悠悠地從屏風後走了出來，看到墨逸辰裹成一團坐在榻上的樣子，頓時笑得前俯後仰。

「逸辰哥哥，你這樣子太好笑了吧！」溫阮捂著肚子嘲笑道。

墨逸辰有些無奈，還不都是她要求的，這會兒竟還敢笑話他？真是小沒良心的！

當然，溫阮的良知也很快上線了，努力忍住了笑意，輕咳了兩聲後，一本正經地說道：「不過沒關係，還是身子最重要，其他都是浮雲。」

正在這時，玄武的聲音從屋外傳來。「主子，您的衣服屬下拿來了！」

「這麼快？是回鎮國公府拿的嗎？」溫阮有些意外。

玄武似是猶豫了一下，聲音才再次傳了過來。「不是，是去主子名下一個莊子裡拿的，離這裡不遠。」

何止不遠，簡直極近好不好？就在這莊子的隔壁！至於為什麼那裡有墨逸辰的換洗衣衫，還不是因為這半個月來，墨逸辰只要有時間，就會來隔壁莊子裡住。

溫阮倒沒懷疑，直接說道：「喔，那你送進來吧！」

玄武回了聲「是」，便低頭走了進去，只是當他看到墨逸辰的打扮時，先是一愣，然後才硬憋著笑把衣服放在一旁，匆匆退了出去。

玄武的笑實在太明顯，溫阮自然也看到了，不過，當她注意到墨逸辰的臉色後，果斷又退回到屏風後面，把空間讓給墨逸辰換衣服。這種時候，她還是不要再火上澆油了，免得誤傷到自己。

墨逸辰很快換好了衣衫，然後兩人又在炭爐子旁把頭髮都烘乾了，這才起身離開這裡。

不知什麼時候又下起了雪，飄飄揚揚的雪花，不是很大，兩人便沒有撐傘，但墨逸辰仍堅持讓溫阮把披風的帽子戴上，披風更是圍得密不透風。

只是，在下臺階時，酒有些後勁上頭，溫阮一個踉蹌，險些跌倒，幸虧墨逸辰眼疾手快，扶住了她。

「多大了，走路怎麼還這麼不小心？」墨逸辰無奈地說道。

喝酒這事好不容易才蒙混過關，溫阮自是不會傻到承認酒勁上頭的事。「今天陪大哥他們逛太久了，累得腿軟。」

墨逸辰聞言，直接蹲在溫阮身前。「上來吧，我揹妳回去。」

這麼好的事溫阮當然不會拒絕，於是樂呵呵地趴在墨逸辰的背上，雙手環著他的脖子，還不忘嘴甜道：「有逸辰哥哥真好！」

墨逸辰沒說話，但嘴角的笑意出賣了他此刻的心情。

從溫泉池到溫阮住的院子不是很遠，平時走上一刻鐘就能回去，但墨逸辰揹著溫阮，兩人愣是慢悠悠地走上小半個時辰才回到院子。

溫阮回來後，直接爬上床榻，拉過被子蓋在身上。「我太睏了，先讓我睡會兒。逸辰哥哥，你隨意。」

墨逸辰輕「嗯」了一聲，直接躺在溫阮身邊，輕聲說道：「阮阮，時辰不早了，我也不來回折騰，今晚妳的床分我一半，好不好？」

溫阮倒是無所謂，以她對墨逸辰的瞭解，成親前他定是不會動她的，所以共處一室也沒什麼，況且之前又不是沒睡過，也沒什麼好矯情的。

「我沒問題啊，就怕最後受罪的人是你呢！」溫阮歪過頭，頗有些幸災樂禍地看了墨逸辰一眼。

墨逸辰一臉無奈，咬了咬牙道：「只要妳老老實實的，我自然不會受罪。」

溫阮聳了聳肩，不可置否。「那沒辦法，我睡覺不老實也不是一日兩日的事，改不了嘍，所以你就委屈一下吧！」

墨逸辰也不再同她廢話，把人直接拉進懷裡。「睡覺。」

溫阮乖乖「喔」了一聲，也沒再鬧。晚上泡了這麼長時間的溫泉，又喝了不少酒，這會兒睏意一上來，上下眼皮直打架。

不過，在臨睡過去之前，她還是不忘交代道：「明日你早些離開，不然要和我哥哥們碰上了……」

第三十章

清晨微光乍現，墨逸辰幽幽睜開雙眼，低頭看著窩在懷裡的人兒，嘴角不自覺地揚了揚。他想，終其一生所追求的也莫過於此了吧？

以前墨逸辰從未想過，自己有一日也會對床榻如此依戀，不過他再捨不得也要起身了，免得待會兒真被溫家兄弟碰個正著，那可就真的糟了。

墨逸辰輕手輕腳地起身，穿上衣衫後，便離開了屋子。

從溫阮的院子出去後，墨逸辰直接施展輕功，想先去隔壁莊子避一避。昨日小丫頭說，她今日不跟著她哥哥、嫂嫂們回去，還要在莊子上再住些日子。這樣等他們離開後，他再光明正大地回來。

可想法是美好的，現實卻很殘酷。這莊子墨逸辰也來過幾次了，他本來打算從一條隱蔽的小路離開，誰知，在半道上卻被不知從哪裡殺出來的溫浩傑攔住了去路。

「墨逸辰？怎麼是你？」溫浩傑一臉震驚。

溫浩傑有早起練武的習慣，他剛從院子裡出來，便看見一道身影飛過，他當時心裡一驚，以為是莊子裡入侵什麼宵小之輩，忙追上前查看，誰知竟是墨逸辰！

墨逸辰猶豫了片刻，仍不知如何回答，只能選擇沈默。

溫浩傑看了眼墨逸辰過來的方向，面露狐疑。「你昨晚去了我妹妹的屋子，而且還住了一宿？」

「隔壁莊子是我的，我早上起來練武，想順便看看溫阮是否起身了。」墨逸辰一口否認。這種事情若是他承認了，怕是在成婚之前，他都很難見到小丫頭了。

溫浩傑盯著墨逸辰，目光犀利，似是想從他臉上看出一點蛛絲馬跡，但奈何墨逸辰神色如常，看不出絲毫異樣。

不過，在溫阮的事上，溫浩傑一貫是謹慎的，又豈是墨逸辰三言兩語就能蒙混過關的？所以，他直接把人攔了下來，然後叫來了溫浩然和溫浩輝兩兄弟，準備來個三堂會審。

奈何墨逸辰自幼從軍，防範心和意志力皆非常人所及，可以這麼說吧，即便有一日他被敵軍所擒，只要他不願說，不論是嚴刑逼供，還是心理戰術，對他皆是無用的。

由此可見，溫家三兄弟在他這裡是問不出什麼的，頂多就是把人給扣下來。不過，憑他的耐心，扣再久彷彿都是無用的。

「大哥，怎麼辦？他不承認。」溫浩傑有些沮喪，剛剛他和大哥、三弟合計過了，他之前的推測十有八九是真的，可墨逸辰這傢伙油鹽不進，什麼都問不出來，搞得他現在一肚子邪火沒地撒。

「無事，再等一會兒，應該很快就有消息了。」溫浩然說完，輕飄飄地瞥了墨逸辰一眼，冷笑道：「墨世子，你不會真以為我拿你沒辦法吧？」

溫浩然這一眼不由得令墨逸辰心裡一緊，現在朝堂之上誰人不知，溫浩然表面看著溫文爾雅，實則生了顆七竅玲瓏心，很少有人能在他那裡占得了半分便宜，大家私下裡都稱呼他是「笑面虎」。

所以，墨逸辰敢斷定，這件事溫浩然還有後招！

不知想到什麼，墨逸辰眸色一深。糟了，他要去詐小丫頭！他們兩人沒有串供的機會，溫浩然怕是要從溫阮那裡入手了。

以墨逸辰對溫阮的瞭解，小丫頭雖平日裡還算機靈，但有一點，她對溫甯侯府的人從不設防，那麼，十有八九會中計！

果然，這時門口傳來一陣急促的腳步聲，隨後一抹俏麗的身影出現在屋子裡。

「大哥、二哥、三哥！不是你們想的那樣，我們只是睡在一張床上，什麼都沒發生！」溫阮一路從院子跑過來，氣喘吁吁。

墨逸辰。「……」早知道她會不打自招，他剛剛又何必硬撐著呢？

「你們看吧，我就說我沒看錯！墨逸辰你不是死鴨子嘴硬，死活不承認嗎？還說什麼是早上練武恰好路過，我看你還有什麼話說！」溫浩傑氣得跳腳，指著墨逸辰，絲毫不客氣地罵道。

溫阮一愣，不禁看向墨逸辰。什麼意思？他沒認啊？那她剛剛豈不是不打自招了？

墨逸辰無奈地看著溫阮，似是在說：小丫頭，妳被妳哥給騙了！

溫阮。「……」

想她一世英名，竟在今朝毀於一旦！這一貫都是她去騙別人，現在風水輪流轉了，沒想到她也有被人騙得團團轉的一天！

想到剛剛她還在床上約見周公時，彩霞匆匆進來，說是她大哥讓她過去一趟，然後，經過小廝的一番講述，她大概總結了一下，就是墨逸辰被一早過來找她的溫家三兄弟直接堵在了她屋門口，簡而言之，就是墨逸辰被「捉姦在床」了！

溫阮這一聽，哪還坐得住？怕墨逸辰真被她三個哥哥給打死，於是就一路小跑過來營救戰友了，誰知最後她竟是來送人頭的！

「大哥，你詐我！你竟然詐我，我還是不是你最愛的妹妹了？沒想到你竟然把官場上的計謀都用在你親愛的妹妹身上，這麼多年的真心，我終究是錯付了啊！不行，我要回府去告狀！哼，沒想到我的哥哥們竟然會這樣對我！」溫阮說完，還不忘瞪了溫家三兄弟幾眼，儼然一副受害者的姿態。根據以往的經驗，這種時候她絕對要先倒打一耙，先把對方說心虛了，自己才好脫身。

溫浩然似笑非笑地盯著溫阮看，看得她頗為心虛，不過，還好她臉皮厚，硬是撐住了，氣勢沒有散。

許久，溫浩然嗤笑一聲後，幽幽地道：「喔？那我最愛的妹妹，妳確定這事說出來，祖父他們會向著妳？不會打斷妳的腿？」

溫阮。「……」呃……這她還真不能確定！大哥真是太討厭了，一點都不好糊弄，而且還這麼暴力，打斷腿這麼凶殘的話，是他一個柔弱書生該說的嗎？

就在溫阮無計可施時，蕭筱三妯娌也趕了過來，溫阮一看靠山來了，頓時換上委屈巴巴、將哭未哭的表情。「嫂嫂們，救我！」但願這段日子同床共枕、同泡溫泉的情分能發揮點作用，嫂嫂們，麻煩吹點枕頭風啊！「大嫂，妳快管管大哥吧，他都要上天了，竟然對自家人耍心眼！妳說說，就他那比篩子都密的心眼，誰能扛得住啊？我真是太難了。」

溫阮直接撲到了蕭筱的懷裡，先聲奪人，再加上那可憐巴巴的樣子，不知道的還以為她受了多大委屈似的。

蕭筱看到溫阮這副樣子，立即心疼得不行，於是不管青紅皂白地瞪了溫浩然一眼。

溫浩然一怔，有些無奈。「阮阮，妳先別急著告狀，還是先把事情的前因後果說上一說吧！」

溫阮聞言，默默地閉上了嘴，擺明了不打算配合。

溫浩然也不惱，轉身看了溫浩傑一眼。

溫浩傑點點頭，開始把溫阮和墨逸辰兩人做的好事全都抖了出來，聽得蕭筱三妯娌目瞪口呆。

她們一直都知道溫阮這個小姑子很大膽，但沒想到她會大膽到這個地步！私留男子在閨房過夜，這傳出去名聲還要不要了啊？

在眾人略帶譴責的目光下，溫阮訕訕地笑了笑，討好意味十足。

溫家眾人看到溫阮的樣子，也不捨得同她計較，只能把炮火對準墨逸辰。

「墨世子，阮阮年紀小，沒有分寸，您難道不知道若是傳出去，這些流言蜚語對女子閨譽會有多大的損害嗎？」蕭筱身為長嫂，這種時候定是有立場發難一二的。

墨逸辰雙手抱拳，微微頷首，慎重地說道：「逸辰自知此事有錯，任憑處罰。不過，也請諸位放心，此事絕無外人知曉，定不會傳出半分的。」

看到墨逸辰此般態度，蕭筱倒是不好再發難了，只能望向溫浩然，看他要如何定奪。

只是，溫浩然還並未說什麼呢，溫阮便急急地辯解道：「就是就是，哪有這麼嚴重！我和逸辰哥哥都是守禮之人，自是不會做什麼出格之事，清者自清嘛！」

他們是守禮之人？溫浩然簡直要氣笑了！這話也虧溫阮說得出口，都不怕閃了自己的舌頭！

想了想，溫阮又補充道：「再說了，之前在西北的時候，我和逸辰哥哥也同住過一個營帳，二哥也知道啊……」

「我不知道！」溫浩傑急急否認道，他怕晚半分就會小命不保啊！「妹妹，妳這話可要說清楚，我什麼時候知道了？妳這是要害死妳二哥啊！」

溫浩傑怕眾人不信，又拚命地解釋，關於沒看住妹妹，讓妹妹被狼給叼走的這件事，反正他是真的怕了。

看著溫浩傑著急解釋的樣子，溫阮心裡有點小得意。哼，她就是故意的！她這會兒算是明白了，原來這事都怪她二哥，沒事起這麼早幹什麼？還練武，真不知道哪裡來的這麼大精力！

唉，不對啊，按理說昨日那個場景，小別勝新婚，再加上泳衣的誘惑，她的哥哥跟嫂嫂們不應是晝夜不捨嗎？這一大早就起來練武，感覺上有點怪怪的吧！

想到這兒，溫阮也顧不上聽溫浩傑在那兒解釋了，悄悄地往永寧郡主身邊靠了靠，低聲詢問道：「寧姊姊，我二哥不會那個了吧？」

溫阮尋思著病不忌醫，這事還是問清楚的好，雖然溫浩傑看著一副甚是強健的樣子，萬一是外強中乾呢？不過就算如此也不礙事，問題不大，她這兒正好有好幾個祖傳的藥方子，專治男子這方面的，效果十分顯著。

「哪個？」永寧郡主不解地問道。

眾人也聞聲看向她們兩人，不過溫阮這時沈浸在自己的思緒中，沒注意周圍的情況。「還能是哪個啊？就是我二哥是不是外強中乾，你們夫妻在床事上是不是不和諧啊？」

永寧郡主的臉色瞬間爆紅。「阮阮，妳別胡說！」

溫阮以為永寧郡主不好意思承認，忙開口安慰道：「放心，這不是什麼大事，我能治，你們千萬別不好意思就行。」

「溫阮，妳是不是欠收拾了！」溫浩傑真的是吼出來的。

溫阮一激靈，驀地抬頭看向眾人，這才發現大家不知何時都在看她們這邊，那豈不是意味著，她剛剛那番話都被他們給聽到了？

完了，看二哥那副要吃人的模樣，還有大哥那張黑得能滴出墨的臉，溫阮突然覺得小命堪憂！

「那個……大家起這麼早都還沒吃早膳吧？相聚就是緣分，要不，咱們一起吃點？」溫阮訕訕地問道。

眾人。「……」這企圖蒙混過關的手段是不是太拙劣了？簡直沒眼看！

幾人的溫泉莊子之旅就這樣不歡而散了，當然，在溫家三兄弟的怒火下，溫阮想要繼續在莊子上再待些日子的幻想破滅了，當日，她連人帶行李直接被打包回了侯府。

而且，為了不給墨逸辰任何夜探閨閣的可乘之機，溫阮的院子外，直接增加了六名頂尖暗衛，每日輪番守夜，防狼！

在溫家三兄弟的嚴防死守下，直到過年前，溫阮別說想去莊子了，連出個門都要提前報備。沒辦法，她黑歷史太多，信用嚴重下滑，怪不得旁人。

而事後，永寧郡主也特地過來，在妯娌和小姑子的面前，磕磕巴巴地為溫浩傑力證了清白。原來那日永寧郡主在泡溫泉的半途中，發現自己月事來了，所以，才有了溫浩傑一早起來練武之事。

知道事情的前因後果後，溫阮也知自己鬧了個大烏龍，只能道一句：原來如此！

回到京都府後，溫阮的日子過得依舊如常，除了墨逸辰不能時不時地再夜探她的閨房了之外，其他的都沒什麼變化。不過，這也沒什麼，索性兩人年後就能成親，屆時也就沒什麼困擾了。

日子不緊不慢地過著，很快就到了年底，臨近除夕那幾日，衙門和書院也放了假，大家都紛紛留在府裡為過年做準備。

今年這個年，對溫甯侯府來說是非常重要的，這一年溫浩傑和溫浩輝都新娶了媳婦，也是這些年府裡眾人第一次齊聚過年，所以過年這幾日，溫甯侯府不論是主子還是下人，臉上都一直掛著笑意。

而且這一年，也將是溫阮在溫甯侯府過的最後一個年，明年她就要出嫁了，按照夏祁國的風俗，屆時過年也定是要在婆家過的。

雖然溫阮自己沒覺得有什麼，即便是成親了，她也還是爹娘的女兒，還是府裡的小姐呀！再說了，溫甯侯府和鎮國公府離得這麼近，想回來還不是一句話的事？

但奈何家裡人不是這麼想的，沒辦法，她只能顧全大家的情緒，所以，溫阮過年這段時日，也沒再四處亂跑，整日待在府裡陪伴家人，也算是盡盡孝了。

新年過後，一切恢復如舊，該去衙門的去衙門，該去書院的還是要回書院，而溫阮作為一個待嫁的閨中女子，每日仍被美人娘親和嫂嫂們帶著準備她出嫁事宜。

京都府自年前就很平靜，沒什麼大事發生，大家也都樂得自在，只是茶餘飯後倒是少了不少話題。

本以為這無波無瀾的生活會繼續下去，可就在兩人成親前半個月，突然發生了一件讓溫阮猝不及防的事，蕭澤竟然辭官了！

「阮阮，妳去勸勸小澤吧！他一聲不吭地遞了辭官的奏摺，現在更說要離開京都府去遊歷，誰勸都不聽，我娘現在急得在家裡都上火了！」蕭筱一臉焦急道。

溫阮很詫異。「遊歷？師兄怎麼突然要去遊歷了？過年的時候，不是聽說他在忙著相看親事嗎？怎麼師兄不成親了嗎？」

前段時間，聽說蕭澤一直在忙著相看親事，溫阮便沒去打擾他，只是去給他診了幾次脈，看著都挺好的，更沒聽說他打算要辭官，怎麼這一下子又是辭官、又是遊歷的？根本毫無徵兆啊！

蕭筱也很是不解。「是啊，我娘忙著給他相看了好幾家，可小澤好像沒有看上的姑娘。妳說，是不是我們把他逼得太緊了，他不願成親才這樣的？」

「大嫂，妳別急，師兄可能有其他的苦衷，我先去探探什麼情況。」溫阮安撫了蕭筱幾句，便離開去找蕭澤了。

蕭筱看著溫阮離開的身影，嘆了口氣。她隱約能猜到蕭澤為什麼會這麼做，解鈴還須繫鈴人，但願溫阮勸得住他吧。

溫阮直接去了蕭府，只是守門的小廝告訴她，蕭澤一早去了梓鹿書院，於是，溫阮又匆匆趕去書院，最終在學淵閣找到了他。

她來到學淵閣時，蕭澤正在書架前翻著書，看到這一幕，溫阮不禁一愣，時光似乎回到了多年前，她初見蕭澤時，他也這般在書架前背對著她，在同樣的位置，仍是身著一襲白衣。

一晃多年過去了，一切似乎都沒有變，但似乎又變了很多。

蕭澤似是聽到門口的動靜，轉過身來，看到溫阮後，臉上掛著淺淺的笑。「師妹，妳來了。」

溫阮輕「嗯」了一聲，來到蕭澤身邊，因為剛剛走得比較急，這會兒還有點喘。「師兄，大嫂說你辭官了，還說你要外出遊歷，這是真的嗎？」

在來的路上，溫阮一直想不通，按說他現在官運亨通，儼然已位居朝中重臣之位，所以，在這種大好的形式下，蕭澤為什麼要離開呢？

「嗯，我在京都府待了這麼多年，膩了，想出去走走。」蕭澤風輕雲淡地說道。

溫阮還是不解，追問道：「為什麼是現在？以後再出去不行嗎？」

在她的理解裡，這不是功成名就後，退休養老才做的事嗎？

「以前還坐在輪椅上時，我就經常想，若有機會我定要走遍這大江南北，四處遊歷一番，才不枉此生。後來因為種種事情耽擱了，正好現在有機會。世事無常，我不想等來日方長了，萬一，沒有來日呢？」蕭澤臉上仍掛著淺淺的笑，但說出來的話不禁讓人心底一寒。

溫阮心裡一滯，突然覺得蕭澤今日怪怪的，像是話中有話。「師兄，你說什麼傻話呢！什麼沒有來日？呸呸呸！不就是出去遊歷一番嗎？怎麼聽你這話，像不打算回來了一樣！」

蕭澤輕輕拍了拍溫阮的頭，寬慰道：「嗯，怪我，近日想得有點多，只是略有感慨而已，師妹放心，我會回來的。」

聽到蕭澤的話，溫阮下意識鬆了口氣，會回來就好。可是不知為什麼，她還是覺得她師兄彷彿有心事，難道是這段時間相看親事不順利？還是說，有什麼她不知道的隱情？

「師兄，那你的親事怎麼辦？你看你現在也老大不小了，難道沒想過成個家？或者說，這滿京都府你都沒個看上眼的姑娘？」溫阮試探性地問道。

聞言，蕭澤藏在袖子裡的手一緊，但臉上仍然掛著淡淡的笑，怔怔地看向溫阮，不知道在想什麼。

不知是不是錯覺，溫阮竟從蕭澤的眼中看到一抹一閃而過的哀傷，她心裡一滯，難道他真有什麼難言之隱？

「阮阮，人一定要成家嗎？」蕭澤凝視著溫阮，淡淡地說道：「我志不在此，又何必要勉強。」

溫阮微愣，隱隱有些明白蕭澤的意思了。是啊，世人眼中「成家立業」即是圓滿的設定，本就是片面的，所以，何必要活在世人的眼裡？若是沒遇到喜歡的人，不成家也無妨，若是不喜歡官場，縱情山水、四海為家也是一種心安。

人生在世，不拘泥於世俗陳規，隨心所欲地活著才是最重要的。

溫阮思索了片刻後，說道：「是我狹隘了，師兄，我尊重你的選擇。」

蕭澤笑著點了點頭。「謝謝師妹。」

溫阮又問道：「那，你規劃好路線了嗎？都準備去哪些地方？」

蕭澤笑著搖搖頭。「既是四處遊歷，隨興一些又何妨？」

溫阮「喔」了一聲，頗為贊同地點了點頭。「那師兄，你打算什麼時候出發？」

蕭澤沈默了一下，回道：「三日後。」

「這麼急？」溫阮不可思議地問道：「不能參加完我的婚禮再走嗎？」

這次，蕭澤沈默的時間更長了些，許久，才聽到他幽幽地說道：「不了，遲早要走的。」

他現在還做不到看著她穿上嫁衣嫁給別人，怕自己會失控，怕會捨不得……

又是一陣長長的沈默，兩人誰都沒說話，似是在無聲的對抗，許久，溫阮嘆了口氣，她這個師兄平時看著一副好脾氣的樣子，但真若執拗起來，十頭牛都拉不回來。

「好，那到時候我去送你。」溫阮妥協道。

蕭澤又搖了搖頭。「不用了，我不喜歡傷感，屆時我會獨自離開，不讓人相送。所以，師妹，今日就此別過，來日……再相見吧。」

溫阮離開後，蕭澤走到窗前，看著她漸漸遠去的背影，陷入深思之中。

終於還是走到了這一步。是他太貪心，想要更多。當日答應過他姊夫後，他試了，試著去相看很多姑娘，但是不行。

心裡滿是她，眼裡又怎麼看得進去旁人？唯有暫時離開，去一個沒有她的地方，便不會再無端生出過多的妄想。

不過，如今想來，蕭澤卻覺得一切冥冥中自有安排。他自小的心願便是治好雙腿，然後去看遍大江山河，但後來腿治好了，他卻為了溫阮留在這京都府中，參加科舉入朝為官。這一步步走下來，他只希望有朝一日能配得上她，然後再把心中那份喜歡訴諸於口，但終究還是沒有這個機會了。

如今兜兜轉轉，反而回到了最初，想來也是天意了。

也罷，等到他徹底放下心裡執念的時候，他自會重新再回到這京都府，然後，只單純的把她當作師妹，一輩子的師妹。

是夜，溫阮一人靜坐在爐火前，腦子裡一直回想著白日裡與蕭澤的對話，突然有些莫名的惆悵。

雖然她表面上支持了蕭澤的決定，但打心底還是有著些許遺憾和不捨。她和蕭澤自幼在薛太傅門下求學，又因為幫他治腿的緣故，她對蕭澤的瞭解自然比旁人要多上很多。

幼時常年倚靠輪椅行動，無論從生理上還是心理上，蕭澤所承受的皆非常人能及，再加上蕭府他父親那一輩寵妾滅妻的官司，後來一樁樁、一件件脫離了控制，他的溫柔終究帶上了刀刃，或者說，溫柔成了他的武器。

就是因為背後有這些原因，溫阮也知道，像蕭澤這般歷經世事卻看似溫柔的人，實則更是很難有人能走進他的心裡。

一直以來，溫阮都希望蕭澤能遇到一個他真心喜歡的女子，相知相守，相伴一生，餘生也不要再這般冷心冷情，一副什麼都不在乎的樣子。

之前聽說蕭府給他相看親事時，溫阮便有些隱隱的擔憂，她怕蕭澤最終因為責任，草草選了一個不合心意之人，只為給身邊的人一個交代，雖能相敬如賓，卻也少了那份真心。

如今看來，蕭澤比她想得要心思豁達許多，寧缺毋濫，敢於挑戰世俗。

其實，靜下來想想，溫阮也覺得蕭澤出去走走也好，也許就在遊歷的途中，便能遇到了相知相許、互許終生的女子，畢竟，世界之大，轉角遇到愛也是常有之事。

反正無論如何，溫阮都堅信，像她師兄這般集美貌與才華於一身的奇男子，老天定會讓他遇到一個心悅的女子，絕對不忍看他孤獨終生就是了。

三日後，蕭澤悄無聲息地離開了，果然如他說的那般，沒有讓任何人相送，一輛樸素的馬車在城門剛打開後，便駛出了京都府。

春暖花開，天氣漸漸轉暖，溫阮的婚期也如約而至，而在前一晚，溫甯侯府一家人齊聚在老夫人的院子裡，共進晚膳。

「阮阮啊，明日妳就要出嫁了，祖父有幾句話想和妳交代一下。妳記住了，咱們溫甯侯府嫁出去的女兒，就沒有受委屈的道理，誰要是給妳委屈受了，回來告訴祖父，祖父給妳撐腰！再不濟，還有妳爹和哥哥們呢！」老侯爺一臉不放心地說道。

溫啟淮也忙囑咐道：「妳祖父說的沒錯，阮阮，爹爹給妳撐腰！墨家那臭小子要是敢欺負妳，老子就去抽死他！」

看著自己老爹信誓旦旦的樣子，溫浩輝猶豫了一下，還是忍不住潑冷水道：「爹，這條路估計走不通，我二哥都打不過墨逸辰，你想抽死他，簡直異想天開。」

溫啟淮。「……」這麼會拆老子臺的兒子，突然不想要了怎麼辦？「沒事，我能抽死你就行。」溫啟淮似笑非笑地瞥了溫浩輝一眼，說道。

溫浩輝一激靈，自知惹了禍，縮了縮脖子，連忙補救道：「爹，我的意思是，這種事情哪還需要您老人家親自上場，交給我們兄弟幾人就行！雖然單打獨鬥，我們贏不了墨逸辰，但我們人多，可以群毆啊！」

眾人。「……」

溫浩傑作為一名武將，對於有一個能講出「群毆」這種沒骨氣話的弟弟，簡直是看不下去。

「三弟說的也不失為一個好法子，可以考慮。」溫浩然卻頗為贊同地點點頭。

屋內眾人皆不可思議地看向溫浩然，這還是那個一貫講究君子之風的溫甯侯府的世子嗎？不會是被人掉包了吧？

看大家一副被雷劈了的樣子，溫浩然不慌不忙地解釋道：「沒有什麼比阮阮更重要。」

然後，滿屋子的人恍然大悟，是啊，自家寶貝被人欺負了，還管什麼君不君子之風的，先討回公道再說！骨氣是能當飯吃還是怎樣啊？

溫阮突然覺得這場面似曾相識，想到當年她第一次去書院進學時，也是這樣一大家子聚在一起，千叮嚀、萬囑咐，就生怕她被欺負了。

想到這些，溫阮眼眶一熱，一股澀意卡到了嗓子眼處。

美人娘親很快發現了溫阮的異樣，忙關切地問道：「阮阮，妳怎麼了？誰招妳了？跟娘說。」

眾人聞言，忙一臉關切地看了過來。溫阮搖了搖頭，突然覺得自己有點矯情，果然，被人寵著寵著就變嬌氣了。

「娘，你們放心，我這麼凶，誰敢招惹我啊？那個，我只是捨不得你們，一想到要離開你們，突然就有點不想嫁了。」溫阮挽著美人娘親的胳膊，忍不住撒嬌道。

美人娘親一臉寵溺，點了點溫阮的鼻子，享受著女兒難得的黏人。

「那可真是太好了，我就等著這一天呢！妹妹妳放心，不嫁人正好，二哥養妳！」溫浩傑一臉激動地站了起來，連忙喚來身邊的小廝。「你去鎮國公府告知墨逸辰，就說我妹妹不想嫁給他了，明天的婚禮取消！」

一想到每次在墨逸辰那兒碰的壁，溫浩傑覺得他要翻盤了，因為這可是他妹妹親口說的不想嫁了，看墨逸辰還怎麼嘚瑟！

溫阮。「……」她這二哥不會是缺心眼吧？還真讓人去鎮國公府遞話啊？

幸虧老侯爺及時阻止了溫浩傑和他身邊的小廝，不然這事溫阮還真不知道該如何收場。唉，果然矯情也是分人的，要遇到個像二哥這種豬隊友，分秒能讓你現原形！

作為「報復」，溫阮在晚膳後，光明正大地拐走了永寧郡主，說是今晚要借他媳婦一用，然後便頭也不回地離開了，徒留溫浩傑一人風中凌亂。

婚禮當天，溫甯侯府外，十里紅妝，風光無限。

天還未亮，溫阮便被美人娘親和嫂嫂們從被窩裡拽了起來，丫鬟、嬤嬤們進進出出，沐浴完後，梳妝打扮，絞面更衣，溫阮像個提線木偶般，瞇著眼睛任由旁人折騰，嘴裡還不時嘟囔抱怨幾句，說什麼「早知道成親要起這麼早，就不成親了」之類的話。

蕭筱看著溫阮這副慵懶的模樣，更是忍不住打趣道：「我長這麼大，算起來也見過不少新嫁娘了，就沒見過像阮阮這樣的，成親當日竟一點也不見她緊張。」

「是啊，昨晚我還擔心她會睡不著，本還想著怎麼寬慰寬慰她，誰知道這丫頭一沾枕頭就睡著了，害我白擔心一場。」永寧郡主也笑道。

溫阮終於懶洋洋地睜開了眼。「我哪有？寧姊姊，妳誣衊我，咱們明明還聊了一會兒。」

雖然只聊了幾句，但也算聊了不是嗎？

姑嫂幾人鬥了幾句嘴後，溫阮這邊也總算是收拾妥當了。她本就生得美，一襲織金的紅嫁衣，更襯得整個人面色嫣紅、水光瀲灩。

明眸皓齒，笑靨生花，光彩奪人。

在眾人的一致讚美聲中，溫阮攬鏡自顧，看著銅鏡中的樣子，眼睛一亮，顯然也是頗為滿意的。

不知不覺，天已大亮，門外傳來一陣炮竹聲，迎親的隊伍上門了。

蕭筱笑著說道：「看樣子迎親的人來了。」

溫阮也是一臉喜色，有點期待墨逸辰看見她的反應了。折騰了一大早上，突然覺得還挺值得的，果然還是那句老話，女為悅己者容。

知女莫若母，溫阮的小心思早被她美人娘親在一旁看個盡然。「行了，別看了，當妳哥哥們是擺設啊？沒這麼快讓人進來的！」

喔，對啊，夏祁國有攔門的習俗，新郎官上門迎娶新娘子，娘家會設置三道門檻，照例每道門的守門人都是要為難一番新郎官的。

至於為難的程度嘛，完全由娘家人決定。反正據溫阮所知，她三位哥哥早在幾個月前就開始做足準備了，更別說還有表哥、堂哥們了，所以，估計墨逸辰一時半會兒還進不來。

果然如溫阮所料，在這三道門之間，墨逸辰整整被困了一個時辰，文鬥、武鬥，一番接著一番，溫甯侯府的公子、少爺們，完全不按常理出牌，不管你答沒答對，不讓進就對了！最後還是溫阮她娘親自發話，眾人才放墨逸辰進了府。

呃……縱觀整個京都府，他怕是被困最久的新郎官了吧？

溫阮蓋著蓋頭，被五福夫人領進了大堂，墨逸辰早早便在一旁等著，看到人進來後，忙從五福夫人手中把人給接了過來，然後兩人一同給溫甯侯府的長輩敬茶行拜別禮。

溫阮之前一直覺得即便出嫁了，她仍然是爹爹及娘親的女兒、是哥哥們的妹妹，不會有什麼差別，自然不會有太多傷感。

可是直到這刻，似乎所有的傷感突然一下子湧上心頭。所有的道理她都懂，可是情感上，溫阮仍然無法控制住自己。

墨逸辰似乎感覺到了溫阮的情緒波動，兩人交握著的手不禁緊了緊，似是在無聲地安撫著她。

溫阮怔了怔，輕撓了撓他的手心，告訴他自己沒事。

拜別後，到了門口，溫阮便由溫浩然揹著登轎，這一路上，溫阮趴在溫浩然肩上，覺得甚為安心。

而跟在一旁的溫浩傑和溫浩輝則是一臉羨慕，他們也想揹妹妹上轎啊！可誰知平日裡講究兄友弟恭的大哥，偏偏在這件事上格外堅持，寸步不讓。

溫浩然把溫阮送上轎後，放下轎簾，不知誰喚了一句「吉時已到，起轎」。

八人抬的大轎緩緩被抬起，在喜炮和鼓樂聲中，迎親的隊伍朝著鎮國公府而去。

鎮國公府門前，眾人早已嚴陣以待，新娘子的轎子剛落下，轎簾便被人從外掀開，一隻手直接伸到了溫阮的面前，隨後墨逸辰的聲音便傳了過來。「阮阮，我牽著妳下轎。」

溫阮輕「嗯」了一聲，把手伸了過去，墨逸辰牽著她的手走下轎子，然後，接下來的一段時間內，溫阮完全是進入了跟隨模式。

被墨逸辰牽著跨火盆，一路無阻地來到正屋，拜堂、入洞房、鬧洞房，幾乎一氣呵成，所以，當溫阮一個人靜靜地坐在喜房的床上時，她還雲裡霧裡的，心想，這就完成了？好像沒她啥事啊！

「小姐，姑爺吩咐人送來了吃食，說讓您先吃一些，別餓壞了。」彩霞的聲音在溫阮身邊響起。

溫阮心裡一暖，她早上只喝了幾口燕窩紅棗粥而已，這會兒早就餓得前胸貼後背了。「喔」了一聲，她什麼也沒想便直接掀開了蓋頭，看得旁邊的丫鬟們一愣，似乎有些不知所措。

溫阮不禁有些奇怪。「怎麼了？不是說讓我吃飯嗎？」

彩霞欲言又止了一番後，才諾諾地說道：「小姐，妳這蓋頭應該讓姑爺掀開的……」

她的意思是讓小姐隔著蓋頭先稍微吃一些，可彩霞萬萬沒有想到，她們家小姐竟然直接就把蓋頭給掀了！這可如何是好啊？

溫阮先是一愣，隨後不在意地說道：「沒事，待會兒我再蓋上也一樣。」還是先吃飯要緊。

屋內眾人。「……」小姐啊，有句話不知該不該講，這還是不一樣的吧！

不過，還好屋裡都是溫阮身邊的陪嫁，很快便反應過來，自動地站到門口給她們家小姐把風去了。

開玩笑，成婚當日新娘子自己把蓋頭給掀了這種事，還是不要讓其他人知道的好，當然這個其他人，也包括新晉姑爺墨逸辰。

只是似乎事與願違，溫阮剛坐到桌前吃了兩口，門口的丫鬟便急匆匆地衝著屋裡喊道：「小姐，好像是姑爺朝這邊來了，您快回去坐好！」

溫阮自己還沒反應過來呢，就被彩霞手忙腳亂地抓到了床邊坐著，然後眼前一暗，蓋頭又重新蓋回了她的頭上。

「姑爺……」

丫鬟的聲音接連在屋內響起，然後，便聽到有人進門的腳步聲。

「都出去吧。」墨逸辰吩咐道。

丫鬟們似是猶豫了一下，先是彩霞道了聲「是」，其他人才陸陸續續跟著走了出去，很快地，屋裡就只剩溫阮和墨逸辰兩人。

溫阮頭上蓋著蓋頭，看不清屋裡的情況，只看到一雙腳走到自己面前，隨後，蓋頭便被人給掀開了。

抬眸望去，紅燭微光下，溫阮眼前瞬間一亮，這身紅色新郎官的喜服實在太適合墨逸辰了！

「你穿這身真是太驚豔了，我很喜歡！」溫阮忍不住犯了花癡。沒辦法，誰讓她從一開始就覬覦墨逸辰的美色呢？這會兒人都已經到手，索性也就不遮掩了。

墨逸辰失笑，點了點她的額頭，無奈地搖了搖頭。這種讚美的話不是應該由他來說嗎？怎麼反過來了呢？

「對了，你怎麼這麼快就過來了？前院沒關係嗎？」溫阮有些奇怪地問道。

不是說前院有好多世家公子都趁著這個機會要灌他酒嗎？按常理推斷，應該沒這麼容易放過他吧？

「前面有鄭飛他們擋著呢，沒事。」墨逸辰淺笑道。他不捨得溫阮一個人頂著這麼重的頭飾，乾坐在屋裡等著他，所以便乘機躲了進來，當然，前院他也已經提前安排好了，有軍營裡那些武將幫他擋酒，京都府那些個世家公子又怎麼會是對手？「我先替妳把頭飾取下來，待會兒該壓得脖子疼了。」墨逸辰說道。

溫阮自是沒有不應的道理，於是兩人走到梳妝檯前，取下溫阮頭上的釵環簪翠後，墨逸辰又幫她把頭髮挽了起來，隨後才拉著她來到桌前，陪她用了些膳食。

門外的丫鬟、婆子也很有眼力，估算好時間後，便過來敲門，詢問屋內的主子是否要沐浴安置？墨逸辰招呼她們把提前預備的浴盆、熱水抬進屋後，便又很有眼力地退了出去。

沐浴安置？這麼明顯的暗示，溫阮又怎麼可能聽不懂？她突然有點莫名的害羞，愣是不敢和墨逸辰對視了。

難得看到小丫頭這副嬌羞的樣子，墨逸辰忍不住輕笑出聲，然後伸手把人兒拉進懷裡，低聲在溫阮耳邊說了句什麼。

溫阮先是臉色暴紅，然後像是不服輸般去解墨逸辰的腰帶，再然後……

紅燭燃燃，火焰跳動，兩抹身影交纏在一起，影影幢幢，衣衫漸落，唇齒相依間，從內室到隔間的浴房，又回到內室。

紅綾幔帳下，檀木大床輕晃，肌膚相親間，激起一室旖旎……

雲雨停歇後，已然到了深夜，溫阮趴在墨逸辰胸前，渾身酸軟無力，昏昏沈沈的就睡了過去。

墨逸辰不捨得叫醒她，叫了水後，逕自幫她清洗了一番。可能真的是累狠了，整個過程，溫阮竟絲毫沒有要清醒的跡象，還不時地打著小呼嚕，惹得墨逸辰頻頻失笑。

半夢半醒間，溫阮作了一個很長很長的夢，在夢中她回到了現代，回到了她那沒什麼人氣的大房子裡，以一個旁觀者的身分，看著曾經熟悉的一切，走馬觀花地看著她那世短暫的一生。

身為中醫隱秘世家的傳人，她自幼父母雙亡，跟著祖父習醫，但習醫這條路本就很難，即便她於此道上天賦極高，仍是吃了很多常人吃不了的苦。

一開始是學中醫，後來學有所成後，祖父又讓她學習西醫，所以，她自小便幾乎沒有什麼朋友，她的人生裡似乎只有醫術和醫書。

後來祖父去世了，她成了溫家家主，自然也肩負起了家主的職責，絡繹不絕上門求醫的達官貴人，她雖不耐煩但仍然要面對。

所幸，後來在一次偶然的機會，她認識了上一世裡唯一的閨密。

她的閨密和她完全不同，自幼是在父母和哥哥的寵愛下成長的，有個青梅竹馬的鄰居哥哥，兩人自幼一起長大，感情很好，後來兩人戀愛、結婚、生子，一切都是那麼順其自然。

不可否認，那時溫阮也經常偷偷地想，若是她也能有父母和哥哥該有多好啊，也許那樣的話，她也可以和其他的女孩子一樣撒嬌，也許也會有一個她愛、也愛她的人，而不是獨來獨往這麼多年，孑然一身。

當然，認識閨密後，閨密也給她介紹過男朋友，可能因為性格原因，也有可能因為她不喜歡那種為了交男朋友而交男朋友的感覺，反正最後都沒成。

後來，溫阮也自我反省過，可能她很慢熱，喜歡的是那種順其自然的感情吧，而她偏偏處在了凡事都講究效率的環境，連感情也是，所以她便不再強求，似乎變得無慾無求，在能力範圍內，儘量隨心所欲地生活。

夢境戛然而止，黑夜中溫阮悠悠睜開雙眼，有一瞬間似乎不知自己身在何處，直到她感覺到身邊的溫熱時，才回過神來。

經歷這一場夢境，溫阮確定了一件事，她不想回去，不想回到一個人的世界。不管因何機緣，讓她來到了這裡，讓她有了家人、有了愛人，也活成了她曾經羨慕的樣子，她很感激，也一定會好好珍惜現在擁有的一切。

當然，日後她也會竭盡所能地幫助更多的人，算是回報這份機緣了。

「阮阮，妳醒了嗎？」墨逸辰攬了攬懷裡的人，輕聲問道。

墨逸辰一貫睡覺比較淺眠，在溫阮剛醒的時候，他就醒了。不知為何，他突然感覺到懷裡的人兒似乎有些不安，這才出聲詢問道。

溫阮先是一愣，輕「嗯」了一聲。「不知道為什麼，我有點睡不著了。外面的天還黑著呢，估計時辰還早。沒事，你睡吧，不用管我。」

墨逸辰沒說話，窸窸窣窣地轉了身，隨後旁邊案上的燭火被點亮了。「我也不睏，陪妳。」

溫阮「喔」了一聲，小腦袋又往墨逸辰胸前靠了靠，雙手環上了他強勁有力的腰，順便還不忘揩把油。

「阮阮，別惹火，乖。妳今晚是第一次，受不住的。」墨逸辰的聲音嘶啞，帶著莫名的隱忍。「妳想要的話，明天再給妳，好不好？」

溫阮臉紅似火燒。「你別胡說，我才沒有！」

墨逸辰似是在故意逗弄她，笑著回道：「嗯，是我胡說，阮阮沒有，是我想了。」

溫阮說不過他，只能氣得又在他腰間掐了兩下來洩恨。

墨逸辰也見好就收，不再逗她了。

「逸辰哥哥，柔姨今晚是住在府裡嗎？」溫阮突然想到一件事，連忙同墨逸辰確認。

今日拜堂的時候，溫阮才知道柔姨竟然從慧清庵回來了，她既驚訝又欣喜，這麼多年了，這可是柔姨第一次從慧清庵出來。

墨逸辰回道：「嗯，我娘她住在後院的庵堂裡，以後也住在那裡，不再回慧清庵了。」

「真的嗎？那太好了！你是怎麼說服柔姨的啊？」溫阮驚喜道。

墨逸辰笑了笑，把整個勸說過程簡單地同溫阮說了一遍。大概就是府裡現在分家了，沒人敢作妖，還有什麼後院庵堂重新建好，她要想清修，在家裡也可以之類的。

當然，最重要的是，墨逸辰竟然以未來的孩子做誘餌，哄騙他娘出來含飴弄孫，共享天倫。

聽完，溫阮有些一言難盡了。這也可以？她怎麼沒發現，墨逸辰竟然還有這一手「畫餅」的本事啊？

不過，以溫阮對柔姨的瞭解，這一切都可能只是一個契機，而柔姨現在會選擇回來，說明她是真的放下了，放下了曾經的執念，放下了對鎮國公的情愛，餘生，兩人怕是只剩下相安無事了。

想到柔姨和鎮國公之間的恩怨情仇，溫阮就不免有些唏噓。雖然隔在他們之間的那個外室多年前便已不在人世了，但有些情分傷了就是傷了，終究是回不來了。

「逸辰哥哥，若是當年你處在你爹的那種情況下，你會如何選擇？」

溫阮好奇墨逸辰的想法，畢竟當年他爹也是被人下了藥，才和那外室有所糾葛，在世人看來，也算是無可奈何吧？

墨逸辰一頓，摟著溫阮的腰又緊了緊。這個問題他也曾想過，之前是一直沒有答案，但自從和溫阮在一起後，他便知要如何做了。

許久，墨逸辰才回道：「這世間哪有這般好的事？左右都想兩全，注定都難全，我爹就是一個很好的例子。若是我，一開始便不會留下那個女人。」事已發生，那就只能讓它永遠成為一個秘密。

溫阮一愣。「不是說那女人一開始是無辜的嗎？」

「她無不無辜我不關心，但我知道，她若存在這世間，我便會失去這輩子最重要的人，所以，我容不下她。」墨逸辰的聲音很平靜，而這麼平靜是因為早有決定。

若是當溫阮和旁人總要有一人受傷時，他會毫不猶豫地把刀指向那個人，包括他自己。

「不過阮阮，妳相信我，我是不會蠢到被人下藥的。」墨逸辰輕拍著溫阮的背，安撫道。「我們會一直好好的，一直。」

溫阮愣了一瞬，墨逸辰話中的深意她怎會不懂？這輩子能遇到墨逸辰，她很幸運，真的很幸運。

溫阮輕點了點頭。「嗯，我們會一直好好的……」

墨逸辰聞言，情不自禁地笑了，抬手把溫阮攬進了懷裡。

影子在燭光下拉得頎長，兩人的手十指相扣，緊緊依偎。

執子之手，不離不棄；與子偕老，此生之幸。

——全書完

2020年12月出版

廚娘的美味人生

文創風 912~913

一點甜蜜，一點酸澀，
適量笑容，少許淚水，
佐以很多幸福，
烹製出屬於他們的美味人生——

有愛美食不孤單／梅南衫

如果人生能重來，何葉想回到父母發生意外前，
但一陣暈眩後睜開眼，人生是重來了，卻不是自己的人生。
她還是叫何葉，卻成為業朝當代第一酒樓大廚的女兒，
不過整天待在房裡繡花、看話本，人生也太過無趣，
為了爭取到酒樓工作的機會，她先是開發以水果入菜的創意料理，
又提議酒樓舉辦廚藝競賽，開放顧客評分，刺激消費，
但父親不肯讓她參賽，何葉決定女扮男裝，偷偷報名，
沒想到那個幾乎天天到酒樓報到的貴公子江出雲，
一眼就看出她的彆腳偽裝，可他不但沒有拆穿，
還幫她向父親說項，讓她順利成為酒樓學徒。
本以為幫著父親研發新菜色，隨著父親受邀四處辦筵席，
就是她小廚娘生活的全部了，
沒想到奉旨進宮籌辦御宴，竟捲入宮廷鬥爭中——

2020年12月出版

傳家寶妻

文創風 909～911

那年茶樓下，他的一笑值千金，
笑得她從此心海生波，再難相忘……

一笑傾心　弄巧成福／秋水痕

一次戀愛都沒談過就穿到古代當閨秀，小粉領楊寶娘無言極了，
雖然如今有個女兒控的太傅親爹，位高權大銀兩多，可以讓她在京城橫著走，
但高門水深，自家父親的後院不寧，她身為嫡女也別想耳根清靜，簡直心累，
幸好庶妹們與她和睦相處，一同上學玩樂，算是宅門日子裡的小確幸！
原以為千金生活不過如此，沒想到，竟有飛來豔福的一天——
一場偶遇，晉國公之子趙傳煒對她傾心一笑，從此和她結下……不解之緣？!
應酬赴宴能遇到，逛街買糖葫蘆也能遇到，去莊子玩才發現，兩家居然是鄰居，
這且不算，連她出門遇險亦是趙傳煒解的圍，要說他對她無意，鬼都不信！
她的心即將失守了，上輩子來不及綻放的桃花，這輩子該不會要花開燦爛啦～～
可兩家之間有些算不清的陳年老帳該如何是好，她和他，真有可能牽上紅線嗎？

2020年12月出版

洪福齊天

文創風 904~905

夢中的情景讓齊昭痛徹心扉，
卻怎麼樣都醒不過來，
幸好，這一世，還能轉圜……

再活一次 還是要天涯海角遇到妳／遲意

齊昭，京城順安王府的第五子，由順安王最寵愛的侍妾所生，
卻屢遭忌憚，最後落得娘死爹疏遠、被害扔出宮的下場。
他活了兩世，上一世在冰天雪地中被福妞所救，
他心悅福妞，卻礙於義父、義母的顧慮，只能以姊弟相稱。
經過五年的休養生息，他回京扳倒從前害他的人，登上皇位，
當他帶著大隊人馬來接福妞一家時，
卻得知義父、義母染病雙亡，奶奶做主將福妞嫁給地主兒子，
竟又被妒恨的小妾按入水井中淹死，死後也沒把屍體撈上來……
摯愛已殞，再無希冀，他一生未娶，孤獨終老，
雖日日受萬人朝拜，卻帶著巨大的遺憾撒手人寰……
重活一世，他在冰天雪地中等到了他的福妞，
只是，這一世的福妞境遇完全不同，
他能擺脫姊弟的桎梏、化解奪嫡的凶險，護福妞此世周全嗎？

文創風
934

針愛小神醫 3 完

國家圖書館出版品預行編目資料

針愛小神醫 / 迷央著. --
初版. -- 臺北市 : 狗屋出版社有限公司, 2021.03
冊 ; 公分. --（文創風）
ISBN 978-986-509-191-0（第3冊 : 平裝）. --

857.7　　110001353

著作者　迷央
編輯　黃淑珍
校對　周貝桂
發行所　狗屋出版社有限公司
地址　台北市104中山區龍江路71巷15號1樓
電話　02-2776-5889～0
發行字號　局版台業字845號
法律顧問　蕭雄淋律師
總經銷　知遠文化事業有限公司
電話　02-2664-8800
初版　2021年3月
國際書碼　ISBN-13　978-986-509-191-0

本著作物由北京晉江原創網絡科技有限公司授權出版

定價260元
狗屋劃撥帳號：19001626
網址：love.doghouse.com.tw　E-mail：love@doghouse.com.tw